NF文庫
ノンフィクション

新装版

第七駆逐隊海戦記

生粋の駆逐艦乗りたちの戦い

大高勇治

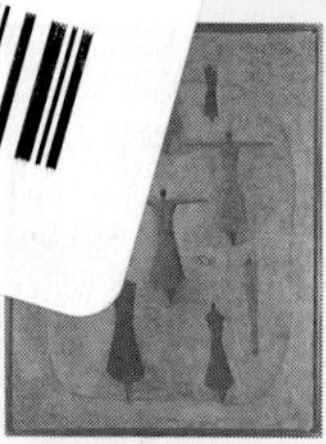

潮書房光人社

まえがき

第二次世界大戦で、日本海軍は文字通り無残にも完敗し壊滅した。天然の資源に乏しく、国土も狭隘な日本が世界の大勢の国（サンフランシスコでの講和会議では四十七ヵ国を相手に戦争したことになっている）を相手に四ヵ年戦って、多勢に無勢、とうとう敗けた。しかし、まあよく頑張ったと思うのだが、そんなことは言い訳にも慰めにもならない。私もいま、そのことについて日本海軍の弁護をするつもりは毛頭ない。

下手な弁護をするよりも、この戦争で、太平洋、インド洋、サンゴ海などで行なわれた日本とアメリカをはじめ、連合国海軍との戦闘の数々は、百年後世の史家にとってはまことに興味深いものになるであろうし、いつの世にも詮索《せんさく》好きな歴史家諸君は適正な評価を下すことであろうから。とはいうものの、私も日本海軍で二十年近くも無駄メシを食った者として、戦後、国内で行なわれた、あることないこと、身に覚えのない誹謗《ひぼう》の数々に、大人げないとは思ったが、実のところ腹が立った。

と身体を張って、絶海の果てで死闘をくり返していたんだぞ」と。

「何いってやがるんだい。てめえたちが軍部や世論にゴマを擂《す》っているとき、俺たちは、命

それだけならまだ我慢をできるが、戦争の体験もなく、実態も知らない若い人たちに、嘘八百がまことしやかに伝えられるのには我慢できない。嘘も隠しもしない、ここに一人の男がいる。少年のころ、海にあこがれ、海軍に入り、海軍に教育され、半生を海軍に捧げて今も悔いない一人の駆逐艦乗りである。いま私がここで語ることは、嘘も偽りもない、裸のままの日本海軍在りし日の生活であり、私の体験記である。

第七駆逐隊海戦記——目次

「余ハ拒絶ス」

貴艦に神の恵みを

ソロモン群島の仁王様

珊瑚海の死闘

暗き極北の海

駆逐艦の墓場

地獄行き定期急行

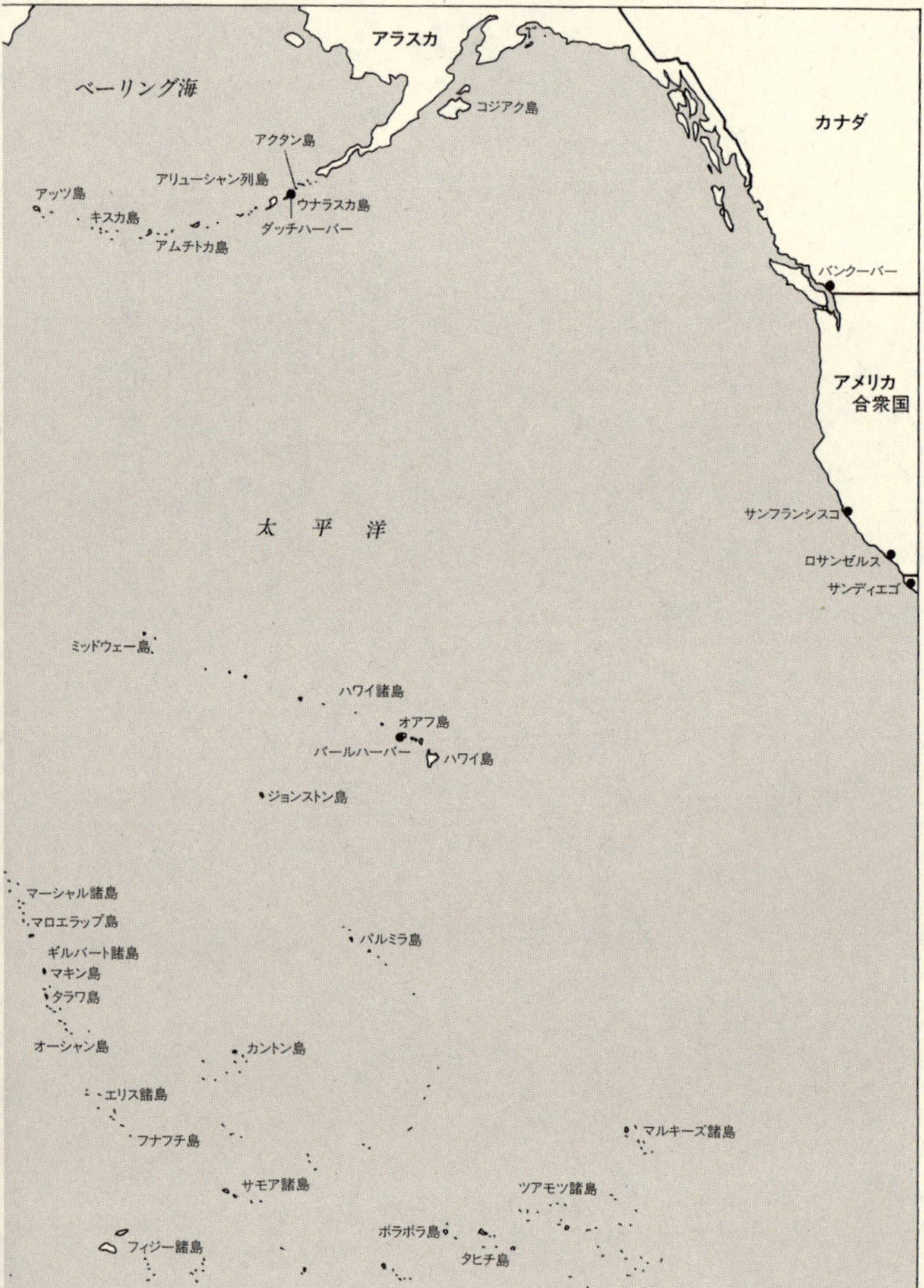

アラスカ
ベーリング海
コジアク島
カナダ
アクタン島
アリューシャン列島
アッツ島
ウナラスカ島
キスカ島
ダッチハーバー
アムチトカ島
バンクーバー
アメリカ
合衆国
太　平　洋
サンフランシスコ
ロサンゼルス
サンディエゴ
ミッドウェー島
ハワイ諸島
オアフ島
パールハーバー
ハワイ島
ジョンストン島
マーシャル諸島
マロエラップ島
パルミラ島
ギルバート諸島
マキン島
タラワ島
オーシャン島
カントン島
エリス諸島
フナフチ島
マルキーズ諸島
サモア諸島
ツアモツ諸島
ボラボラ島
タヒチ島
フィジー諸島
トンガタブ島

太平洋戦域要図

ソビエト社会主義共和国連邦
オホーツク海
カムチャツカ半島
コマンドルスキー諸島
黒龍江
樺太
ハバロフスク
千島列島
ウルップ島
択捉島
国後島
満州国
哈爾浜
長春
ウラジオストク
千歳
ウランバートル
ノモンハン
蒙古人民共和国
三沢
日本海
日本
北京
大連
京城
黄河
黄海
呉
東京
洛陽
中華民国
南京
鈴鹿
松山
大村
鹿屋
武漢
上海
ブータン
重慶
揚子江
琉球列島
沖縄
インド
台北
硫黄島
南鳥島（マーカス島）
台湾
ビルマ
高雄
香港
ハノイ
海南島
ベンゲット
フィリピン海
マリアナ諸島
ウエーク島
ラングーン
タイ
バギオ
ルソン島
仏領インドシナ
マバラカット
テニアン島
サイパン島
バンコク
マニラ
フィリピン
グアム島
プノンペン
エニウェトク島
サイゴン
レイテ島
南シナ海
ヤップ島
ウルシー島
クェゼリン島
シンゴラ
ブルネイ
ダバオ
パラオ諸島
コタ・バル
カロリン諸島
トラック島
英領ボルネオ
ミンダナオ島
ポナペ島
シンガポール
セレベス島
ボルネオ島
マノクワリ
ビアク島
アドミラルティー諸島
ナウル島
バリクパパン
蘭領東インド
パレンバン
ケンダリー
アイタペ
ラバウル
スマトラ島
ジャワ海
マカッサル
ニューギニア
ラエ
ニューブリテン島
ソロモン諸島
スラバヤ
ジャカルタ
サラモア
バンドン
ジャワ島
クーパン
ポートモレスビー
チモール島
ガダルカナル島
インド洋
ポートダーウィン
珊瑚海
エスピリッサント島
ニューヘブリデス諸島
オーストラリア
ニューカレドニア島
ヌーメア

第七駆逐隊海戦記

生粋の駆逐艦乗りたちの戦い

駆逐艦の過去帳

水雷戦隊恐るべし

古来、海戦史をひもとくとき、そこに語られるのは大艦に座乗した名提督の活躍である。まことに戦艦や巡洋艦の戦闘は華々しく海戦史の圧巻であるが、駆逐艦の活躍や駆逐艦乗りの苦労などは一頁も書いてない。海軍における駆逐艦なんて、大した役にも立たず、無駄メシを食っていると思っている御仁《ごじん》があったら、まずこの過去帳の抜き読みを御覧下さい。

人間が火薬というものを発明すると、この新兵器を小舟の頭にくっつけて敵の戦艦の横腹にブッつけることが、あまり遠くない昔、流行したらしい。これを追い払うため、高速で小型な艦が必要となり、いろいろ考えた末に水雷艇の出現となった。この水雷艇が次第に大型化し、四百トンから六百トン級となって現在の「駆逐艦」の名称を与えられ、大いに活躍したのがフィリピンの争奪をめぐる米西戦争一八九八年である。

こうして駆逐艦の効能が各国海軍に認められ、第一次世界大戦の頃は七百トンから千トンの排水量までに大型化した。その主要兵器は、あくまで魚雷である。そこに潜水艦の出現となり、その用途はもっぱら潜水艦の攻撃と貨物船の護衛であった。

では、日本での過去帳はどうなっているのか。明治二十八年二月四日の深更、折からの猛吹雪を衝《つ》いて、当時、世界でも有数の大軍港といわれた清国の威海衛。その厳重な警戒と頑丈な防塞を乗り越えて港口の封鎖を突破し、結氷に行く手を阻まれながらも港内深く侵入した日本海軍九隻の水雷艇（共に百トンばかりの小型艇）が敵主力戦艦二隻を襲撃、一隻を撃沈、一隻を大破座礁させ、敵陸上砲台の十字砲火の下、ふたたび港外に脱出するという離れ業を演じ、世界海軍をアッといわせる偉勲を立てたのである。この水雷艇は、攻撃兵器としてわずかに三十センチ魚雷発射管二基、乗組員と艇長以下十五名である。

余談であるが、この襲撃に参加した一隻が敵の戦艦「来遠」に肉迫、射程距離に敵艦をとらえて、いざッと魚雷の引金を引いたが、魚雷は発射管に凍りついて出ない。哀れ涙を呑んで引き返した。その無念の思いやみ難く掌水雷長藤崎辰次郎が、このヤクザ魚雷に打ち跨《また》がり、軍刀で腹をかき切って果てた。今でも横須賀市田浦に、この人の記念碑が最近まであった。また、この艇の艇長がだれあろう、太平洋戦争の終末期、敗戦の形相もの凄い日本の首相・鈴木貫太郎その人であることを知る人は少ない。

このことがあって、日本海軍は、近代海戦に小型軽快部隊による奇襲作戦が、主力艦隊の決戦を勝利に導くための不可欠の条件であるとして、駆逐艦の建造と改善・性能向上のための研究に没頭したのである。

それから十年、日露戦争である。その圧巻はなんといっても日本海海戦であろう。が、その前に、日本海軍の駆逐艦十隻が旅順港外にロシア極東艦隊を奇襲し、二隻の戦艦と一隻の巡洋艦を大破させて過去帳を飾っている。当時、海軍には六百トン級二十一隻の駆逐艦を揃え、相手ロシア極東艦隊も二十五隻を持っていたのである。そしてあの有名な日本海海戦である。

明治三十八年五月二十七日、対馬沖でくり広げられた日露主力艦隊の激闘。世界最強の艦隊同士が愛する祖国のために死闘の限りを尽くしたのである。その有様については、私の拙文のよくするところでないので省略するが、この晴天下、華々しい主力決戦につづいて行なわれた夜戦で、わが駆逐艦二十一隻は、敵の敗戦艦隊に勇猛果敢、荒天の海上に夜襲をくり返し、最後のトドメを刺したのである。

「本日天気晴朗なれど波高し」の有名文にもあるように、荒天の暗夜・激浪をかいくぐりつつ反覆強襲の凄烈な駆逐艦魂は、日本水雷戦隊恐るべしと、当時の海戦史家を三嘆させたのである。

第一次世界大戦には、ドイツ潜水艦の跳梁に対抗するため、駆逐艦の任務は倍加した。特に爆雷が発明されたことにより、さらにそれが効果的となったのである。大戦が勃発するや日本は、日英同盟の義によって連合軍に組し、まず青島要塞の攻略に従事した軍艦「高千穂」の最後などがこれである。

当時、青島港に在ったドイツ極東艦隊を監視すると同時に、第二特務艦隊を編成し、英艦隊の墓場といわれた地中海に出動した。大戦終了まで、実に二年有半、その間、ドイツ潜水艦と戦うこと通算四十回、駆逐艦「榊《さかき》」が雷撃されて艦首を大破、艦長以下五十九名戦死という戦歴を残した。

一方、太平洋では英国に代わって極東における連合国の権益を守り、特にかの有名なドイツ巡洋艦の通商破壊戦に惨憺たる苦心をしたのである。排水量三千トン足らずの一小型巡洋艦エムデンがカイゼルの特命を受け、日本海軍の封鎖する青島港を脱出し、太平洋上を神出鬼没、連合国海軍の必死の捜索を尻目に、太平洋にインド洋に出没して通商破壊に大活躍したのである。

昭和の御世となり、駆逐艦はさらに長足《ちょうそく》の進歩を遂げた。駆逐艦乗りにとって嬉しかったのは特型と呼ばれるものの出現であった。吹雪型がそれである。この特型と呼ばれる艦型は、砲装と雷装が飛躍的に強化されたうえ、すばらしい航洋性を備えていた。旧式の軽巡洋艦など太刀打ちできない強力なものとなった。

そして、さらにわれわれ若い海兵にとってうれしいことは、その流れるような流線型の艦体であった。排水量千六百トン、速力四十ノット、まことに〝海の狼〟であった。グッと突き出た艦首から流れるように描かれる曲線、まるで乙女の寝姿のようだと、ある海の詩人は讃《たた》えた。二本の煙突はちょっと気どったように後方にそり、それは海の男の心意気だと港の女は満足した。

この乙女の寝姿のように美しい姿が、一度大洋の荒波の中を行くとき、それはまるで曠野を飛ぶ狼であった。鋭く軽快な艦首は海を引き裂き、波浪は白雪となって散った。その壮快、まことの海の男の本懐であった。

しかし、ものごとはなにからなにまで満足という虫のよいことにはならないものである。この駆逐艦も一歩、艦内に足を入れると、決して人間が生活するために作られたものでないということを、イヤになるほど思い知らされるのである。

まず排水量千六百トンの艦腹の真ん中にデンと据え付けられたのは、高速四十ノットを振るい起こす主機械、タービン二基である。それに汽罐室と発電機室で艦体の三分の一は占められる。それに欲深い兵装である。九〇式六十センチ魚雷発射管三連装三基、魚雷は予備を含めると八十一本、潜水艦攻撃用爆雷投射器二基、投下台合計八台、これに要する爆雷が約八十個。

これだけでも上甲板は休むところもないのに、大砲である。主砲、十二センチ長口径二連装砲塔砲三基、十二ミリ二連装高角機銃四基となると、もう足の踏場もないのに、掃海具だ、陸戦隊用兵器だ、弾火薬だ、百二十人の食糧、飲料水となれば、人間の居住する場

単縦陣で洋上を進む特型駆逐艦——先頭から「暁」「雷」「電」

所などまったくなくなる。人間は兵器や機械の付属物よろしく、あらゆる隙間を見つけてハンモックと称する六尺の帆布を吊って棲息することになる。こんなことだから、駆逐艦乗りはどうしても放蕩者になるわけである。

ついでだから書いておくが、この駆逐艦一隻の建造費は、当時のお金で二百万円。魚雷一本が一万円、一等水兵の給料が月確かに十一円だったと思う。もっとも戦争中は、三年持てば元がとれると、百五十万円に値切られた。だから駆逐艦の外鈑は、七ミリの小銃弾で軽く打ち抜けたのである。

駆逐艦乗り気質

ここで、海軍で使用した艦船の分類を少し説明すると、一般に市民は海軍の艦船を一口に軍艦というが、あれは正確にいうと間違いであった。海軍で「軍艦」というと、戦艦、巡洋艦、航空母艦、潜水母艦、海防艦など艦首に菊の御紋章がつけてあり、かつ艦内に天皇の写真を奉置してある艦を称するものである。

駆逐艦、潜水艦、水雷艇、特務艦などは菊の御紋章もついてないし、艦内に天皇の御写真も置いていなかったので、厳密にいうと軍艦ではない。あくまでも駆逐艦であり、潜水艦であった。でも、乗組員の質の方は差別、格差はない。むしろ駆逐艦の方が優秀だったかも知れない。もっとも特務艦の中には、石炭艦、タンカー、豚を飼育したり、豆腐屋もやる船もあった。特務艦「間宮」(一万トン)などはそれであった。

軍艦と名のつく艦は、六百トンに足らなくとも艦長は全部大佐、駆逐艦、潜水艦は中、少佐または大尉の古参。特務艦にはあまり成績のよくない大佐と相場が決まっていた。変な話だが、海軍軍人は個人で天皇陛下の写真を持つことは禁止されなかったが、持ってはいけない不文律があった。個人が持っていると、取り扱いに不敬になる恐れがあったからである。そうだろう、天皇の御真影が怪しげなワイ写真と一緒に手箱の中に納められないとも限らないからである。

軍規厳正なること世界に冠たりと誇った日本海軍に、「駆逐艦乗り」という言葉があった。ともかく海軍には、画然《かくぜん》と異なる二つの気質が頑強に存在した。一つはその軍規厳正の軍艦気質。殴られて「有難う御座います」と、殴った相手にウヤウヤしく敬礼するあれである。ほかの一つがいわゆる駆逐艦乗り気質という奴である。

もし軍港横須賀の夕暮れ時、街の舗道で軍帽の真金が抜けて型が崩れたのを、ちょっとアミダに被り、帽章と短剣に緑青《ろくしょう》の出ている少尉殿に逢ったら、まず駆逐艦乗りと見て間違いない。彼だって元々は、兵学校や練習艦隊の生活でガッチリと「軍規厳正」をたたき込まれるのだが、一度駆逐艦に乗り組むと一年と持たない。駆逐艦の下士官や古い一等水兵か、少尉候補生の実習を終わって少尉に任官したばかりの士官が来艦すると、

「おい、お堅いのが来たぜ。また再教育に一苦労だ」

と苦笑する。そして、この若い士官を一人前の駆逐艦乗りに仕立てるのに、あらゆる不善、居酒屋の味や、街の銭湯に引きずり込んだり（海軍士官は制服で街の銭湯に入ってはいけな

い)を教える。こうした薫陶よろしきを得て、一年も経つと彼は見紛うばかりに逞《たくま》しく成長する。それに堪えられない奴は、戦艦や巡洋艦に逃げ出すのである。

駆逐艦、小型なりといえども日本海軍の艦船である。厳正なる軍規も風規も厳として存在していることは疑うべくもないが、なにしろ千六百トンの小艦艇が五万トンの大艦に伍して大洋を駆走するのである。とてもとても、台風にでも遭遇したときは、軍規だ風規だといってはいられない。一瞬の措置が遅れたら、艦がひっくり返るのである。海の限りない暴力と戦うための不屈、不撓の根性が、ともすれば放縦《ほうしょう》に流れ、海軍離れしたものになるのである。

これが長い伝統に強化され、一つの変わった気質となり、それが駆逐艦乗りの性格となったとしても別に不思議がないだろう。それが上は艦長から下は三等水兵にいたるまで渾然一体となり、狭い艦内で独特の雰囲気をかもし出しながら暮らしているのである。われわれ駆逐艦乗りは、戦艦や巡洋艦の連中《れんちゅう》を、

「海軍じゃあネェ。あれやぁ軍隊さ。そしてド百姓で鼻持ちならない点取り虫よ」

と罵倒すると、戦艦の連中も負けてはいない。

「おいッ　水雷屋。車引き!」

とやり返したものである。世に、乞食を三日やったらやめられないというが、海軍で一度、駆逐艦に乗り組むと、二度とふたたび戦艦や巡洋艦のあのクソ真面目な生活に戻ろうとしなかった。日本海軍史に名を残した名将、知将は多いが、駆逐艦乗り出身は一名もいない。駆逐艦乗りは、大将、中将には出世しないものと思われていたのである。われわれ駆逐艦乗り

は、その事実を決して不名誉としないばかりか、むしろそれを誇りとさえした。

「日本海軍の栄光、われに在り」と高い気概で、負け惜しみでなく満足していた。実際の話、一度駆逐艦に乗ると、大臣、大将になろうなどという非人間的な浅ましい根性などサラサラ失せて、海軍大学校の入試勉強に骨身を削ることが馬鹿らしく、夕べ港で別れたキャバレーの女に、セッセとラブレターを書くことに生き甲斐を覚えるのだから仕方ない。それは妖しい海の魅力というより、駆逐艦乗りの逞しい純情だったかも知れない。

こうなると、ますます戦艦の生活などドロ臭く、バリッとした軍服に身を固めた巡洋艦乗組が滑稽に見える。上陸してお上品にとりつくろい、御婦人に紳士的などとは馬鹿らしく、

「くそくらえ、コットラ駆逐艦乗りだ」

まったく手がつけられない奴らだった。

古馬穴《バケツ》に乗り組むの記

尊敬と羨望の光

昭和三年五月某日、私は横須賀軍港田浦《たのうら》上陸場の桟橋待合室で、艦からの迎えのボートを待っていた。港をとりまく山々の緑は深く、それが煙るような梅雨にシットリと濡れている静かな午後であった。平和な時代であり、よき時代であった。港に湛《たた》えられた海水は、使い古した油のように淀んではいたが、私の胸は希望に溢れふくらんでいた。

紅顔二十歳にも足りない生きのいい海軍一等水兵であるばかりでなく、今日、海軍通信学校高等科を優秀な成績で出たばかりである。憧れの恩賜の銀時計は逃したが、私の将来は海軍の士官として約束された輝かしいものであった。なぜなら、晴れの卒業式に臨んだ際、時の横須賀鎮守府司令長官・大角岑生《みねお》中将は、でっかい勲二等の勲章を着けた栄養のいい油ぶとりの体を号令台に運び、油ぎった顔で列席者の敬礼を鷹揚に受けた後、長官から、

「今や日本海軍が貴公たちに教えることはなにも残っていない。今日以後は諸君の刻苦精励、

報国の熱情に期待するのみである。明日の日本海軍は、諸君ら若き海兵の双肩にあり……」と最大級のお世辞でおだて上げられ、自分もその気になって意気揚々、校門を出てきたばかりであった。

待合室には私のほかにも、今日、横須賀海兵団の新兵教育を終わった新三等水兵五十人ばかりが、配属艦の迎えの便船を待っているらしく、ガヤガヤ騒いでいた。彼らはこれから配属された艦に行って、古い連中にゴッテリしごかれるとは露知らず、私と同じように一人で日本海軍を背負っているような気で傍若無人《ぼうじゃくぶじん》の態である。いずれも徴兵級《クラス》らしく、私より二ツ三ツ年かさでヒゲ面が多い。海軍の雨衣には階級章はないから、私を自分たちの同類子だと思ったらしい。なかのお兄さん株らしいのが私に言葉をかけた。

「おめいィ、あまり見かけネ顔だが、何分隊だった。三分隊じゃあネェだろう。三分隊で俺を知らなけりゃモグリだからな。艦はどこだい、長門か山城か、俺ら山城よ」

私は仕方ないので黙っている。海兵団の新兵教育を終わって集団で「長門」や「山城」に乗せられるようでは、あまりパッとしない連中である。中に優秀なのも二、三はいるが、その他は十把ひとからげの者が多い。それでも故郷の親兄弟は、息子が日本一の戦艦に乗り組んだことで、

「俺らとこの野郎め、選ばれて戦艦に乗ったとよ。長門といえば日本一、いや世界一のでっかい艦だ。小さい時からどっか変わった野郎だったが、海軍は目が高い」

まことに平和な時代であった。

「おいッ、なんとかいえよ。おめい、俺を知らネェな、おらあ三分隊の……」

と少しばかりからんできた。もっとも、私はまだ少年期を抜け切らない面影を残していたから無理もない。客気《かっき》では人に劣らない私である。大人げないと思ったが、やおら雨衣を脱いで、右腕を彼の前にグッと突き出した。∧型一線の善行章（善行章というのは、海軍に入籍し、まあまあ無事故で勤めると三年に一本装着され、一日一銭五厘の加俸がもらえる。しかし、この善行章もあまり数が多いと小馬鹿にされたもので、一等水兵で二本、下士官で五本も着けると、みずから進級の遅いのをさらけ出す結果となる）の下に、錨をクロスにした上に桜花一輪の階級章は一等水兵で、海兵の花形である。

威勢のよかったお兄さん新兵君、気の毒なほどビックリ。ピタッと靴のかかとを合わせると、直立不動である。並みいる新兵さんもピタリとおしゃべりをやめると、いっせいに挙手の最敬礼であるが、心の中では「この小僧め、やりやがるナ」と思っていたろう。ところが、彼らが私の左腕を見るにおよんで、その目は尊敬と羨望の光に変わったことは事実である。

左腕の袖には、先刻、卒業式の終わるのを待って大急ぎで縫い着けたので、電光の模様が少しばかり傾いて着いている。だが、電光の交差に八重桜をあしらった、海軍通信学校高等科卒業者であることを全天下に標示する特技章が輝いている。これは自他ともに日本海軍の虎の子ともいうべき精鋭であることを認められたもので、およそ海軍でメシを喰う若い海兵の憧れであり、希望であった。五十人の新三等水兵の注目をあびた私の得意や思うべしである。その栄光、永遠に続くかと思われたのである。

三つ児の魂百まで

まことに申し訳ないが、この物語をつづけるために、筆者の素性を簡単に申し述べることをお許しいただきたい。

私の生国は秋田県である。秋田県知事が変わると挨拶状が来るところをみると、現在でも秋田県人で郷土出身の名士録の末席に名が記されているらしい。明治四十二年一月十五日、能代川流域の高野野という戸数百ばかりの集落で産声《うぶごえ》を上げた。この集落は大半が大高姓を名乗っている。

生家というのが少し変わっていて、代々母系家族、宗家は数百年つづいたという旧家で、私の生家は分家であった。余談になるが、この宗家というのは、代々網元と廻漕問屋であったらしく、大・小幾多の船を持つ船元でもあった。

幼い頃の話だが、この本家の土蔵には、刀剣、槍、ナギ刀の類が多数あり、その中に一つの鉄製の頑丈な長持があった。一門の者はこの長持を「開かじの長持」として、何人といえども家長の許しなくこれを開いてはならないという厳しい家訓があった。幼い私は、よく祖母にその理由を聞いたものである。

「あの長持には一冊の本が収めてある。その本には、その本を見たものの死ぬ年月がハッキリ書いてある。だから開いてはならない」

祖母の答はいつも同じだった。しかし、その神秘を秘めた「開かじの長持」も、私の手で開かれたのである。ある日、従兄と二人で例の通り土蔵に禁を犯して忍び込み、刀剣類をもてあそんでいた私たちの前に、長持の錠前が長い年月で銹《さ》び汚ちてボロボロになっているのが発見されたのである。かくては祖母の戒めもヘッタクレもあったものでない、こじあけて見てガッカリ。中には宝物もないし、不思議の本もなかった。あったのはボロボロの図面類と古い時計のような器具類が二、三個だけであった。

幼い私たちには、それがナニを意味するものか、わかる由もない。しかし後日、長ずるに及んで判ったことは、そのボロボロになった図面のようなものは海図であり、時計をブッコワしたような器具はコンパスで、共に航海用具であったのだ。ということは、徳川時代、国禁を犯して日本海域を舞台に密貿易をやっていたのである。多数の刀槍類と併せ考えると、あるいは時によっては海賊的な所業もやったかもしれない。

これが他に洩れることを恐れ、一族が小さく固まり、一集落をなして代々を経たものらしい。ただこれが長く秘密を保つことができたのは、藩主の暗黙の了解のもとではなかったろうか。加賀藩と銭屋五兵衛の例もあるように、これは私の単なる憶測ではないであろう。江戸幕府も遠い、この辺境までは目が届かなかった。しかし、その由緒ある名家も、今は名も残っていないらしい。開かじの長持とその中に収められた貴重な品々がその後どうなったか、今では知る由もない。

私は生まれて一年も経たないのに脳内におできができて、死をまぬがれない破目になったという。これは母の話だが、思いあまった母が能代の市立病院の院長に相談したら、

「このままでも死ぬし、手術をやっても九分九厘駄目」

という。そこで母は、

「どうせ駄目なら手術して下さい。死んでも先生の学問になる」

あまり学問はなかったが、天晴れなわが母君である。そこで院長先生も、思い切って腕を振るったらしい。奇跡的にも手術が成功した。今から六十年前の話である。六十年前に脳手術がどう行なわれたか知る由もないが、現在私の後頭部にそのときの大きな傷跡が残っているのを見ると、相当の大手術であったことは事実である。しかし、退院するときの院長先生の言葉に、母はふたたびガックリしたらしい。

「お母さん、命はどうやら取り止めたが、この赤ん坊の頭の中は大変な傷跡があるので、バカになることもある」

というのである。以後六年、親類一同は、この私の成長に興味と哀れみ半々の関心を寄せたらしい。

「高野野の黒ん坊」という愛称とも嘲りともつかないアダ名で呼ばれ、それでもスクスクと成長した。六歳で父を失い母の手一つで育てられた。そして小学校一年に無事入学、その第一学期の通信簿を握って母は、能代の市立病院に駆け込んだという。

「院長先生ッ、これを見て」

出された通信簿には、甲が三つもある好成績。

「よかったナ、お母さん」

著者が幼き日から憧れた駆逐艦「菊」。大正初期建造の二等駆逐艦

これが私の誕生にまつわる秘話である。北海道で漁業を営んでいた母方の伯父が子なし。そこで三男坊の私が養子にやられたのが小学校の一年。ここでも伯父夫婦と祖母の愛情を一身に集めてわがまま一杯に育てられた関係で、町一番の悪童の声名高く、伯父の手で禅寺に押し込められたこともある。おとなしく勉強していれば、町の有力者で人望もある網元のお坊ちゃん、やがては伯父のあとを継いで町会議員でもやり、美人の奥さんをもらってノウノウヌクヌクと一生を送られたものを……。

忘れもしない中学三年の春、台風を避けて町の漁港に入港した北洋警備の駆逐艦を見せてもらい、その乗組員の豪快颯爽な海の男たちの生活を見て、これこそ男児一生の生き方だッと、親の意見を聞かばこそ、海軍大臣に志願書を出したという次第である。

はじめは、お前のような悪童をだれが採用するものかと、たかをくくっていた伯父も、「出てこいッ」という海軍大臣の採用通知にびっくり仰天。町長を動かして海軍省に採用取り消しを願ったが、たかが漁師町の勲八等の町長の請願ではききめがあるわけがない。私が海軍に入るということが確実となり、ホッと吐息をもらした人間が二人いたことは本当だ。

その一人は義母である。なにしろ日に一度は町の母親たちから腕白の尻を持ち込まれてあやまり通し。学校の先生からは毎日文句をいわれても、義理ある仲では叱りもならず、困り果てていた暴れん坊を、天皇陛下の海軍が引き取ってくれるというのだから、心の中で天皇陛下万歳をやったに違いない。

もう一人は中学校の校長である。日露戦争の生き残りで、金鵄勲章を持っている老陸軍輜《し》重《ちょう》少尉。この悪童を幾度、学園から放逐しようと思ったことか。しかし、町会議員で学務委員の一人息子となればそれもならず、無念の切歯幾度ぞ。それがこともあろうに、みずから好んで海軍を志願し、それをまた軍規厳正な世界に鳴る日本海軍がなにを間違ってか、快く引き受けたというのだからおめでたい話。送別会に心から万歳を叫んで祝杯を何杯も重ねたのは、おそらくこの老校長だったに違いない。

町の公会堂で開かれた送別会の祝辞や万歳は上の空だったが、赤ん坊のときから懐中に温められたお寺参りのお小遣いをクスネられても、怒らなかった七十余歳の祖母が病床で、

「勇治よ、お前は妾《わたし》の祖父にそっくりだ。だから祖先の血を受けて海軍に入るんだろう。ええか、あんまり海軍にメンドウかけるでネェぞ」

といわれたときは、さすがにうそでない涙が目から溢れた。

以上が私の生い立ちである。祖母に、あんまり海軍に面倒をかけるなッといわれたが、三

ツ児の魂百までも、二十年間、海軍にご面倒をかけることになるわけである。

ボロ駆逐艦の軍艦旗

救急車のサイレンのような鋭い警笛が雨脚の強くなった海面にひびき、桟橋を囲む防波堤の彼方から大型の高速艇が艇首に白波を上げて桟橋に向かって来るのが見えた。艇首の甲板には、雨衣でキリリと身支度した水兵が海軍短艇操法に定められた型の通りに屹立し、手にはボートフックをこれも型通りに持って、着岸の身構えである。

艇を指揮しているのは若い少尉だ。これも雨衣に靴を脱ぎ、ズボンをまくり上げて素足である。近寄ったのを見ると、第一艦隊所属の巡洋戦艦「榛名」の艦載艇である。やがて速力をゆるめ、ピタリ桟橋に横着けした。若いに似合わない見事な操艇である。

待合室に待機していた十把一からげの新三等水兵諸君が、ソレッとばかり衣嚢《いのう》をひっかついで桟橋にドヤドヤと出ていった。これを皮切りにつぎつぎと迎えのボートがきては待合室の水兵を運び去ったが、私のお迎えはいっこうにやってくる気配がない。もう待合室には何人も残っていない。五月の雨は、音もなく降り続いている。

艦船泊地から「作業止メ」のラッパが聞こえるところをみると、午後四時近い時刻である。いいかげんイライラしたときだ、ブウーブウーと老いた豚の鳴き声によく似た警笛を吹かしながら、ノロノロ桟橋に向かって小型の内火艇が一隻、近寄ってくる。雨が降っているので、幌馬車式のシートをスッポリかぶっている。艇上に人影はない。ポッポッと疲れ切ったようなエンジンの音は、今にもと切れそうである。

防波堤の突端を回って近寄ったのをよく見ると、ネズミ色に塗ったであろう艇体も、油に汚れて黒くダンダラ模様となり、さらにはペンキがハゲてまだら模様のところもある。ようやく桟橋に辿り着いたので艇首を見ると、「菊」と書いてあるのがようやく読めた。まぎれもない、憧れの私の乗艦の艇である。

「きたねェ艇だナ」

私はうらぶれた初恋の女を見たような味気ない思いがした。やがて艇内から、水兵帽のハリ金がぬけて大黒頭巾のようになった奴を横ちょにかぶり、ゴム製雨衣の腰を細ひもでしばり、ズボンをまくり上げた裸足の水兵が舫綱《もやいづな》を片手に桟橋にとび上がると、

「菊に行く者はイネーかあ」

と、待合室に向かって怒鳴った。ボンやりとこの汚《きたな》らしい艇を眺めていた私は、この怒鳴り声にあわてて雨衣を着ると、衣嚢を抱いて桟橋に下りた。水兵は私を見ると、まるで招かれない厄介者であるかのように、

「早くしろッ、バカヤロ！　てめえ新兵か」

と口ぎたなく罵《ののし》り、私と私の衣嚢をひっくるめるように艇内に押し込める。

「艇長ッ、オーライ」と叫びながら艇に飛び乗り、片足で桟橋を蹴ったので、艇はスーと離れた。エンジンの始動する音がガクンガクンと聞こえると、やがて例の景気の悪い音を出して艇は動き出した。不完全燃焼のガソリンのガスが艇内に充満する。ともかく艇は、沖に向

かって走り出したので、私はホッと息を吐いた。

ようやく防波堤の突端を回って錨地に出た。長浦港の駆逐艦泊地である。数十隻の駆逐艦が浮標《ブイ》一個に二隻ずつ行儀よく係留されて目刺しのように並んでいる。その向こうに見える山が吾妻山の信号所だ。ポカポカと発光信号の瞬《また》きが雨空の下に光っている。吾妻山と日向郷の狭い水路を経た先が大艦の泊地となっている。

泊地には、おりから常備艦隊の第一期訓練を終わって入港中の連合艦隊主力艦群が舷々を接して停泊中だ。それが小雨煙る中に、まるで岩山のようにドッシリと動かないように見える。数千メートルの彼方から艇体を白く塗った高速水雷艇が、ジーゼルエンジンのひびきも快調に凄い高速で疾走して来る。

最新式艦載艇である。白い艇体は汚れ一つなく、すべての金具はまるで仏壇の飾具のように光っている。操舵室のところに、艇を指揮する少壮士官が毅然と屹立《きつりつ》して前方を凝視して動かずにいる。艇首には大将旗がはためいている。港内各艦から喨々《りようりよう》たる将官礼式のラッパが鳴る。連合艦隊司令長官、加藤寛治提督の座乗する戦艦「長門」の艦載艇である。

「素晴らしい」

私は、目前を矢のように過ぎ去る高速艇の軽快な姿にみとれた。高速艇が矢のように走り去ると、そのアオリ波がわがうらぶれた真向かいの内火艇におおいかぶさったからたまらない。まるでバラックが大地震に逢ったようにグラグラと大揺れである。途端にエンジンはポンと止まってしまった。艇は海上でエンコしたのである。

「馬鹿野郎ッ、クソッ、ド百姓め」

バウメンの水兵が口惜しがって、高速艇の走り去った方向に向かって毒づいた。近代の名将加藤寛治も、駆逐艦の水兵にド百姓呼ばわりされてはたまらない。

「チェッ、しょうがネエなあ。この湿り空によう、エンジンがいうことをきかねェ」

一等機関兵の機関長（機関兵は彼一人であっても機関長という）が立ち上がって、エンジンの始動輪を力一ぱい回すのだが、エンジンは空しくただボソッボソッと音を出すだけで、点火しようともしなかった。幾回かそれをくり返して汗だくになった機関長も、とうとうサジを投げたらしく、真っ赤な顔でエンジンを蹴飛ばして罵《ののし》った。

「このフテクサレめ！　まったく惚れた女とイカレたエンジンほど手に負ェネものはネェ。やめた！」

エンコした艇は、引潮に乗ってユラリユラリ沖の方に流されている。

「仕方がネェ、漕ごうや。おい、全員オール用意だ」

一等水兵の艇長は撓漕《とうそう》を命令した。

艇長と機関長は右舷オール、バウメンとお客さんである私が左舷オールについて漕ぐ。内火艇を、二本のオールで潮にさからって漕ぐのだから、遅々として進まない。

私にはもう先ほどの希望も幸福感も失せて、空気の抜けたゴム風船のようなわびしい気持だけだった。ポチャン、ポチャン、タップリ三十分かかって、それこそフラフラになって目差す母艦の舷側に辿り着いたときは、さすがに救われた思いであった。

トボトボと上甲板に上がってみると、雨が降っているので、後甲板一杯に天幕が張ってある。まだ食事時間前と思われたが、甲板上に人影もない。これが幼き日から憧れた駆逐艦「菊」かと、私はあたりを見回した。そしてこれが何年か前、少年の胸に深く刻み込まれた、あの颯爽たる駆逐艦「菊」かと我が目を疑った。

見よ！　艦隊のペンキは剥《は》がれて汚れ、甲板のリノリウムはシリ切れて鉄が錆《さ》び、雨水が赤く溜まっている。流し湯付近の残飯缶には汚腐物が溢れ、蝿が群がり、プーンと臭気がただよっている。

さらに私の怒りを買ったのは、後部マストに掲げられた軍艦旗である。それは正規のものでなく、おそらく水兵の手製のものらしい。ケンパスに赤いペンキを塗り、さも遠目に軍艦旗らしくみせかけたものであったからだ。軍艦旗といえば「聖なるもの」と教えられてきた私には、我慢できないことであった。

これは後にわかったことだが、駆逐艦や潜水艦には、みんな手製の軍艦旗が準備されていることを知った。それは軍艦旗の支給される数が予算で決まっているので、荒天の日や雨降りなどのときに正規のものを使用すると足りなくなるためである。大艦と異なり、小艦艇はその傷みもひどく早いのである。

しかし、海軍入籍いらい軍規清冽、風規整然として練習艦隊や学校の生活ばかりを経て、まるで軍規風規の申し子みたいに育て上げられてきた私にとって、これはまさに許し難い聖なる海軍の冒瀆《ぼうとく》と思われたのも無理はない。ボロ駆逐艦では、神聖なるべき軍艦旗も、ただ一片のブリキ飯化しているのである。

だれもいないと思ったが、よく見ると後部砲台のあたりに小さい事務机を置き、折りたたみ式の椅子に腰かけて居眠りでもしていたらしい下士官が一人、ものうげに顔を上げて私を見た。左腕に「当直」と書いた腕章をしているところを見ると、まぎれもない当直下士官らしい。老いぼれて使いものにならないポインターのような感じの男だ。

階級章を見ると、善行章三線の二等兵曹とあれば、まず海軍に入って九年以上を動かず休まず働かずの見本のようにやってきた証《あかし》のような男で、相当にムダメシを喰った恩給泥棒とみて間違いないだろう。あと何年、海軍大臣の脛《すね》を囓《かじ》るつもりか知らないが、それにしても歯ぐきの汚らしい男である。とは思ったが、私は厳格な挙手の敬礼をもって、この老いぼれポインター氏に敬意を表した。

「海軍一等水兵大高勇治、菊乗組を命ぜられ、ただ今、通信学校より乗艦しました」

と、ウヤウヤしく御申告申し上げる。ポインターめ、私の厳格な敬礼に応えようともせず、私の差し出した乗艦命令書（送りという奴だ）を受け取ると同時に、ジロリと私の特技章を見た。私もそれを意識して左の腕をグッと前に出した。ザマーミロ、この老いぼれめ、こっちは学校を出たばかりの若いセパードだぞ。

「あ、、学校の卒業生か。ともかく最新式のホヤホヤか」

彼はいっこうに表情も動作も動かさないで言うと、揶揄《やゆ》するかのような目で私を眺めた。

この無礼者！　と私は怒りをこめた目で彼の顔を見詰めているうち、ふと俺はいま、どこにいるんだろうと、錯覚に似た思いにかられた。あの〝世界に冠たり〟と聞かされた日本海軍にも、こうした一面があるのだ。いま、私の前に立っているこの奇怪な奴が、白昼堂々、日本海軍に棲息し、横行しているのである。

アミダにかぶった軍帽の記章は、錨も桜も青く錆びている。その軍帽の下から、下士官兵は禁止とされている長髪が額に垂れ下がっている。詰襟《つめえり》の制服の前ボタンは、上から二つばかり外れ、薄汚れたカラーが襟からハミ出ている。当分の間、アイロンをかけたことがないであろうラシャ地のズボンは、まるで田舎のお百姓さんのモモヒキのように膝が丸くなって、そのズボンからヌッと出ている汚い素足には、短靴を変造したスリッパをひっかけているのだ。

そればかりか、不精ヒゲに囲まれた唇からのぞく歯は、煙草のヤニに染まって、おまけに欠けている。それがなんの恥じらいもなく、フテブテしく私の前に立っているのである。

駆逐艦乗りとなった著者

「しまったッ」私はここに至って自分自身を恨んだ。学校の卒業日も近いある日、教官に呼ばれて、卒業後に乗艦したい艦の希望を尋ねられた。私はためらいもなく言下に答えた。

「私は駆逐艦菊を希望します」

「ナニッ菊、だれか身内の者でも乗っているのか。ない？　菊という駆逐艦は、どんな艦か知って希望するのか？」

ふだん親切な教官も、怒気を含んだ言葉を吐く。

「ハイ、知っております。菊を見学して海軍に志願したのであります」

教官は、さらに言葉をつなげて説いた。

「貴様はナ、あんまり勉強した方でないが、卒業成績は悪くない。いや、どんな新式の新造艦にでも、希望すればかなえられる成績なんだぞ。どうだ、駆逐艦よりも衣笠や青葉のような新しい艦を希望しては」

当時、巡洋艦の「衣笠」や「青葉」が進水したばかりで、七千トンの巡洋艦が主砲に二十センチ砲を装備し、速力三十五ノットを出したというので、世界の造船界の話題をさらっていた。

教官の情ある説諭も、私の意志を変えることはできなかった。あの少年の日、故郷の港の突端に立って颯爽と去った駆逐艦「菊」――その日の感銘は生涯忘れない夢となったのである。

「決定後、変更を申し出ても許さん」

教官もついにサジを投げた格好となって、私は「菊」に乗り組むことになったわけである。

艦長の放った一弾

私の乗艦命令書を読んでいた老いぼれ氏が、ボソボソといったものだ。

「貴様はよ、学校の成績だっていいのに、なんだってまた、こんな古バケツみたいな艦を希望したんだ。見ろよ、海軍にはもっといい艦がナンボでもあるのによう」

彼は沖の方に目をやった。雨に煙る港の沖は暗く、それに夕べの色も濃かったが、それでも大艦錨地には戦艦、巡洋艦がまるで城砦《じょうさい》のように見えた。また「菊」の隣りの泊地には、最新式の駆逐艦が十数隻、錨泊している。連合艦隊の水雷戦隊に属する新鋭艦ばかりである。

駆逐艦「菊」は排水量八百五十トンの二等駆逐艦で、僚艦「松」「梅」「竹」の四隻で第一駆逐隊を編成し、横須賀鎮守府麾下《きか》の第二予備艦である。大正初期の建造で、これでも建造当時は世界の最高水準を行く精鋭だったわけだ。四十五センチ魚雷発射管四基、八センチ速射砲三門を主要兵装とし、速力二十八ノットを誇ったものだ。

第一次世界大戦には、日英同盟の義約を果たすべく勇躍、地中海域に出動し、連合国の海上補給戦に活躍した。またインド洋、太平洋でも、ドイツ海軍と対決し、Uボートの制圧に、例のエムデン号の追撃に大いに働いたことは、その古びた艦歴簿に赫々《かくかく》と記されている。その後は支那方面艦隊に属して、大陸で揚子江の流れを守り、あるいは北洋艦隊となってロシア革命に対応して北方の守りを固めるなど、輝かしいものがあったのである。

しかし、過去の栄光にかかわりなく彼女は老いた。水兵たちがいくら錆をたたき、ペンキを塗っても、それは所詮、婆さんの顔に白粉《おしろい》をなすりつけるようなもので、いよいよ醜さを増すばかりである。

そればかりではない。長い年月、高速で摩耗したエンジンはガタが多くて、とても遠洋の航海に堪えうべくもない。普通ならとっくにスクラップになるべきだが、過去の戦歴が惜しまれて、今や砲術学校や水雷学校に学ぶ若き海兵の実習艦として過去の想い出を語っているわけである。そしてこの私も、若き日の彼女の色香にまどわされ、今その艦上に、憮然とたたずんでいるというところである。

当直士官に引き逢わされるため、当直下士官に伴われて、後部甲板下にある士官室に入る。士官サロンといっても、名称ほどのものでない。せいぜい八畳間の広さを持っている長方型の部屋だ。天井は低く、名ばかりのシャンデリアが吊り下げられ、室の中央に一つの大型テーブルが置いてある。壁には書棚があって、航海や操艦の専門書が並んでいる。その下に幾つかのソファーがある。ここはサロンであり、食堂であり、寝室でもある。

部屋に入ると士官五名ばかり。食事中の者あり、長椅子に寄って新聞を見る者ありである。当直下士官は、新聞を読んでいる一人の男の前に私を伴った。兵科の中尉だ。

「先任将校、大高一水、通信学校から乗艦してまいりました」

「お、、きたか」

新聞を放り出し、身を起こした中尉は、当直下士官の出した私の考課表を注意深く読んだ。そして目を上げると、私の頭のテッペンから足のツマ先までなめ回した。伯楽が馬の品定めするときの目だ。この艦にはもったいない逸物だぞと、私は心の中に言った。

「やあ、ご苦労。本艦には通信の下士官がいない。貴様が通信長だ。俺は分隊長兼通信長だが、水雷屋だから、通信のことはチンプンカンプンだ。しっかりやれ」

彼は私の品定めに満足したのか、ご機嫌に言って笑った。なかなかにいい顔だが、この年ではまだ独身だろうから、お金の無心は駄目だと思った。

「ハッ、やります」

私は今日からの仲間である分隊長兼通信長、黒川中尉に最高の敬意を表した。そのときである。部屋の一隅から、「ブーブブーブッ」と奇妙な音が流れた。疑いもなく放屁の音律である。

室内の者は一斉に音の方に顔を向けた。左舷窓の下側に置かれたソファーに深々と身を沈め、靴をはいたままの両足を茶卓にのせて新聞を読む一人の男の仕業である。襟章は大尉だ。

「艦長ッ、食事中ですぞ。無礼なッ」

食卓についていた少尉が叫んだ。小柄だが目が鋭く、眼光も炯々《けいけい》としており、精悍の気溢れた面構えだが、おそらく二ヵ月は床屋に行かないのだろう、その頭髪はぼうぼうで、ヒゲが伸び放題である。室内は一瞬、沈黙が制する。

「わめくなッ、バカモン。たかが屁のようなことで、ウフフフ」

艦長はいぜん新聞から目を離さず、一喝した。少尉は、しばし口惜しそうに艦長を睨んでいたが、やがて表情を和《やわ》らげ、

「屁のようなことか、アハハハハ」

と、天井を仰いで哄笑すると、また何事もなかったようにメシを食いはじめた。

この艦長、菊地大尉は、後の話だが昭和十二年、北京市郊外盧溝橋《ろこうきょう》畔一発の銃声に端を発

した日支事変初頭、天津への水路を扼して日本軍の増援を阻止していた太沽《タークー》砲台に、白昼肉薄して八センチ砲弾を撃ち込んで太沽砲台を沈黙させ、天津に孤立していた陸軍を救援した。

　この一弾が駆逐艦「菊」のものであり、艦長は菊地勇治その人であった。奇しくも菊地艦長が太沽砲台に撃ち込んだ一弾は、日支事変から太平洋戦争につらなる今次大戦における日本海軍が放った第一弾となったのである。

　また、この紅顔蓬髪《ほうはつ》の少尉こそ、だれあろう、伊藤亀城少尉である。このときからほどなく発生したのが五・一五事件だが、首相官邸に乱入して時の総理大臣・木堂犬養毅翁を暗殺した海軍青年将校団の中に、この名を見出した人はいるはずである。

船底の歓迎パーティー

親愛なる少年電信兵たち

士官室を逃れて上甲板に出た。当直下士官、彼の正式の名称は小林勉海軍二等兵曹というが、クックッと笑うと、

「亀の野郎も、艦長にかかると、からきし意気地がネェよ。でもなぁ大高、奴ら、みんな気のいい連中よ。おめい、気にスンナ」

気がいいかどうかは別として、戦国群盗伝に顔を出しても負けをとらないお人柄である。

前部上甲板下にある兵員室の入口で、思いがけなく、こともあろうに通信学校普通科の同期生である加藤達也こと通称「ボロ達」にバッタリ逢ったのが運の尽きだった。以後、私は彼の薫陶よろしきを得て、駆逐艦乗りの足を洗えなくなるのである。しかし、悪友は懐かしい。

「ややッ勇公。おめい、なにをしくじって、この俺のお召艦にやってきた。わかってるだろうが、ここは地獄の一丁目で、二丁目のないところだ。覚悟のほどはできてるだろうナ」

この野郎は、海軍に入るより落語家に弟子入りした方が出世が早かったと思うほど天性の駄弁屋である。頭も悪くなく、立派な才能もあるのだが、なんといっても勉強することが大嫌い。したがって、カンニングにかけては海軍始まって以来という名手。学校の教官は、彼の試験の答案だけはどんなに上手にできていても、その実力を信じなかった。さらに彼の名を高めたのは、借金の仕方に妙を得ていることだ。いかに友人たちが警戒を厳重にしても、気がついたときはなにがしかの金を彼に借りられていた。

年端《としは》わずかに十七歳で一升酒を喰らい、下宿のオバさんを驚かすのはいいが、新しい短靴が支給されると、これを新しいまま五円也で町の靴屋に売り飛ばして酒代に代え、だれかのはき古した靴をもらいうけて、年中ボロ靴をはいているところから「ボロ達」の異名をとった。横須賀鎮守府で今売り出し中の名物野郎だ。

「達チャン、その後、行方不明を伝えられたが、ここだったのか。ナルホドなぁ、この艦なら貴様にピッタリだ。横鎮人事部も目が高い」

彼は十年一日のように油染みた煙管服《えんかんふく》（本来は機関兵が煙突掃除の場合に着用するのだが、駆逐艦、潜水艦などでは、水兵がもっぱら艦内用に使っている。上下一体となり、腰ひもがついている）に、やはりだれかのお古らしいドタ靴をはいていた。そして「ボロ達」の姿は、ますます磨きがかかってきたない。

「貴様のトレードマークも、年ごとに念入りだ」

「今さら、この俺が化粧品の外交員のような格好したら、海軍の威信に反する。ボロ達の名声に傷をつけてはならない」

二人は、お互いの健康をたたえて再会をよろこんだ。これは後の話にとんで恐縮だが、この「ボロ達」こと加藤達也一等水兵も、十年余の歳月を経て名誉ある海軍少尉に累進し、太平洋戦争を迎えた。

日本本土空襲のため、米空母ホーネットを飛び立つドーリットル隊のノースアメリカン双発爆撃機

時は昭和十七年四月十七日、特設仮装哨戒艇（大型遠洋マグロ船を武装したもの）が犬吠埼の東方海域八百マイルの哨戒任務についていたこの日、アメリカ海空軍は日本本土奇襲を企図して、ドーリットル中佐の指揮するノースアメリカン双発爆撃機十六機を、空母ホーネットの甲板に並べて、ひそかに日本本土に迫りつつあった。十八日、薄明の彼方に、哨戒艇の目はこれを捉えたのである。緊急電波は全海軍に飛んだ。

「敵機動部隊見ゆ。位置、犬吠岬の九十度八百マイル、われ敵と交戦中なり」

電波はそれっきり跡絶えた。そして哨戒艇長加藤少尉の姿も、ふたたびわれわれと相まみえることがなかった。おそらく薄明の海洋に忽然と現われた日本の哨戒艇に周章狼狽する敵前衛部隊——その乱撃の十字砲火に吹き飛んだのであろう。

攻撃後に生還したドーリットル中佐の手記によっても、この哨戒艇に発見されたことで、彼らの計画はまったく絶望的なものとなり、予定よりも四百マイルも遠くからノースアメリカン機を飛ばさなければならなかったし、警報を受けた日本本土は、砲口を揃えて彼らの訪問を待っていたのであった。だが、十年後にそんな運命が待っていようとは知る由もなく、若い私たちは、将来のことよりも、現在の青春を謳歌していたのである。

駆逐艦「菊」の電信室、すなわち私が本日から最高の責任者となる戦闘配置である。位置はブリッジの下にある。簡単にいうと、なんのことはない、三メートルくらいの鉄製の箱である。それでも送受信器四台が装備されている。そして、それの付属として親愛なる部下四人が私を迎えた。全員、通信学校普通科を卒業した少年電信兵上がりである。こんなボロ駆逐艦に乗せられるようでは、どうせロクな成績ではあるまい。

私が部屋に入ると、四人は目白押しに並び、追いつめられたネズミのような目をして敬礼した。高草木、佐藤、金子、前田と官氏名を申告した。いずれも二等水兵である。ここもきたない部屋である。どこの艦でもそうだが、電信室といえば、士官サロンの次に豪華である。私はただ一つある、これもシートの擦り切れた長椅子に座った。ゴキブリが二、三匹、チョロチョロしている。

なんの気なしに電信機台の引き出しを開けてみると、電信紙や鉛筆にまじって立川文庫本が二、三冊ある。曰ク猿飛佐助、曰ク天下浪人、柳川梁八。ふと引き出しの奥に変な紙袋を見つけた。女の顔が描いてある。例の衛生用サックである。この連中、いずれも満十七歳のはずである。

「これはだれのだ」私はソレをツマミ上げて、四人の目の先に突き出して問う。

「ヘッヘッヘッ」佐藤がヘラヘラ笑いながら、サックを私の手から奪い取ると、自分の内ポケットにしまった。恥ずかしいという顔もしない。

「電信室には、これから変な私物をおくんじゃネェぞ」

と、私は壁に貼ってある栗島すみ子（当時の人気映画女優）のブロマイドをはぎ取って床に捨てた。四人はゴソゴソ机の中を整理しはじめた。私はそれを見守りながら、今日一日をかえりみた。あの輝かしく誇りに満ちた晴れの卒業式、それが一転してボロ駆逐艦の幻滅感。食事中に放屁してはばからない艦長、ゴム製の性具をポケットに秘蔵する十七歳の少年電信兵。ああ、海軍の栄光いずこにありや。そのとき、食事を告げるラッパでキザな思案が断ち切られた。

「食事です。電信長」

電信室のドアを開けて波止場に迎えに来た内火艇のバウメンが顔を出した。波止場では雨衣を着用していたので階級がわからない。あの横柄な態度から推しても、たぶん古参一等水兵だろうと思っていたが、なんだこやつ、三等水兵である。よし、手はじめに彼を第一番にシゴイてやるぞ！

海軍でもっとも厳しいものといえば、席順である。同じ階級でも、その任官日時が一日差があると、早い方に指揮権が持たされるので、食事の場合などもこの先任権が非常にやかましく物をいうわけである。食卓についた私の席は班長の次である。すなわち先任一等水兵の席だ。断わっておくが、小型駆逐艦などの班編成では、科別でなく人数割りであるため、班員には水雷、砲術、通信、信号など種々雑多である。

班長は海軍二等兵曹三島正造、水雷屋である。長身とはいえない小肥りの体躯で、あから顔と太い音声《おんじょう》。決して美男ではないが偉丈夫である。名乗らなくとも、その見事なズーズー弁で宮城県出身であることがわかる飾り気のない男だ。

「大高一水、本日乗艦。わが班に編入される。先任一等水兵の職をとる。貴様たち、近ごろ少したるんでいるから、ドシドシ鍛えてやろう」

この兵員室と名づけられたものを説明すると、これは第一兵員室、いうなれば最上甲板の下で、広さが延べにすると十メートル平方ある。駆逐艦では最上の部屋だ。ここの住人の主なる者は、先任下士官といわれる老一等兵曹、軍医の代役である二等看護兵曹、メシたきの責任者である三等主計兵曹、それに別の班の班長である例のポインター氏。小林二等兵曹と一等水兵が五名、あとは二等、三等水兵が二十名ばかり。この下の甲板が第三兵員室といって、機関科員二十名が棲息している。

駆逐艦生活の一日の終わりは、最後の甲板掃除である。午後七時半だ。そして八時、当直将校の巡検で全員が寝ることになっている。この最後の甲板掃除後が、若い水兵にとっては魔の三十分である。「パート整列」というのがあるからだ。

船倉での狂宴

海軍では若い三等兵の躾《しつけ》教育は、もっぱら一等水兵たちの仕事である。下士官連中は技術的な教育はするけれど、若いもんの躾や行儀、勤務の勤惰などは先任一等水兵にまかせて口出しをしない。これは戦艦でも駆逐艦でも変わりはない。その教育時間が、この夜の甲板掃除が終わった後の三十分である。その夜、約二十名の二等、三等水兵を前に私は言った。

「私は今日乗艦した。学校を出たばかりなので、駆逐艦のことはあまり知らないが、乗艦後四時間の体験では、貴様たちの態度はまさに南支那海の海賊なみである。私は海賊でない、名誉ある帝国海軍の一員である。今日以後、私はそのつもりで貴様らを鍛えてやる。伊藤三水、一歩前へ！」

例の内火艇のバウメンが、一歩列を離れて前に出る。

「貴様ッ、今日、桟橋でこの私になんといったか。忘れないなら、ここで復唱してみろ！」

「ハイッ、復唱します。この馬鹿野郎、マゴマゴするな！」

「よろしい。そのとき私はそんなにマゴマゴしていたのか」

「ハイッ、いいやマゴマゴしていませんでしたが、私は新兵と間違えまして、つい心にもなく、申し訳ありません」

「よし、それでは聞く。伊藤三水ッ、海軍大臣の官氏名は」

「忘れましたッ」

「忘れたのでない。はじめから知らないのであろう。教えてやる。今夜中にノートに百ぺん書けッ。海軍大臣、海軍大将、財部彪《たけし》」

こうした会話の後、伊藤はほかの一等水兵からお小言を頂戴し、ビンタを二つばかり取られて解散。巡検である。海軍に入った若い水兵がもっとも安らかになり、もの恋しくなるのは、この午後八時の巡検である。

あの喨々《りょうりょう》たる巡検ラッパが鳴ると、全員がハンモックにもぐる。副長（駆逐艦では先任当直将校）が先任下士官（先任衛兵伍長ともいう）を先頭に艦内を巡視する。その間数十分、故郷を偲《しの》び、恋人を慕い、そして毛布をかぶって、食い残してあるアンパンをモグモグ食うのである。

巡検が終わると、「煙草盆出せッ」の号令が出る。ハンモックの中で狸寝入りしていた連中が這い出てきて、これから消灯十時までが本当の自由時間となる。私も起きて故郷の母や学校の教官に乗艦の知らせを書いてると、ボロ達が寄ってきて、声をひそめてささやく。

「ユーさん、同年兵が貴様の歓迎会を盛大にやるそうだから来いよ」

「歓迎会だって？　どこでやるんだ」

「声が大きいよ。どこって、カフェーロッカー」

「カフェーロッカー。これから上陸するんか」

「バカッ、エエから俺についてこいよ」

ボロ達に案内されて歓迎会場を訪問した。後部甲板の船尾にある倉庫である。上甲板マンホールの蓋を上げると、梯子式の階段がある。それを降りると艦底だ。太い二本のプロペラシャフトが縦貫している。わずかな空間を利用して、水雷科の倉庫に使っているのだ。ここは掃海具の格納所で、太いワイヤの束やマニラロープが積んである。油とペンキの臭いがプーンと鼻をつく。

航海中はスクリューのひびきで昼寝もならないが、停泊中は詩人の部屋のように静かで浮世離れしている。悪いことをするには格好の場所だ。ここなら当直将校も気づくまい。

「巡検後、許可なく艦内で飲酒することを許さず」——艦内で巡検後に酒を飲むことは、どの艦でもきつい御法度《ごはっと》だが、これが守られたためしはない。第一、それを決めた士官連中が、大いにこの禁を破って憚《はばか》らないのである。名将といわれた山本五十六も、少、中尉時代はこの軍律を犯したのである。

室内には挿し込み式の移動電灯が一個、ボンヤリともっている。その暗い下にどれも一癖あり気な男が三人、煙管服のまま車座で待っていた。まるで洞窟の中の山賊だ。しばしばここを利用するのだろう、鑵詰の空箱が食卓の代用となる。

ハンダ着けのボロランプを改造したらしいコンロには大型の鍋がかけてあり、中ではなにかグツグツ煮えている。牛肉と玉ネギの匂いがただよって食欲をそそる。鍋を中心に大型の湯呑み茶碗が人数だけ配られて、かたわらには酒が一升ビンで五本ばかり立っているところをみると、一人当たり一升呑むつもりであろう。

海軍には「同年兵」という、まことに美しい——ときには迷惑でもあるが——友情がある。

海軍に入った年月を同じくする者の絆《きずな》である。その強さ、深さは、親兄弟のそれに勝るとも劣らない。それは、海軍に在るときはもちろんのこと、海軍を出て一般市民となってからも年齢、階級、地位を越えて生涯変わらない友情となるのだ。深夜、軍律を犯し、船倉で歓迎会という美名のもとに一升酒を喰らい呑もうというのである。まさに船倉の狂宴である。ボロ達が一人一人を私に紹介した。

引地金太郎　年齢二十三歳。福島県山間部の出身。海軍水雷学校機雷科をドウヤラ卒業。特記する才能はない。ただカフェーの女給に惚れると盃を噛み砕く奇癖あるも、人畜に危害を加えることはないのが幸いである。

藤枝五郎　同じく二十三歳。本人は生ッ粋の江戸ッ子と自称するが、腑に落ちぬ節がある。海軍工機学校卒業だ。機械のことはあまり知らない。ただし柔道三段。工機学校在学中、柔道場の番人であったことは疑いもない。侠気、野次馬根性ともに旺盛、酒色いずれも抜群である。

及川与作　二十五歳。徴兵なので、一番の年かさだ。砲術学校の卒業成績もビリに近く、特にいうべき才能もないが、この男、妙なもので横須賀鎮守府での名物男である。というのは、この小柄の彼の持っている男性の象徴は稀代の逸物で、長さ、太さ、たくましさ、色調など一点の非もなき絶品。健康診断のつど、軍医はこれを掌上に、ためつすがめつ鑑賞久しくする。

「あゝ、なんとも見事なものだぞ及川ッ。貴様のものは横鎮一だ」と嘆賞したという折紙つきである。

私も含めてこの五人、ともかく姿、形は汚れてはいるが、日本海軍の若き精鋭であることに異存はないだろう。

「おいみんな、こんなお堅い奴を仲間に迎えて、これから教育仕直しに骨が折れるだろうが、俺たちが面倒をみてやろう。大高の乗艦を祝って、艦長に代わって乾杯ーィ」

ボロ達が一合入りの湯呑みを上げて、一気にそれを呑みほした。ほかの三人も、まるでサイダーでも呑むようにゴクゴクとのどを鳴らして美酒をあおぐ。惜しむらくは主客である私はこのとき、一滴の酒も飲めなかったのである。ただアレヨアレヨとこのうわばみどもを眺めるばかり。一通り酒が渡ると、やっと落ち着いたという顔で、引地金太郎が言葉をかけた。

「おめい、駆逐艦は初めてか。どうだい感想は」

「どうって、バイキングの日本版というところだ。一刻も早く退艦したいよ」

「アハハハ、ごあいさつだネ。三日いたら足は洗えないよ。俺もそうだった」

「貴様たちは毎日、ここで酒を呑んでいるのか」

「とんでもない。かかる豪華なる酒宴は絶えて久しい。この前は達チャンの進級祝いだった」

引地は、赤くなった顔をツルリと撫でた。

「おいユーさん、おめいは学校のメシばかり食っているから、本当の海軍の味を知らネェんだ。学校なんて、ありゃそもそも海軍じゃネェぞ」

ボロ達は、グッと湯呑みを傾けて言葉をつづける。

「この牛肉食ってみろ。学校でこんなウメエもの、食ったことないだろう」

牛肉を大きくブツ切りにして味噌で煮た鍋物は確かにうまい。「ギンバイ」料理特有の味である。ここでギンバイという海軍語の説明が必要となる。いつの頃からか知らないが、海軍には「ギンバイ」、銀蝿ともいう言葉がある。その語源については諸説ある。追っても追っても群がるあの銀蝿という意味だろうと一般的には思われている。ラテン語からきているのかも知れないが、調べたことはない。たとえば、

「おい、メシが少ないぞ。だれか賄《まかない》に行ってギンバイしてこい」

そのときの意味は、賄に行って飯を強制的に、あるいはこっそり断わりなく持ってくることであるが、盗むとか恐喝するとかの悪意には取らない。あのうるさい海軍も、このギンバイ行為についてはなんの罰則も設けていないところをみると、海軍のお偉方も大いにやったらしいのである。

姿なき眼下の敵

初夏、空は晴れている。軍港の朝はさわやかだ。第一駆逐隊の各艦の煙突から、久しぶりで白煙が昇って、マストに信号旗がはためいている。

「われ爆撃訓練のため東京湾外に出動。即日帰港の予定」

午前八時の出港である。各艦出港準備完了。午前八時、海軍の日常でもっとも厳粛な一瞬

である。軍艦旗の掲揚式である。

吾妻山の信号所に標旗一旒が上がる。これが午前八時キッカリにサッと引き降ろされると、軍港に停泊するすべての艦船から、一斉に喨々たる君が代のラッパ奏楽である。艦にある者も、陸上にある者も歩を止めて静かに頭《こうべ》を下げ、あるいは挙手の敬礼をするのである。静々と掲げられる軍艦旗は、平和の祈りであった。

ところがだ、喨々と軍港の空にこだまする各艦のラッパの音色がさわやかな中に、わが「菊」の音色が悪い。悪いばかりでなく、まったく響かないのである。空気が吐き切れるように音がかすれる。私は並んで軍艦旗に挙手の敬礼するボロ達に言った。

「おい、本艦のラッパは全然鳴らんぞ」

ボロ達はクスッと笑って、小声で答えた。

「ラッパを吹いてる宮本三曹が梅毒の三期で、喉をやられているんだよ」

「この艦には、およそまっとうなものはなに一つネェんだナ」

軍艦旗の掲揚が終わると同時に出港のラッパが鳴り、マストの運動旗がサッと降りる。

「舫《もや》いやれー、前進微速、面舵一杯」

艦長の声も調子がよい。速力通信器《テレグラフ》がカランカランと回り、操舵水兵の復唱もさわやかだ。

「面舵十五度、右に回りまあース」

前甲板の舫索《もやいづな》は引き上げられ、ブイをかわして艦首が静かに右に回る。測深手が側鉛の綱を張って叫ぶ。

「静かに進みまあース」

艦長の右手が左に走る。

「戻セー、舵中央、前進半速」

艦はグングン速力を加えて、司令駆逐艦の航跡を追う。停泊中の僚艦と敬礼、答礼を交換しつつ港外に出る。東京湾は静かだ。初夏の海は母のような微笑を湛《たた》えている。房総の山々が陽光に明るく、白雲の流れもゆるやかである。観音崎灯台下で巨船と反航する。白い船体が美しい。アメリカ・カナダ汽船会社のエンプレスオブジャパン号で、三万トンの太平洋の女王といわれる豪華客船である。敬意を表して国旗を下げる。我も答礼する。

城ヶ島を右に見て針路南、速力十二ノット。太平洋のウネリがようやく艦首に砕け、白雪のような飛沫《しぶき》が上がる。母親のような微笑と思ったのは真っ赤な偽り、継母のような底意地の悪い表情に海は変わる。晴れた空に伊豆の大島が迫り、御神火の煙が横に這うのは、風の出てきた知らせだ。ウネリはいよいよ高く長い。

「隊列ヲ解ク、各艦ハ単独行動ニテ予定ノ訓練ヲ実施セヨ」

司令駆逐艦の命令で針路を東に転舵、速力二十ノットに上げる。偽装潜望鏡の竹ザオを魚の多いような場所に投下する。対潜警戒も型の通り。「姿なき眼下の敵」に対決するのだが、訓練となれば真剣味がない。それでもいよいよ実装爆雷投下となれば、心が躍る。ドッカンドッカン、海底を震わせ、天高く水煙が盛り上がるのは壮絶である。五個の爆雷も故障なく、規定深度で炸裂する。

艦は二十ノットの速力で急旋回、爆雷が炸裂したあたりに殺到する。爆雷爆発の振動で脳《のう》震盪《しんとう》を起こした魚類が浮上するからである。大島海域は大鯛の棲息地で、ときには数百匹の大鯛が波上にただようこともあるのだ。あまり長い時間を経ると、彼らも正気に戻るので早い方がいいのである。

爆雷投下が終わると、ソレッと用事のない奴らが溺者救助用のライフボートに乗って魚を拾うのだ。この日はなかなかの豊漁で、大小の鯛が数十匹捕獲された。目の下二尺（約六十センチ）近い大物もある。しかし、艦の場所によっては不漁の艦もある。どうやら司令駆逐艦は不漁らしい。信号がきた。

「貴船ノ行動ヲ報告セヨ」

艦長がニヤリと笑った。

「おい信号兵、返信だ。いいか、我レ溺死体ヲ収容中ナリ」

旗艦より、さらに信号あり。曰く、

「検屍ノ要アリ。収容セル屍体ノ一部ハ帰港後、速ヤカニ本官ノモトニ送ラレタシ」

太陽が伊豆半島の天城山にかたむくころ、一日の訓練を終わって横須賀に帰る。入港すると、大鯛の数尾が駆逐隊司令に送られたのはもちろんである。司令は晩酌の肴《さかな》にこれを検屍したであろう。平和な時代であった。

こう書くと、この日の航海は大変楽しいもののように聞こえるが、それは他の乗組員のことであって、実はこの日一日、私にとっては楽しいどころでない。それこそ爆雷の震動で、脳震盪を起こしたマグロのように、電信室の長椅子の上に恥も外聞もなく蒼ざめて寝ていたのである。日本海軍の精鋭、まことに形なしである。

私はこの日まで約四年、海軍のメシを喰ってはいたが、海上生活というのは軍艦「磐手」という日露戦争当時の主力艦に乗り組み、練習艦隊の実習航海でアメリカ合衆国沿岸を一周した約十ヵ月だけ。あとの三ヵ年は海兵団とか専門学校の生活で、陸上に勤務した方が多い。それがこともあろうに、わずか八百五十トンの二等駆逐艦で、荒れ気味の太平洋を初航海したのだからたまらない。

まあ、観音崎灯台を過ぎるあたりまでは大変壮快な気分で四人の部下を指揮し、新進気鋭、学校出たてのいいところをみせていたのだが、城が島を回る頃になるともういけません。グラリグラリ、艦体がまずローリングをはじめると、胸がムカムカしてくる。あの船酔い特有のせつなさ、くるしさ。しかし、まだ我慢ができる。

やがて二十ノットの高速となると、ドブンドブンと艦体は恐ろしい勢いで上下動する。いわゆるピッチングだ。もう駄目だ。部下どもは小面憎くもヘイチャラな顔で、苦しげな私の方を盗み見する。私は脱兎のように電信室を飛び出し、艦橋の旗甲板に昇った。高いところで、冷たい風にでも吹かれたら治ると思ったのが素人のあさましさで、高いところほど艦体の揺れ方を激しく感じ、酔いを盛り上げるのだ。

突如、胃袋が反乱したらしくグーグーと鳴る。今朝の朝食が半消化のまま口中一杯に逆流し、台風のあとの堤のように今にも破れそうである。私は必死にこらえた。神聖な艦橋をムギメシのヘドで汚してはならないと我慢するのだが、わが海軍魂にも限度があった。

もう駄目だッと観念したとき、有難や、だれかが布の袋を出してくれた。私はそれがなんの袋であるかを考える余裕もなく、その袋の口をひろげ、口中一杯に満たされた反吐《へど》をころよく吐き出した。袋は私のヘドでドッシリと手ごたえがあった。胸がスーッとし、ワレに返った気持である。

私は振り返って、この急場を救った恩人を探した。そしてその人らしいものを発見し、ギョッとした。かの伊藤三水であったからだ。彼は速力通信器《テレグラフ》の当番をして、私のもっとも近い位置にあった。彼は私との視線が合うと、ニヤッと片目をつぶって笑った。

私のヘドでドッシリした袋はなにかと改めて見ると、それは官給品の水兵の沓下《くつした》である。地色は真っ白なのだが、垢染みてネズミ色になっている。この色、この臭いから思うに、水虫菌がウジャウジャしているに違いない。

よく見ると、伊藤のやつ片足は素足である。野郎、味なことをすると思ったものの、この場合、彼の機転の救いがなかったら、私の大量のヘドは艦橋に散乱して大恥をかくことであったろう。そればかりでなく、それが全艦に知れ渡るであろう。これは、先任一等水兵としては致命的な醜態なのである。

私は目で、ありがとうの意志を表わした。伊藤は手を振って、ヘドの詰まった沓下を舷外に捨ててもよいと合図した。私はその通りそれを海に投じた。やがて伊藤は、ポケットから便箋らしいものを出して私に渡した。開いて見ると、三枚の海軍公用の便箋には、時の海軍大臣の官氏名がビッシリ書き込まれてあった。

こうした航海を重ねるごとに、私の駆逐艦「菊」とその乗組員に対する認識は、否応なしに改めざるを得なかった。なるほど彼らは、私が学校や練習航海で教え込まれた規律、言動などから見ると、まったくなっていなかった。上は艦長から下は海軍三等水兵まで、粗暴で放埒《ほうらつ》。暇があれば酒をくらい、上陸しては娼婦を抱く。まったく名誉ある軍人の風上にもおけない連中だったことは間違いない。

だが、この一見無頼の徒がひとたび港を出て大洋の怒濤に立ち向かうと、まったく人が変わったように俊敏、大胆、海を恐れぬ男となるのである。駆逐艦はわずかなウネリでも、四十度を越えるローリングをやるが、彼らは軽業師のように振舞う。どんな危険をともなう仕事でも、鼻唄まじりである。ボヤイたり、悪態は吐くが、命令に違反することはない。

そして見事なのは、その責任感である。もっとも大艦と異なり、三等水兵のちょっとした手違いでも、艦は危機に瀕することがあるのだ。しかし、彼らの生活の中には、悲壮感も優越感も危機感もない。彼らの生活の中でもっとも危機感を抱くとすれば、それは港で当直将校をたぶらかして当直日の脱走上陸を敢行するときであろう。

ともかく八百五十トンの小艦が三万トンの戦艦と太平洋上で行動を共にするためには、司令部の参謀が机上で書いた一片の法則より、彼らは海の法則に従うのである。海は常に未知であり、気まぐれであり、限りなく狂暴である。駆逐艦乗りは、海軍の規則よりも海のルールに従わなければ、艦の命も危ないのである。

徳川時代、秋田の海で禁制の密貿易をやったという祖先の血を引くらしい私が、この駆逐艦乗りの魂にゾッコン参ったとしても不思議ではない。これもまた、祖先から伝わる海賊の血が流れる妖しい海の魅力かも知れない。海は醜女《しこめ》の深情けのように私をまねく。

ネズミ上陸の顚末

心に沁みる巡検ラッパ

ここで、日本海軍の艦船が使用した艦名について触れてみよう。
艦名は戦艦は国の名称、すなわち「長門」「陸奥」「山城」「大和」「武蔵」などがそれである。

巡洋戦艦および巡洋艦には山岳の名がとられた。「金剛」「榛名」「霧島」「比叡」が巡洋戦艦で、「妙高」「足柄」「愛宕」などの重巡洋艦なども名の知れた山の名称である。同じ巡洋艦でも七千トン以下の場合は河川の名が冠せられた。「最上」「木曽」「天龍」「那珂」。

航空母艦は、その任務の性質上、飛翔する意味を現わしたものである。「瑞鶴」「翔鶴」「蒼龍」「飛龍」。航空母艦でも「加賀」「赤城」は戦艦として建造され、その後に空母に改造されたので、国の名のままだ。潜水母艦は鯨だ。「大鯨」「迅鯨」「長鯨」。特務艦名には岬とか半島の名を付けたものが多い。「室戸」「尻矢」「能登」などである。

まあ、いってみればまことに非文学的なものばかりなのに、これが駆逐艦となるとグッと趣《おもむき》が変わる。野暮ったい艦政本部のお役人にも、なかなか学のある御仁もいたらしく、万葉集や徒然草などから大いに引用したらしい気配がある。「松」「梅」「桜」「萩」「桐」などもあるが、これは決して賭博の花札からとったものではない。「夕月」「皐月」「宵月」「秋月」とやさしく、「深雪」「初雪」「白雪」「吹雪」となると徳川大奥三千の美女を思わせ、朧《おぼろ》、暁《あかつき》、電《いなずま》、雷《いかずち》、響《ひびき》とまことにアカ抜けして心憎い。

それが潜水艦となると味もそっけもなく、伊一号、伊二号と番号呼ばわりで、まことに百尺竿頭、一歩の踏み込みがない。どういうものか、鯨のほかには獣の名を使わなかった。戦艦「大虎」。いつも酔っ払っているみたいでうまくなかったのだろうが、あったら面白かったろう。

午後四時になると、日中ひっそりしている軍港横須賀の街は活気に満ちてくる。海軍工廠のポーという音が終業の知らせを港の空いっぱいに響かせると、四万の工員たちが一張羅《いっちょうら》の背広に着替え、弁当箱を納めた立派な手下げ革カバンを振り振り街に溢れ出る。

工廠前のドブ板通りに軒を並べた「ワンコップ屋」で、一合十銭の安酒をラッキョウの漬物と塩豆を肴《さかな》に受皿に溜まった「タレ」の一滴までなめる。腰掛けの下がラッキョウの食いかすで一杯になるころ、海軍の下士官兵の上陸が開始されるのである。

海軍の上陸は平日は下士官の半数、兵は四分の一が上陸する。これを入湯上陸といって、陸泊して明朝七時までに帰艦する。三等水兵には入湯上陸は許されない。彼らは日曜日と土曜日、それに祭日に半数ずつ午前七時から午後八時まで上陸が許される。もちろん、この場合は下士官・兵も同じで、これを半舷上陸という。

午後五時になると、「入湯上陸用意」のラッパが鳴り、停泊艦船いっせいに上陸開始。逸見《へみ》の上陸場はゴッタ返している。准士官以上の上陸は当直、副直両将校以外は自由である。海軍の規則なんてものは士官が作ったものだから、士官にはもっとも都合よくできている。原作は英国海軍である。

夕闇せまるころとなれば、軍港の町は職工と水兵で賑わう。下士官あたりの新婚者は、わき目もふらず、せまいわが家に伝書鳩のように帰るが、水兵連中はまず下士官兵集会所だ。入浴して宿泊券をとる。一泊五銭で清潔なベッドに寝られる。寝るところを確保すると、予定の行動に移るわけである。

米が浜は待合と芸者の街、大滝町はカフェーと映画だ。山手の柏木田町は公娼で、下町の安浦三町目は私娼窟で一千の美女が厚化粧で待っている。どこに入っても、五円あればお大尽とまでは行かなくとも愉快に遊べたのだから、わが青春に悔いなしである。よき時代だった。

上陸員の去った艦内は、急にヒッソリする。小うるさい下士官は半数去り、一等、二等水兵も四分の一少なくなる。夕食後、腹ごなしにやる四十五分の別科作業がすむ午後七時半、「釣床卸《ハンモックおろ》セ」までまったく各人の自由の時間である。艦内酒保も店を開いて酒や菓子を売る。

これは二等水兵までで、三等水兵となるとそうはいかない。彼らはこの自由の時間も、自由にする自由が許されないのである。薬罐を磨き、古参兵の靴を磨き、甲板を磨く。ともかく海軍に入った一年くらいは磨く物ばかりで、自分の歯を磨く時間がない。

午後六時、小野田一等水兵は新三等水兵全員に、第一兵員室集合を命令した。小野田は私より二年先輩で、善行章二線をつけている。海軍運用学校出身の操舵兵である。海軍では海兵団の新兵教育だけでは実際の使い者にならないので、配属された新兵を、下士官を教官としてさらに三ヵ月間、艦内で特別教育をほどこす。小野田はその教官助手である。下士官教官は入湯上陸で、本日は不在である。

さては何事ぞとビクビクしながら、集まった七名の新三等水兵を前に、小野田は重々しく口を開いた。彼も教官不在の場合は、相当のカンロクである。

「これより約一時間、課外教育をやる。このことは別に進級試験の問題には出ないから、ノートを取る必要はない。しかしよく聞け。これは、海軍大学校のもっとも重要な課目の一部だぞ。俺たちも、みんな暗記して覚えたものだ。始めるぞ」

彼は神妙に控えている新兵たちをジロリと睨み、朗々とやりはじめた。

「凡《およ》ソ兵トハ概《おおむ》ネ貧家ノ次男、三男ニシテ全ク常識ヲ備エズ、新聞、雑誌ハ読メドモ意味ヲ解セズ漫画ヲヨロコブ。シカレドモ筋骨アクマデモタクマシク重量物ノ運搬ニ最適ナリ」

室内のあっちこっちでクスクス笑う者はいたが、小野田はニコリともしない。

「みんな、俺の通り復唱しろッ」

新兵たちは、まだどうもよく意味を解しないらしいが、それでも小野田の口調の通り復唱した。

「よろしい、つづけるぞ。ツネニ猥談《わいだん》ヲ好ミ俗歌ヲ合唱ス。おい貴様ッ、猥談とはなにか」

小野田に指差された一人が言った。

「ハイッ、助平な話のことであります」

笹谷という青森県の漁師上がりの男だ。

「その通りである。つづける。麦飯ヲ常食トシ、天皇誕生日ヲ祝シ米飯ヲ与ウレバコレヲ銀メシトヨロコビ万才ヲ三唱ス。夜ニ至レバ六尺ノケンバスヲ空中ニ釣リテハンモックトナシ、ソノ中ニ安眠ヲムサボル」

小野田の朗読はなかなかの名調子で、新兵たちも真剣に復唱した。

この綴方はいつの頃の誰の作かは知らないが、日露戦争の昔から代々、水兵たちに伝わるもので、およそ「軍人に賜わる勅語」と同じ時代に、それを風刺するため作られたものらしい。

「日曜、祭日ニ半舷上陸ヲ許セバ飲酒酩酊《めいてい》、安浦、皆ガ作ヲ徘徊、婦女子ヲ見レバ奇声ヲ発シテタワムル。人畜ニ危害ヲ加エザルハコレ多年訓練ノ賜ノナリ」

ここまでつづいたとき、後甲板からの号笛が聞こえ、伝令兵の命令が伝わる。

「総員、ツリドコオロセーィ」

「本日の課外教育終わる。解散ッ」

ほをぬらす時だ。

釣床《ハンモック》が卸され、甲板掃除、パート整列につづいて巡検のラッパが喨々《りようりよう》と鳴る。海の男がほ

あの巡検ラッパは心に沁みる。故郷を思わせ、恋人の面影を偲《しの》ばせる。波止場通いの汽艇の泣くような汽笛、遠く横須賀線の電車の音もわびしい。そして駆逐艦の一日は終わるのである。

軍規厳正といっても、海軍には陸軍とまったく異なる面が幾つもあった。そして英国式なユニークな伝統があり、ユーモラスな雰囲気があった。日本海軍の創設は英海軍を師表としたことは、当時の海軍将星がほとんど英海軍に学んだことでわかる。したがって、海軍の生活は国際的で、思想においても視野が広く、一般的に見ても高い知性的なものがあった。

今次の第二次世界大戦に、反連合国戦線に日本が参加することに対して、海軍に反対論が多かったことは事実で、それは国際的な見通しなどから非常な危険のあることを知っていたからである。惜しむらく東條英機氏が海軍に籍を置いたら、歴史は別な方向を辿ったと思うのは私一人でない。

忠公の断末魔の声

水兵たちが毎日、もっとも苦心するのはほかでもない、どうやって一回でも多く入湯上陸を当直将校から奪い取るかということである。親兄弟の病気、死亡を利用することはもちろんのこと、ひどい奴になると、伯父・伯母・従兄弟までも殺すのがいる。

「当直将校、伯父が危篤との知らせがありました。死目に逢いたいと思いますので、特別上陸をお願いします」

「伯父危篤？　貴様の伯父は去年、死んだはずだぞ」

「エッ、しまった。えぇェ、あれは母方の伯父で」なんてシーンはザラである。おそらく船乗りとあれば、許されるならば人喰い島でも上陸する。それが下宿の娘にでも惚れられたとなると、一日中いかにして上陸するかと、そればかりを考えている。

海軍に「ネズミ上陸」と「油虫上陸」という規則があった。まことにユーモラスな、酸いも甘いもわきまえた大変に結構な規則であった。海軍諸例則に、

「艦内ニオイテネズミヲ捕獲シタ者ニ対シ、一匹ヲ一回トシテ入湯上陸ヲ与エルモノトスル。コノ条項ハ艦内ニテ油虫二百匹ヲ捕獲シタ者ニモ適用スルモノトスル」

さすがは芸者さんをこよなく愛したという名海軍大臣山本権兵衛の作った規則だけに愛情がある。

この条文で特に「艦内」とあるのは、陸上のネズミや下宿のおバさんが台所でネズミ捕りで捕った奴を貰《もら》ってきては駄目ッと念を押したのである。薩閥の巨頭として近代海軍の創設に尽くし、部内に絶大な権力を振るった山本さんも、大臣として後に「シーメンス」事件で苦労しただけに、買収はよほど怖かったに違いない。しかし、このよき範例を残し、後輩の若い水兵やその恋人たちを楽しませたことは、やはり一代の名将であったというべきであろう。もって瞑せよ。

日曜日の朝である。空は今日も晴れて光が一杯だ。真夏の微風が艦上に爽やかである。午前六時、起床ラッパが港内一斉に鳴る。静まり沈んでいた軍港は、まず水兵たちの活発な動きで目覚める。今日は八時から半舷上陸と思えば、甲板掃除の箒《ほうき》に力が入るわけである。

突如、「菊」の甲板で、時ならぬショッキングな事件が水兵たちのペースを乱した。ボロ達である。彼は昨夜から行方不明であったが、いま凱旋した英雄のように現われたのである。

というのは、彼の手には、子猫のようなネズミがさげられていたからである。

「おい見ろッ、俺の苦心の戦果を。金勲（金鵄勲章）ものだ」

甲板を洗っていた水兵たちがブルームや箒を放り出して彼をとりまいた。

「驚くんじゃネェぞ。まだあるんだッ」

彼は手を上衣のポケットに入れると、つぎつぎと生まれたばかりで、まだ毛もロクに生えていないネズミの赤ん坊を三匹もツマミ出した。まだ生きているので、ネズミの子は掌上で蠢《うごめ》いた。

「スゲェじゃネェか。達チャン、俺に一匹譲ってくれよ」

哀願したのは及川一水である。彼は今日午後八時に帰還する「帰り番」である。

「ウン、マア相談に乗ってもいいが、相場は値上がりしているよ」

「いくらだ」

「まあ、安くてこれだ」と指を三本出した。三円である。当時、サントリーの大角ビンが確か一円五十銭。

「高いよ。まだ赤ん坊じゃネェか」

「赤ん坊だって、規則ではネズミに変わりはネェよ。それに将来、大物になる血統だ。見ろよこの親を」

船にネズミは付きもので、貨物船であろうと軍艦であろうと変わりはない。大昔から船ネズミ退治に人間どもはいろいろ苦心したが、彼らを船内から駆除することは不可能だった。中には変な縁起《えんぎ》を担いで、

「ネズミが棲《す》んでいる限り、この船は安全だ」

と忠公を守り神でもあるように尊敬しているものもいる限り、増えても減ることはない。かくいう筆者も実際に経験したが、ネズミは陸岸から百メートルの近くなら、停泊船に集団で泳いで渡ってくる。まるで移住である。彼らは陸上から船に、船から船に、さらには船から陸上倉庫へと、常にジプシーのように移動する。

艦内を横行するネズミを捕獲するには、相当の年期がいる。若い水兵などの手に負えるチンピラでない。なにしろ、向こうは長年、海軍の猛者たちを相手に生き残っているグレン隊だ。市販のネズミ捕り器や薬品でも駄目。その道の専門家である猫にいたってはまったく効果なし。艦内生活では、ネズミの方が勘がよく鼻もきく。猫は船に酔っ払って足を踏みはずし、海に転落するのが落ちである。鉄で作った船で、猫の爪がきかないのである。

といって、このグレン隊を放置するとひどいことになる。艦内をのさばり、艦長の禿頭《はげあたま》に小便をたらし、ハンモックで熟睡する水兵の水虫臭い足指の厚皮を齧《かじ》るのはまだ我慢もなる

が、米麦倉庫を荒らし、艦内を人間の神経のように配された精密な諸機器の電線を噛み切るにいたっては捨ておけない。かくして世界海軍でも珍しい「ネズミ捕獲令」が発布されたわけである。

しかし、水兵がネズミ捕りに浮身をやつしているのは、何もこの条令に忠誠を誓い、艦の安全を守るという大義名分のためでないことは、彼らの日常生活を見れば一目瞭然である。もっぱらネズミを捕って入湯上陸を一回でもセシメたい、という船乗り本来の熱望にほかならないのである。ネズミこそいい面の皮だ。

ネズミを捕るためにはまず、ネズミの出没する場所を確認する。またはネズミを自分の都合のよい場所に誘導するかである。前者は賄《まかな》い所、流し場、野菜置場、米麦倉庫などがある。後者は夜間、彼らの遊歩道となる通路などに、米麦・パン屑などをまいておくことである。

さて、ネズミ捕りの武装としては、懐中電灯一個、しなやかな細身の棒（柳・釣竿の類）、暑い時季は顔を蚊から守るための蚊帳、寒気厳しいときは厚いセーターを用意する。両手にはかならず軍手をつける。これはネズミをワシ摑《づか》みした場合、窮鼠よく手に喰いつくからである。

よくネズミを捕る猫は辛抱強いように、人間も例外ではない。執拗な張り込みを続けるド根性が大切である。これはしかし、容易の業ではない。厳冬の深夜、寒気に耐え、睡魔と戦い、煙草を我慢して三時間、五時間、時にはよく夜を徹して獲物の出現を待っているのである。

待機すること久し。暗中に獲物の蠢動《しゅんどう》を感知したら、心静かに深呼吸の二、三回をして逸《はや》る気を静める。敵の所在を確かめて電灯をパッと照射する。ネズミは急に明るくなったので一瞬、キョトンとたじろぐ。その一瞬、ビシッと手にした棒を横に払う。足をねらうのだ。

ネズミを打つには「空竹割」「突き」では駄目。この横の動きに速い忍者を倒すためには、低目の「円月殺法」で、足を横薙《な》ぎするのである。横転するところを、身を挺してワシ摑みにする。「キイッキイッ」っとわめく忠公の断末魔の声こそ、波止場で待つ彼女の喜びの歓声でもある。彼は特別入湯上陸一回を、海軍大臣から勝ち取ったのである。

ネズミを捕獲した者は、先任下士官室に備え付けの「ネズミ捕獲簿」という重々しい帳簿に所要事項を記入する。このネズミ暗殺録と屍体を持って、当直将校または甲板士官の検屍を受ける。この検屍が重大である。規則では、ネズミ一匹は上陸一回となっているが、この検屍をうまく利用すると、二回ともなり三回ともなるのである。

本日の当直将校は、先任将校・黒川中尉である。兵学校出身者の中尉では、まだ女房を養う経済的資格がないので独身である。俸給の大方は多分、米が浜あたりのB級芸者に奉仕しているはずで、いわゆるヤリクリ中尉である。しかし、ヤリクリ中尉といえど、日曜日はやはり楽しい。午前八時となれば、彼は当直を交代して上陸できるのだ。口笛でも吹きたい気持で後部甲板を、檻《おり》の中の熊のように行ったり来たり、朝メシ前の運動中である。

ボロ達が彼としては上等の一装用水兵服をキチンと着て、後甲板に現われた。靴も今日はドタ靴ではない。手にはネズミ捕獲簿と、徹夜で捕まえたネズミを大切に持っている。黒川中尉の前に進むと、艦長にもしないような敬礼をやった。

「先任将校、お早うございます。加藤一水、昨夜、米倉庫においてネズミを捕獲しました。ご点検をお願いします」

言葉も大変、上品である。黒川中尉は、檻熊の歩行を止め、ボロ達の顔を見、ネズミを見て答礼した。

「この爽やかな朝、ボロ達ごときにつかまるとは不運な奴だ。ウン、相当の老いぼれだナ」

中尉はボロ達の捧持するネズミの無念の形相をのぞいた。そして足を見た。コレは陸上から持ち込んだものではないかを確かめたのである。陸上のネズミは足裏が奇麗であるが、艦のネズミは油に汚れているので見分けがつく。ボロ達から捕獲簿を受け取って、中尉は変な顔をした。

「おい加藤ッ、これには合計四匹となっているが、後の三匹はどうした」

「ハイ、これであります」

ボロ達は上衣の内ポケットに手を入れると、つぎつぎにまだ生きているネズミの赤ん坊を取り出して掌上に乗せた。これには中尉も驚いた。

「汚いッ。そんな生まれたばかりの奴で上陸一回宛とは不当だ。捨てろッ」

しかし、ボロ達はこの宣言に承服しなかった。

「先任将校、お言葉ではありますが、規則には赤ん坊でも一匹と認めております。もし中尉が不当と認めるなら、私は大きくなるまで養育します」

黒川中尉も苦笑した。なるほど規則には赤ん坊を例外としていない。起草者も、そこまでは気がつかなかったろう。中尉は加藤一水を伴って、士官室に降りた。引き出しからハサミを取り上げると、ネズミのヒゲをバチンと切った。これをやっておかないと、二度のお勤めをさせるからである。

「よろしい、捨てろ！」

加藤はネズミの屍体と赤ん坊を全部を、舷窓から海中に放り投げた。ポチャンという水音がした。中尉は印を出して、捕獲簿にベッタリ押した。

「加藤ッ、今日は上陸か。注意しろ、ネズミの祟《たた》りはおそろしいぞ。巡邏兵《じゅんらへい》にパクラレるな」

黒川中尉から入湯上陸四回という大量得点をセシメたボロ達め、先刻の慇懃《いんぎん》な態度をガラリと変えて、

「心配ないです中尉、今日は彼女と逗子の海岸で海水浴。裸一貫では素姓がわからない」

と中尉と雑談しているとき、舷外では陰謀が行なわれていたのである。艦尾の繋船桁《けいせんこう》に舫《もや》ってあるボートに及川一水が乗って、ユラリユラリ流れてくるネズミの屍を待っている。やがて屍がボートのそばにつくと、及川は素早くそれを拾い、ポケットに押し込み、上甲板に上がった。士官室から出てきた加藤と視線が合うと、二人はニヤリと笑った。

赤ペンキの謀略

午前七時、入湯上陸員帰艦。食事が終わると、半舷上陸用意。午前八時、軍艦旗掲揚、半舷上陸開始と日曜日の朝は忙しい。

世の哲学者、詩人、文学者がいろいろと俺のいうことが本当だと、女のことを語っているが、本当に女の価値を知ってるのは、もしかしたら船乗りでないだろうか。おそらくそうでなければ、駆逐艦乗りの水兵が、ネズミの首を絞めるよろこびがわからない。

午前七時四十分ごろになると、艦内各所から上陸員が続々と後甲板に集まってくる。全員、一装用軍装だ。海軍では「皇后陛下面会用」といっている。当直先任下士官の号令で二列に整列。人員の調査、上陸札の収集が行なわれる。

全部揃うと、当直将校の点検だ。一人一人、服装、不精ヒゲ、ズボンの折目、靴の磨き方、ジョンベラ（水兵服の背部にあるよだれかけのようなもの）の白線の汚れが一応点検され、不当なものは着替えを命ぜられる。終わって当直将校の訓示である。

「本日は天気晴朗である。大いに山野を跋渉《ばっしょう》して浩然《こうぜん》の気を養え。上陸中の行動にあやまりなく、帰艦時刻に遅れをとるな。出発ッ」

これが型である。およそ上陸員を前にする当直将校の訓示なんて意味はない。こやつらの心はすでに陸上にあって上の空だ。一人も心を入れて訓示を聞いている奴はない。

ここにしばしば当直将校という言葉が出るので説明しよう。当直将校というのは、停泊中と航海中は別だが簡単にいうと、艦と乗組員のお守りである。大艦では艦長、副長、各科科長、機関科を除いた佐官と大尉級が当直将校を輪番にやり、これに中尉、少尉、准士官が一人ずつ副直に立つ。だが、これが駆逐艦となると、艦長以外の准士官以上は兵科、機関科の別なく当直させられる。第一の任務は、艦内にある火薬庫を守ることで、常に火薬庫の鍵箱の鍵を入れた小さな皮のカバンを首にかけている。

ついでにいっておくが、海軍で士官室というのは、大尉と分隊長をやっている中尉以上のサロンのことで、中尉以下のいる部屋はガンルームといった。すなわち銃部屋である。ガンルーム士官すなわち中、少尉のことである。これは英国海軍の伝統を継ぐもので、その名残りだ。昔、英海軍で水兵たちがさかんに反乱をやった。それを防ぐため、銃器は常に若い士官の管理下に置かれたのである。

上陸員を送り出すと、当直将校の日曜日の仕事はもうない。本日の当直将校は桜井兵曹長である。彼は鉄砲屋で、もう二十年近く飽きもしないで海軍の飯を喰っている男である。上陸員が出ると、ヤレヤレと折りたたみ式の椅子に腰をおろし、煙草に火を点《つ》けて一息吸った。そんなところに及川与作一水が現われた。彼も一匹のネズミをブラ下げている。

だが、このネズミは一風変わっていた。無残にも頭は砕かれて、血のりがベットリ付いている。したがってヒゲも見えない。しかし、よく見るとまぎれもなく昨夜、ボロ達が捕まえて黒川中尉から上陸をセシメたあのネズミの二度目のお勤めをする哀れな屍《しかばね》である。

「当直将校、及川がネズミを捕まえました」

桜井兵曹長は、及川の差し出したネズミをジロリと見た。及川はあまりよく観察されると、血痕とみせて塗りつけた赤ペンキの謀略がばれるので、しっぽを持って適当にブラブラ振った。

「どこで捕まえたか。及川、これはほんものか」

「ハイッ今朝、甲板掃除の際、野菜格納の箱から飛び出したのを踏み潰したのであります」

嘘とは思えないほどスラスラと答えるのは、さすが前科を重ねたベテランである。ヒゲを切られた御用済みのネズミであることをゴマ化すために頭を砕き、ペンキを塗る。ヒゲに見せるため、ペンキ塗りの刷毛の毛をくっつけてある。

「このネズミ、ヒゲがないようだぞ。それに、いやにペンキ臭い」

桜井兵曹長がグッと身を乗り出したから、及川め、アッと一歩後退《さが》った。

「当直将校ッ、あります。ここにあります」

及川の野望、危うしとみて必死だ。桜井兵曹長はニヤリと笑って、

「おい及川ッ、二度目のお勤めではないナ」

「とんでもない。私はそんな不心得はしません」

「まあいい、捨てろッ。貴様、上陸か」

「ハイ、国から兄が横須賀軍港見物……」

「もういいよ、行けよ。口紅を塗った兄貴が波止場でお待ちかねだろう」

及川は、ホウホウのていたらくで逃げ出した。及川はウマクヤッタと思ったらしいが、桜井兵曹長は心で苦笑していた。この手は兵曹長が若いころ、大いに使った古いものだからである。

昭和六年から十二年ごろにかけて、日本は恐るべき不景気に見舞われた。特に東北地方の水呑み百姓の貧窮は、目を覆うものがあった。その貧困を背負って、村の娘たちが都会に身を売ったのである。横須賀の港町にも、そんな女たちが沢山いた。港町の荒々しさに馴れたわれわれの目は、この東北農村出身の娘たちに、なんともいえない新鮮な女の匂いを感じたものであった。

長々とネズミ捕りの物語がつづいたが、別にわれわれはネズミ捕りばかりをやっていたわけではない。それどころかこの間、国際情勢は次第に緊迫の度を加え、日本海軍は必死の訓練に励んでいたのである。

海軍病院騒動記

栄光と苦難の時代

昭和初期といえば地球上、どこにも戦争はなかったが、日本の街には不景気の嵐が吹き荒んでいた。国民の暮らし向きは極度の困窮に喘ぎ、村に街に失業者の群れが溢れた。こうした世相の場合、いつの世でもまず農村がその最大の被害者となる。

この時代も、その農漁村の貧困は、目を覆うものがあったのである。平和を保っているとはいえ、第一次大戦後、世界の強国は軍備の拡張に狂奔し、日本もその競争に巻き込まれて巨額な軍備予算が要求されたことも、国民の生活をさらに圧迫したのである。

日、英、米が主体となり、それに仏、伊なども加わって世界軍縮会議をやった。その結果、主力艦の比率を英、米の五に対し、日本海軍は三と決められた。

これでともかく、果てしない軍備競争に一応の終止符は打たれたものの、この主力艦の劣勢を補うため、条約外の補助艦艇である駆逐艦、潜水艦の増強、整備、訓練が海軍の急務となったのである。特に、駆逐艦を主体とする軽快部隊の夜間奇襲作戦は、歴史の実績から見ても、太平洋作戦の基本的な要素となったのである。

こうなると、駆逐艦の野郎どもも、酒ばっかりくらっていられなくなった。訓練に訓練で、それは人間能力の極限を無視した過酷なものであった。当時の連合艦隊司令長官は海軍中将・加藤寛治であった。彼はジュネーブ会議の結果に大きな不満を持った男であるが、このときはまだ不服もいわず（主力艦の劣勢といっても英、米合わせると十の勢力に対して三という大きな開きである）、一にも二にも訓練で補うほかなしと決意し、麾下《きか》艦隊に対して実戦そのものの猛烈、果敢な訓練命令を発して、これを実施したのである。

いわゆる後に「月月火水木金金」といわれたもので、昼夜、休祭日の別なき錬成で、なかでも駆逐艦の夜襲に主眼を置いた水雷戦隊の夜間修練は、実戦をしのぐものがあったのである。こうした最中の昭和二年初秋、島根県美保が関沖で起きた衝突事件も、この訓練中に発生したものである。

主力戦艦に対する夜間襲撃の運動中、高速で疾走する巡洋艦「神通《じんつう》」「那珂《なか》」の二隻が襲撃する駆逐艦「葦《あし》」「蕨《わらび》」を避けるいとまなく、荒天暗夜の海上で激突し、駆逐艦は乗員を抱いたまま沈没するという悲劇である。時の新聞は、この無謀ともいえる訓練を暗に非難し、「神通」艦長水城圭次大佐がその責を負う形で艦上で割腹自決するというドラマ的事件だった。

こうして駆逐艦は、死の訓練を強いられている一方、艦政本部では駆逐艦を主力艦の護衛的任務ばかりでなく、いかなる海洋にあっても独立で作戦し戦闘に堪えるものにするための研究に必死だった。そして完成されたのが峰風型、排水量一千二百トンである。六十一センチ魚雷発射管二連装三基、速力も三十九ノットの高速を出しうるまでに進歩したのである。

しかし、これでも実施部隊の満足するところではない。これでもかと艦政本部が造ったのが、いわゆる第六駆逐隊雷、電、響、暁型である。これは新型駆逐艦といわれ、まるで巡洋艦と駆逐艦の混血みたいなもので、排水量千七百トン、公表速力三十八ノットであるが、備砲が砲塔砲となり、口径も十二センチと巡洋艦なみ。そして、その主要兵器である水雷発射管は六十センチ三連装三基、これで九〇式魚雷九本が一斉に敵艦に集中攻撃をかけるのである。いわゆる巡洋性駆逐艦の誕生である。われわれ駆逐艦乗りに栄光と苦難の時代が訪れたのだ。

日本海軍が近代化されるため大いに英海軍に学んだことは事実であるが、その創設者は劇や映画でお馴染《なじ》みの御存知・土佐藩の熱血児、坂本竜馬であるといわれる。とすると坂本先生、よほど「長」という字がお好きだったと見えて、海軍にはやたらと長のつく職務が多い。司令長官からはじまって、参謀長、艦長、副長、砲術長から水雷長と、部署の責任者に長の字の付くのはまだいいが、ボーイ長、番長、楽長にいたっては説明がいる。

ボーイ長、士官室の従兵（陸軍では当番兵）の先任者で、三等兵曹か一等水兵の役目である。

外舷長、もっとも汚れやすい艦の外舷の清掃係で、毎日ボートに乗ってはカンカンゴシゴシ外舷の手入れをやっている、カンカン虫の親方である。愉快なのは番長である。いうならば、便所掃除の重要な役目で、部下のない一人であっても番長である。

「今度選ばれて番長となった。親父バンザイ、金送れ」と、何も知らない故国の親父に電報を打った奴がいる。親は喜んで役場の村長に、

「あの野郎め、番長になった。子供のときからデキがよかったから、艦長さんも大助かりだんべぃ」

と自慢したという笑い話がある。「楽長」は職制でない。楽長というから軍楽隊の指揮者と思われるが、それとは何の関係もない。成績のあまりよくない二等水兵、すなわち善行章一線の古参兵のことである。海軍に入って三年たっても、一等水兵に進級しないのだから、本人は相当に与太る。三等水兵には怖い存在である。

虫の知らせ

毎年九月ごろになると、横須賀にある海軍の専門学校の卒業式が近い。砲術学校、水雷学校、通信学校、航海学校と専科の学校が多い。その実習がわが駆逐艦「菊」の重要なる任務の一つである。目下「菊」は第二予備艦として、横須賀鎮守府司令長官の麾下にあるわけである。

今日は砲術学校高等科学生の小口径砲の実弾射撃訓練で出動だ。射撃艦は巡洋艦「五十鈴」の十五センチ砲、「菊」はその標的の曳航艦である。

午前八時、長浦錨地出動、伊豆大島南方の射場に向かう。天気晴れ、風北五メートル、視界良、波やや高し。館山湾で標的受領曳航す。速力八ノット。

午前十一時、射場到着、射撃開始である。標的は「菊」から二千メートルの鋼索で曳航されている。射撃艦「五十鈴」との距離五千メートル、必中の距離だ。射撃開始。砲煙とともに閃光見ゆ。初弾は標的どころか、はるか後方に水煙を上げた。修正第二弾。今度は「菊」の後方わずかに二百メートルに着弾。菊地艦長がボヤイた。

「下手糞めッ、どこを見てるんだ」

第三弾は、ところもあろうに「菊」の横腹七百メートルあたりに水煙を上げたから、艦長の怒りが心頭に発したのも無理はない。

射撃艦となった巡洋艦「五十鈴」

実習弾は炸薬が入っていないから炸裂はしないが、十五センチ弾となると、駆逐艦の横腹などわけもなく打ち抜く。

「電信室、発信だ。発、艦長。宛、五十鈴艦長。電文、貴艦の大胆なる砲術に驚く。我やりきれず、標的は後方二千メートルに健在なり」

折り返し「五十鈴」艦長より返信――

「貴艦の小胆なるに驚く。余は標的を確

実に捕捉しあり。安全なる航海を祈る」

菊地艦長は電信紙をクシャクシャに握り潰して「五十鈴」の方をハッタと睨み、

「小シャクな土百姓めッ、ヤリやがったナ」

どうも相手が一枚上手らしい。海軍には面白い連中が多かった。

午後三時、射撃訓練は終わった。幸い学生の無法弾で艦のドテッ腹を打ち抜かれないですんだものの、この実弾射撃の標的曳航という仕事は、駆逐艦の任務としては最底、貧乏クジ的仕事である。射撃艦の方は仕事が終わると、サッサと帰ってしまうが、曳航艦はそれからが大仕事だ。標的の曳鋼索約二千メートルを引き上げるのである。

直径一・五インチもある鋼索を引き上げるのは並み大抵のことではない。信号兵の吹奏する突撃ラッパに歩調を合わせて、ワッショワッショ駆け足で甲板上を引っ張りあげる。これに合わせて艦長が操艦、エンジンを後進させるわけだが、下手をするとワイヤをスクリューにとられるのだ。

今日はウネリが相当ある。それに夕方になると海は荒れ模様で、艦尾が触れる。危ないナと思ったら案の定、ワイヤがスクリューにひっかかった。これをはずすのが一等水兵の仕事である。裸になって海中に飛び込んで水中深くもぐり、スクリューにからみついたワイヤを解きほぐすのである。アクアラングなぞという重宝なもののない時代である。この水中作業には、特別上陸一回という景品つきだが、さすがに野郎どももあまりよろこばなかった。

まず引地金太郎が飛び込んだが駄目。この野郎、福島県の山間部で育ったので、水泳はまるっきりだめ。我こそはとボロ達がやり、及川もやったがものにならず、艦橋から菊地艦長の罵声が痛烈である。

「何をマゴマゴする。掌水雷長ッ、貴様、飛び込め。陽が暮れるぞ」といってみたところで、五十歳に手の届きそうな老掌水雷長ではどうにもならない。

「大高を呼べッ」ということに落ち着いた。駆逐艦「菊」に、人多しといえど、海軍水泳一級の資格を持っていたのは、この私一人であったからだ。本来なら、私がこんな仕事に従事する必要はない。彼らがどう困惑しようと、私は電信長におさまっておればよい。しかし日ごろ、水泳一級を自慢している関係上、頼まれれば嫌とはいえない。これまでもしばしばやらされているのである。

しかし、この日は虫の知らせか悪い予感がした。フンドシ一本になって海中にもぐる。陽が沈みかかっているので、水中はもう暗い。艦底をまさぐるのだが、長いことドックに入っていないので、艦底に付着している貝が鋭い。艦はウネリにもてあそばれて、ひどく上下動をやっている。危険この上なしである。よく探ると、スクリューの一翼にワイヤが巴形に巻きついているのだ。それを艦の上下動を利用し、ワイヤの張りがゆるんだ一瞬、引き外すのである。

一つはどうやら成功する。呼吸は苦しい。二つ目を外そうと両手をかけたとき、艦底に頭をたたかれて完全に意識不明となる。意識を回復したときはベッドに裸のまま寝ていた。右手の骨折と頭上にでっかいコブが発生していた。脳天のできもの、オイチョウカブ、コイコイならこの上なしの手だぞとボロ達が笑った。ひどい奴らである。横須賀に帰港するや、直ちに吉田先任下士官に付き添われて海軍病院に送られた。

一通の恋文

この海軍病院というのが、若い水兵たちのあこがれの場所である。白衣の天使とは、だれがいったのか知らないが、うまいことをいったものだ。私の傷は大したことではなかったが、決して軽傷ではなかった。しかし、海軍で飯を食うことに支障がないと聞いて、かねてからひそかに望んでいた海軍病院の白衣の天使にここ当分、看病してもらえることに満足して、傷の痛さも何のその。ザマ見ろ！　ボロ達めッ。

外科病棟の階下の大部屋は、総勢二十余名である。海軍の病院だから患者にも階級はある。一等患者＝戦傷または戦病者。二等患者＝公務負傷者。三等患者＝普通の内科患者。四等患者＝性病である。その等級により、待遇も看護婦の態度もハッキリしている。

そのころは戦争がなかったから、戦傷病者はいない。公務負傷者が最高の待遇である。私の担当軍医は慶応大学を出て一年志願で軍務に服している田上中尉、病棟婦長は一等看護婦の平野富美子女史、芳紀二十五歳、美貌の持ち主である。

私は日々、満足であった。ともかく、ここは駆逐艦の部屋より広く美しい。ベッドも清潔であると、私は幸福感に浸っていたのである。ところが、私は知らなかったが、この同室の患者どもがこの私の幸福そうな態度に大いなる疑いと、好ましからざる感情を抱いていたのだ。

ある日、私の隣りのベッドに枕を並べる中村三曹、彼は航海科であるにもかかわらず、測深鉛錘を足に落として骨折入院中の、病室では古参者であるが、私に、

「おいッ、大高、あの平野婦長は貴公にホの字らしいぞ。知ってるか」

と、朝食の私の食膳に牛乳を溢れるばかりに注いで去り行く婦長の後ろ姿を眺めながらいった。

「冗談でしょう先輩。彼女は私よりも五ツも年上ですよ」

「いやいや、色恋に年の関係はない。年上女房も悪くないと聞くぞ」

と、彼は諄々と彼女が私に惚れていると思われる節々を説明し、これは彼一人ばかりの意見ではなく、大部屋全部の一致した見解だという。その事実として、毎朝支給される牛乳が大高の場合、大食器にタップリ、ほかの者の倍はある。タマゴは二個だ。肌着どころか、下帯まで洗濯してくれる。この部屋の者で、今までそうしたサービスを受けた者はいない。

ウーム、なるほど。そういわれると、私にも思い当たることがある。彼女が私を見る目は、ほかの看護婦より優しい。そういわれると、牛乳の量が多い。自惚《うぬぼれ》が人一倍強い私である。胸がドキドキした。今まであまり注意しなかったが、婦長は美人である。

しかし、海軍一等看護婦といえば判任官で、一等下士官待遇である。学校出たばかりの若い軍医など、まったく頭の上がらない存在である。この美人の看護婦が、こともあろうに私に色目を使うとなれば、同室患者が問題にするのが当たり前である。しかし、私は驚かない。

私もまた将来、海軍士官となるべき紅顔の美少年、いやいや若武者であると、自惚にいっそう自信を深めた。

中村兵曹の言によれば、彼女はヒノエウマの生まれで結婚できない女だ、大いに注意せよというが、私にとって午だろうと虎であろうと知ったことでない。彼女の配給した大食器の牛乳をガブガブ呑んだ。それを中村は、恨めしそうに眺めた。

牛乳を飲み終わるのを待って中村は、さらに話をつづけた。それはこの部屋の者が近ごろ、みんないらいらしている、その原因は貴様にある、やがては貴様は、誰かに張り倒されるであろう。それを防ぐために、彼女が貴様にゾッコン参っていることを皆に確認させることだ。それがハッキリすれば、皆も落ち着くであろうという。わかったようなわからない話である。

「ハッキリしろといったって、私の責任じゃないよ。どうやってハッキリするんだ」

「簡単さ。貴様が彼女の本心を確かめるんだ」

「いやだよ。第一、どうやって確かめるんだ」

すると中村は、言葉で言えなかったら、恋文を書けというのだ。

「恋文？　冗談じゃないよ。そんなキザなもの、書けるもんか。俺ぁ駆逐艦乗りだぞ」

「心配するなッ。この中にはその道の専門家がいる。この病院の看護婦全部にラブレターを書いてる男がいるんだ。俺に任せろッ」

中村兵曹が起草委員長となり、その道の専門家という佐藤二曹執筆の一通の恋文というよりも、怪文書的で歯の浮くような美文？　が出来上がったのである。

「この情熱ほとばしる若人の切々たる思い……まったく名文だナ」

佐藤兵曹は、その恋文を私に読み聞かせて自分で感嘆した。しかし、私にはそれが流行歌の文句をつづり合わせたように思えた。

「少し安っぽくないですか。私は彼女をそれほど恋慕っているわけでなし、みんなが……」

「バカをいうな。貴様はまだ女心を知らないのだ。甘く優しく、これが女心を摑むキメ手だぞ」

なんだか知らないが、その手紙が中村兵曹の手で婦長室の机の引き出しに入れられたことを知らされた。部屋中の不逞《ふてい》の輩《やから》が、その反応を今や遅しと待った。その日は何事もなかった。翌日の食後である。若い看護婦がドアから顔を出して、

「大高さん、婦長が部屋で呼んでいます」

スワッ、室内はザワメイた。

「おいッ、しっかりやって来い」

中村兵曹が私を激励したが、何をしっかりやるのかわからない。婦長室は病棟とは別棟の診察室の隣りにある。ドアを開くと、室内には婦長のほかに誰もいない。婦長は、何気ない様子で婦人画報らしいものを見ていた。ここには女部屋という雰囲気はない。飾りといえば薬ビンを一輪差しに代用し、黄菊が一本生けてあるが、それも枯れかかっている。壁には人間の内臓図解がかかっているし、その隣りの黒板にはなにやらの日程表がギッシリ書いてある。ただ部屋の一隅を白いカーテンで仕切り、その向こうに当直用の木製の寝台一つが見え

た。

それにしても、この二十五歳、女盛りの女体を横たえるにはあまりにも貧しい。とても恋を語る部屋ではないと、私はニヤリ笑った。トタンに平野女史の柳眉はビリビリ痙攣《けいれん》し、その美しい顔に一種の凄みが浮かんだ一瞬、

「なんですッ、その態度は。気ヲツケ！」

絹を裂くといえば月並みだが、そんなものではない。そのカン高い声に貫禄があったのだ。女ながらも日本海軍の判任官、まことに立派なものだ。情けない話だが習慣とは恐ろしいもので、号令をかけられると、私の両足はピタッと揃えられ、思わず直立不動の姿勢になったのだから、色男、見られたザマではない。これまったく多年訓練の賜《たまもの》である。

「アンタこれなにッ。子供のくせにマセ過ぎてる。こんなもの書くひまがあったら、勉強しなさいッ」

言下に、佐藤兵曹生涯の名作というあの恋文が、私の足元にポイッと放り出されたのである。仕方ないので私はそれを拾い、ポケットに収めた。幸い誰も見ている者がいないからいいが、まったく海軍を双肩に担う海の精鋭も形なしである。

「これは……その別に私が……いや、みんなが……」

「なにをボソボソ言ってるのッ。回レ右、帰レッ」

われながら情けない格好で婦長室を追い出された。事の委細を聞いた中村と佐藤は大いに悲憤し、同情した。

若き名医に感謝

「やはり彼女はヒノエウマだ。純情を解せず、恋愛の神聖を冒瀆する」とはいうが、これで部屋の連中の欲求不満のイライラが解消したことは事実である。

収まらないのは私である。多少、彼女に初恋に似たほのかな感情のあったことは否定しないが、こうした結果になったのは私の責任ではない。なんとなくそうなったのである。しかるに将来名誉ある海軍将校たるべき自尊心は大いに傷つけられたばかりか、自惚《うぬぼれ》の鼻柱を無残にもヘシ折られた。無念ッ、しかもこの駆逐艦の花形一等水兵を小学生扱いにするとは……おのれあの女夜叉《やしゃ》め！　私は地団太踏んだ。

それから数日後、私は病院の庭園を散歩していた。秋も深く、紅葉が空しく地面を覆う夕べである。詩人でないが、秋の暮れは寂寥の思いが一入《ひとしお》である。私はフト庭木の桜の根元に、大蝦蟇《がま》が泰然と哲学者のような顔つきで座禅を組んでいるのを発見した。この横須賀海軍病院のあるところは楠が浦といって、昔から蝦蟇の棲息地であるが、もう冬眠に入る頃であるのに、珍しくまだ起きていたのである。

この蝦蟇と対面した途端に私は往年、町一番の悪童であった天性がその冴《さ》えを見せたのである。私はあたりを見回し、人影なしと確かめると、素早く片足の沓下《くつした》を脱ぎ、その大蝦蟇を沓下の中に押し込んだ。

その翌日の夜十時、消灯時刻も過ぎて、さしも広い海軍病院もシーンと静まり、廊下を行く当直看護婦の足音も遠ざかった。突如、この静寂を破ってけたたましい女の叫びが聞こえると同時に、ドタンバタンと物音がした。夜は更《ふ》けたとはいえ、患者の多くはまだ寝ついていたわけでない。スワッ、なにごとぞッと数十人の野次馬患者が、悲鳴の聞こえた看護婦長当直室めがけて殺到した。

そして彼らの目に映じたのは、世にも素晴らしい光景だったのである。あの美しい一等看護婦殿が寝巻き姿もなまめかしく、あられもない格好を惜しげもなくさらして、ベッドの床にひっくり返って人事不省である。それればかりでない。ベッドの上には、大いなる蝦蟇殿《がまどの》が、例の醜怪な面で天を仰いで大口をパクパクやっているという怪奇な風景である。

やがて当直の先任看護兵曹が駆けつけ、婦長は抱き上げられてベッドに寝かされる。哀れ蝦蟇殿は、誰かの手で窓外に放り出された。日頃から平野婦長に岡惚れしている看護兵曹の怒り、まさに心頭に発したことは言うまでもあるまい。

明らかに誰かが婦長室のベッドの中に蝦蟇を忍ばせたに相違ない。悪質きわまる仕業である。しかもだ、この看護兵曹は海軍に入籍して十五年を越えているのに、いまだ准士官にもなれず、いささか海軍に対して快《こころよ》からぬ感情を抱き、日常、患者に対しても不愛想な奴である。岡惚れと海軍に対する不信感が怪しげな騎士的感情となって爆発したわけである。彼は集まって物珍しげに室内を覗いている患者に向かい、猛々《たけだけ》しい態度で怒鳴ったものである。

「だれだッ、こんな悪さをやったのは。俺にはわかってるぞ。この外科病棟の者に違いない。早く申し出ろ。でないと今夜、徹底的にやるぞ」

晩秋の夜更けだというのに、彼の油の浮いた面には汗が噴いてるところを見ると、狂的な興奮状態である。この分だと、おそらく病棟の患者は少なくとも往復ビンタくらいでは済まされない。悪く行けば、明朝の朝食にはタマゴも牛乳もないだろうと、患者どもはこの怒れる看護兵曹の顔を見てブルッと寒気がした。ことここにいたってなお他人に迷惑をかけるとなると、町一番の悪童といわれた私の名声？　に汚点を残すことになるので、いさぎよく名乗り出た。

「先任下士官、犯人は私です」

と名乗って進み出た私を見て看護兵曹は一瞬、唖然としたらしい。年若くして高等科を卒業した俊秀が、海軍軍法会議の判例にもない犯罪をやるとは、彼も思わなかったのであろう。

「ナニッ、貴様だ。ウーム、それにしても一人でないだろう。共犯はだれだッ」

彼の怒りの平手打ちが、私の両ほほにパンパンと快音を発したことはいうまでもない。

「当直軍医のところに来い」

と彼に伴われて、当直士官の前に悄然と立たされた。当直は慶応出身の田上中尉である。

彼はまず看護兵曹に退去を命じ、その室外に去るのを待ってカランカランと哄笑した。

「おい大高、貴様なかなかやるのォ。あの平野女史が腰を抜かしたとは近来の快事だ。しかしだ、このままでは済まされないぞ、ハテ」

彼はまだ学生気分の抜け切れていない態度で考えた。日頃、平野女史に頭が上がらないヤブ医者は、

「この問題は医学的所見とは関係ない。このままでは懲罰をまぬかれないだろうナ。貴様がこの危機を脱する一つの手段は退院することだ。ヨシ、俺が医学的見地に立って貴様に退院を命ずる。明日からは外来通院患者だ。急ゲ！」

私はその翌朝、同室の患者がアレヨアレヨと見まもる中で、退院作業も早々に衣嚢《いのう》をひっかついで脱兎のように横須賀海軍病院を脱出して駆逐艦「菊」に帰った。病院で一騒動やらかしたとは知らない菊地艦長は、ご機嫌で迎えてくれた。

「おお、治ったか。よかった。貴様はナ、今度、任官だ」

と、横鎮人事部からの内示を知らせてくれた。私は天を仰いであの海軍病院の若き名医に感謝した。彼の心優しき取り計らいがなかったら任官はおろか、懲罰を受けて当分は進級停止はまぬかれないところだった。

しかし、人間の運命とは計り知れない。幾年か後に私は太平洋上の孤島で、アメリカ攻撃軍の包囲の下、この若い軍医と生死を共にすることになるのである。

「下士官に任官した。金送れ」

下士官になると、なぜ金を送らねばならないのか。母親はもちろん知る由もないが、ともかく大急ぎでお袋は三十円也を電報為替で送金してきた。その金でボロ達や同年兵を引き連れて任官祝いと称し、大滝町のカフェー街を飲み歩いた。

ボロ達は任官にお茶を引いたが、彼はそんなことは一切おかまいなしに、私の任官をおめでたい、おめでたいといっては酒を呑んだ。そのあげく、そのころ大滝町にあったキリスト

教の教会にドタドタと入り込み、金一円也を寄付したら牧師が出てきて、

「おー神よ、この罪の子らを許し給え」

と祈りを捧げてくれたのに、ボロ達が、

「金を寄付して、俺たちがどうして罪の子なんだ」

と文句をいった。これが私の下士官になった時の記念行事である。また、この海軍病院における私の失恋には後日譚《たん》がある。

昭和十六年の春、太平洋戦争の風雲急を告げるある日、私は汐入町を横須賀駅に向かって歩いていた。駅の方からは、今日も応召を受けたらしい予備兵の群れが応召袋を下げてやってくる。その群れの中から、一人の下士官が私に声をかけた。

「おい　大高ッ、いや大高少尉」

忘れもしない駆逐艦「菊」に乗っていた頃の先任下士官吉田兵曹だった。

「やあ　先任下士、あなたまでも」

私は懐かしさと同情をこめていった。この人は一等兵曹で恩給を賜わり、茨城県の田舎に帰って町の兵事係をやっていると、風の便りで聞いていた。もう四十歳を二つ三つ越えているはずだ。

「どうも、この年になって二度のお勤めに引っぱられるとは思わなかったが、本当に戦争になるのか。貴様も偉くなったのォ」

太平洋戦争避け難しと見るや、海軍はまず予備、後備の在郷兵力を大量に動員した。そし

てこれらの兵力を、遠く太平洋の前線島嶼《とうしょ》に投入したのである。戦争の長期化に備えて、現役精鋭部隊の消耗を防ぎ、温存を図るためである。吉田兵曹も、開戦となれば気の毒だがその第一種消耗品であった。

彼の背後には付き添ってきた細君が二人の、まだ七歳と三歳ぐらいの子供の手を引いて立っていた。私はともかく立ち話もできないので、この一行を付近にあった荒井という旅館に案内した。明朝八時の入団だというので、その夜は懐旧談に花を咲かせ大いに呑んだ。ところが、酔うほどに彼は、

「おい大高、貴様はこの女房を知ってるだろう。おめえ、俺の女房にラブレターをつけたそうだが」

「えエッ、奥さんに私が、さあ……」と、不審顔をすると、

「そうよ、海軍病院で貴様からラブレターをもらった富美子だよ」

「アッ、平野看護婦長！ そうだ、まさに婦長だ」

かたわらで二人の話を聞き、クックと笑う細君を改めて見直した。十年の歳月で容色昔《ようしょく》の色香《いろか》失せ去りたりといえど、まごうかたなく、あの海軍病院判任官看護婦長平野富美子女史であった。

「平野婦長、あのときはどうも……」

私はあらためて赤面しなおした。

「ホホホ、立派に出世されて、とてもあのヤン茶坊主とは思われません」

ここで私は、平野婦長が私に特別に親切にしてくれた真相を知った。私が入院中、しばしば私を見舞う吉田先任下士と平野婦長はネンゴロとなり、婚約する仲となっていたのである。いわば私が彼らの仲を取り持ったことになるわけで、婦長が私に牛乳をたっぷり支給したのも、別に私にホの字であったわけではない。

吉田老先任下士官の部隊はその後、太平洋の前線で全滅したことを海軍公報で知った。

海の宮様行状記

海賊の血のなせる業

昭和十二年七月七日夜半、北支北京郊外、盧溝橋畔に鳴り響いた一発の銃声——これがはしなくも日支事変の口火となり、日本は果てしもないドロ沼のような中国大陸の戦争に足を踏み入れた。それが太平洋戦争へと延々とつづくのである。誰が撃った一発か知らないが、これは高くついた一発の小銃弾だった。

中央政府の不拡大方針にもかかわらず、戦火は北支全域を覆い、やがては中支にも波及する形勢となった。上海に在る日本人約三万。これを守るのは上海海軍特別陸戦隊三千名であった。八月十日、上海陸戦隊の大山勇夫海軍中尉が上海郊外の軍工路付近で中国側保安隊の襲撃を受け、惨殺されるという不祥事件を発端として、蔣介石国民軍の精鋭・十九路軍一万とわが陸戦隊が租界をはさんで対決、まさに一触即発の危機に陥った。

その頃、私もすでに長いこと駆逐艦、潜水艦を渡り歩いた一等兵曹で、潜水艦からふたたび第六駆逐隊司令部付として駆逐艦「雷」の乗組を命じられた。当時、第六駆逐隊は日本海軍の華だった。「雷」を旗艦として、「電《いなずま》」「響」の三隻である。いわゆる特型駆逐艦と呼ばれ、艦形は荒野を失踪する狼のような流線型が示すように、速力四十ノット（時速七十二キロ）、排水量千七百トン。世界造艦史上、はじめて六十一センチ魚雷発射管三連装三基を装備し、九本の魚雷が集中発射されるのである。

さらに主砲は、十二センチ連装砲塔砲三基で英米の巡洋艦と対抗できる巡洋駆逐艦で、駆逐艦乗りならだれでも一度はその舵輪を握ってみたい憧れの艦だった。

横須賀軍港の逸見《へみ》上陸場で、久しぶりでボロ達こと加藤達也一等兵曹に会った。往年のボロ達も今や颯爽たる一等兵曹に成長していたが、彼は相変わらずボロ二等駆逐艦に乗っていた。

「おい、海軍のお婿さん、貴公このたびは六隊付じゃネェか。よした方がいいよ、悪いことはいわネェ。おめいみたいなソソッカシイ奴は、不敬罪で軍法会議もんだぞ」

彼はそういって、酒焼けの赤鼻を撫で上げた。

「なんで六隊付が危ないんだい。俺は貴公のように不敬の徒じゃネェぞ」

私と同じ艦に乗っていたころ、加藤はある日、新聞を読んでいて放言し、危うく不敬罪にひっかかるところだった前科を持っている。

「アレッ、貴公ナニも知んねェな。今日の公報みろよ、六隊の司令はウマハン殿下だぞ」

「エーッ、伏見の宮だって！」

私もギョッとした。ウマハン殿下こと伏見宮博義王は、時の海軍軍令部長の御長男で海軍中佐だ。素朴なる海の楽天詩人である水兵が奉《たてまつ》った仇名が「ウマハンの宮」。その由来は、お顔が長くて馬がハンモックを縦に銜《くわ》えたようだ、というのだ。長身白晳《はくせき》の貴公子だが、少し面長が過ぎるのが玉にキズである。

この人、父君の若い頃とそっくりだといわれる気性で、皇族で海軍に籍を置く方は多いが、およそ駆逐艦に座乗する方はない。多くは戦艦や巡洋艦のサロンで飾り物的快適な海軍生活を楽しんでおられるが、この伏見宮博義王だけは、少尉時代から駆逐艦に勤務される、いうなれば宮様出身の駆逐艦乗り野郎であらせられた。

今どきの若い人には想像もできないだろうが、第二次世界大戦前、わが国の皇族となれば法律を超越した聖なる存在である。その尊い御身分の方が、こともあろうに駆逐艦で、一般水兵とあまり変わらない生活をされたのである。また、父君の博恭王も皇族では型破りといわれた方で、明治天皇の又従兄弟とかになるそうだが、喧嘩早いので有名だったそうである。すでに伝説化しているが、大佐時代、艦長として青森港に入港し、上陸した水兵と第八師団の陸軍兵との出入りに腹を立て、第八師団長相手に大喧嘩をやり、皇族旗を振りまわしたというので明治天皇の逆鱗《げきりん》に触れ、天皇在位中は将官になれなかったという猛将だ。したがって、御長男博義王も海軍の飾り物的存在を許さず、もっとも厳しい艦隊勤務を選び、その艦隊勤務でもさらに辛い駆逐艦乗組をやらせられたのである。

しかし、なんといっても宮様である。その側近に奉仕する者の選抜にはやかましい基準があり、血筋の確かな、品行方正、学術優秀なものばかりが特に指名されるのである。それがどこでどう間違えたものか、北海の海賊の血を引く放蕩児が選ばれたのだから、ボロ達ならぬご当人の私の狼狽するのも無理はなかろう。

「ひどいことになったもんだナ。宮様って、左様、然《しか》らばの言葉使いまでも雲の上的だナ」

「そうさ、それに助平な唄など一切まかりならんぞ。どうだ、この辺りで一騒動起こして、一刻も早く退艦した方が身の安全だぞ」

ボロ達め、他人事だと無責任だ。盲蛇に怖《お》じず、退艦する気にもなれず、当たって砕ける気になったのも、海賊の血のなせる業か。

第六駆逐隊司令・海軍中佐・伏見宮博義王殿下ご着任の日がきた。殿下はその長身の胸に、勲一等旭日章の略章をバッチリ着け、御付き武官早川少佐帯同。うわさ通りの長いお顔に精悍の気をみなぎらせて乗り込んできた。

惜しむらくはこの好漢、近眼で目玉が少し離れているので、太いロイド目鏡をかけている。

宮様の御乗艦ともなれば、その光栄に感激するのが艦長で、その感激に迷惑するのは水兵たちである。甲板には常に塵一つとどめてはならないと厳命されるが、冗談じゃない。せまい駆逐艦だ、そんなわけにいかない。露天甲板上に使われている非鉄金属も、常に仏壇の金具のように磨けッといっても、一航海やれば頭から波をひっかぶる駆逐艦だ。そんなにお寺の小僧のように磨いてばかりいるわけにいかない。

ともかく大変である。これまでのように、暑いからといって、褌《ふんどし》一つの裸で甲板をウロチヨロしようものなら懲罰ものである。もちろん、艦内での俗歌の合唱・独唱はすべて禁止。猥談など寝言でも許されない。酒も特に許されたとき以外はまかりならぬとのお達しである。駆逐艦というのは男、それも若い者だけの世界である。その彼らに猥談を禁止し、酒飲を

伏見宮博義王が司令をつとめた第六駆逐隊の旗艦「雷」

許さず、放歌まかりならぬとなると、もういけません。野郎ども、すっかり音を上げてしまった。それに追い打ちをかけるように、怪しげな者の乗艦は許さず、面会人も厳重な身分証明のないものは一切ならぬ、となると、料理家のお女将やカフェーの女給に、給料日に踏み込まれる心配はないとよろこんではいられない。彼らの来訪もじつのところ、殺風景な艦内生活をうるおす一陣の薫風であったのである。

伏見宮が着任して二ヵ月ほど経ったある日曜日、珍しく上陸されない司令の宮は、お一人で艦内を散歩された。ソレッと艦内は水を打ったような静けさである。水兵たちは八月というのに、キチンと制服を着せられ、人形のようにお行儀よく本などを読ませられた。艦長は不在だったが、当直将校は「雷」の砲術長で先任将校の尺長大尉。仇名はキセルのガン首曲がり通しという。あまりの静けさに、司

令の宮は不審に思ったらしい。一人の水兵に聞いた。

「今日は酒保許しはまだか」

「ハイッ、司令在艦中は酒保は一切許されないことになっております」

答えた水兵の表情は、直訴に似たものがあった。聞いた宮様の表情は、これまた直訴を受けた名君のそれだった。サッと司令室にお帰りになると、ボーイをよんで命じた。

「当直将校を呼べッ」

尺長大尉は、出ッ歯を隠しながら恐懼《きょうく》して御前に伺候した。

「貴官は、いかなる理由により本日、兵たちに酒保を許可せざるか……」

怒気を含んだお叱りである。尺長大尉の顔色は蒼白となったが、おかげで兵員室の野郎どもの顔は久しぶりの酒で真紅になったことはいうまでもない。

宣戦布告のない戦争

昭和十二年八月、上海の在留邦人を保護する海軍陸戦隊は、植松東馬少将の指揮下に蔣介石直系の第十九路軍三万の大軍の包囲下にあった。ひとたび戦端を開けば、三日と保てない危機に直面していたのである。支那方面艦隊司令部は、急速なる増援部隊派遣を軍令部に要請したので、動員令は直ちに横須賀鎮守府麾下《きか》の第一特別陸戦隊に下った。大田実海軍少佐の指揮する一個大隊一千名である。

つづいて安田義達中佐の指揮する第二特別陸戦隊にも出動準備の指令があった。その緊急輸送艦として折から横須賀にあった第六駆逐隊が指定された。こんなときに情け容赦もなく、それこそ車引きのように使われるのは駆逐艦である。なんといっても身軽だ。

静かな夏の深夜、ひそかに陸戦隊員を満載した第六駆逐隊は、だれひとり見送るものもなく、音をひそめて横須賀を出ると、二十ノットの高速で一路、上海に向かった。

それから三日目の朝、艦は第三戦闘速力で揚子江を遡《さかのぼ》っていた。崇明島の低い岸が遠く右手に見えた。この東洋一の大河は、茫洋として流れるが如く留まるが如しである。

「砲煙に生まれ砲煙に死す」という中国大陸の民衆は、治乱興亡五千年、朝に宋王を迎え、夕べに漢帝を送って、この大河の流れと共に生きてきたのである。その興亡波瀾の歴史を秘めて、この大河は昨日も今日も、そして明日も流れているだろう。

八月の太陽は燃えて、大陸は暑熱の底に沈んでいるようだった。戦闘準備を完了した駆逐艦内は、さながら釜の中である。士官も水兵たちも、初陣にのぼせて落ち着きを失っている。だれが言い出したものか、夏の白服では目立って狙撃されやすいというので、戦闘服の上にゴム引きの雨衣を着せたのだから、まるで気が遠くなるように暑い。

揚子江本流から左に舵を転じて支流の黄浦江に入るところに、上海への咽喉を扼している呉淞《ウースン》の砲台である。旧式ながら、日本製の十五センチ榴弾砲数門が砲口を江上に向けているのが望まれた。

「取舵ッ、右砲戦に備え」

司令の宮の命令がでる。艦首は左にグーと回り、後続の各艦もつづく。各艦の主砲が砲台を指向する。距離わずかに三百メートル。艦は矢のように砲台下に突き進む。暑さでダクダクと流れていた汗がスーッと引いた。恐ろしいからだろう。気を落ち着けるため、銜《くわ》えた煙草にマッチの火を点《つ》けるがふるえて点かない。武者震いだ。

だが、砲台は静まり返っている。撃ってこない。気負っているのはこちらばかりで、砲台は無人のような沈黙である。無人のわけはない。旗柱に青天白日旗がダラリと降りているが、掲げている国旗の下に兵隊が一人、ボンヤリとわれわれを眺めているのが見えた。五分、十分、駆逐艦は砲台下を過ぎる。

緊張のひとときが経過して、艦隊は黄浦江に入る。ここから二十キロばかり奥に上海がある。もう右手にキャンワン競馬場の時計台が望まれた。そのあたりで日本海軍の艦上機らしいのが、低空飛行をやっているのが見えた。黄浦江は揚子江の小さな支流だが、それでも河幅は二百メートルはある。その右岸の堤に沿って軍工路が延びている。その果てのところが上海だ。

その軍工路は現在、中国側の上海保安隊の制圧下にあるので、不気味な沈黙を保っている。確かに堤のかげから、機銃がこちらを狙っているらしい殺気が感じられる。左岸はこれと対照的にまったく平和だ。水田は青々と実り、畑には野菜が見事に成長して、鍬《くわ》を手にする農夫の姿ものどかである。中国という国はまったく想像を許さない国である。

上流から軍艦二隻が下航して来るのが見えた。よく見ると、二隻とも青天白日旗を掲げている。中国海軍だ。艦上はふたたびピーンと緊張する。旧式戦艦といっても七千トンの甲鉄艦で、十五センチの主砲を持っている。江上の逆航戦では、駆逐艦に勝ち味はない。河の中では魚雷発射不可能である。しかし、相手の中国艦隊の方は、こちらの喧嘩腰など我関せず焉《えん》で悠々ノンビリ。別に戦闘態勢を固めている様子もない。やがて行き違う位置に来ると、国際信号をスラスラとヤードに上げた。それに曰く、

「我レ青島ニ向カウ。貴艦ノ平和ナル航海ヲ祈ル」

司令の宮様は苦笑した。誠に大人《たいじん》の風格である。艦上の将士また唖然として中国艦隊を見送った。もっとも中国艦隊にいわせれば、上海事変は、日本陸戦隊と十九路軍のいざこざで、わが海軍の関与せざるものである、と思っていたかもしれない。それにしても、中国民族には、我れの及ばざること遙かなる偉大なものを持っていると感じたのは私ばかりでもあるまい。

上海は人口三百万。世界屈指の自由貿易港だ。東洋のカサブランカといわれる魔都でもある。この大都会に主権者である中国政府の統治権はない。植民地主義的各国の権益のために、その利権国が勝手に行政を行なっているのである。謀略とスパイ、酒と女、そしてあくなき享楽と悪徳の街である。

在留邦人を保護するため上海の街をゆく海軍陸戦隊

午後一時、NYK（日本郵船）の桟橋に横着け、陸戦隊の揚陸である。桟橋の前面には幾十棟かの倉庫群があり、その前に幾百人かの苦力《クーリー》が群がり、物珍し気に見物している。河の中央には我が支那方面艦隊の旗艦である「出雲」が停泊し、それから遠く上流の、南京路付近には英、米、仏、伊と各国の軍艦が舳を接して錨泊し、日本軍を監視しているのである。

駆逐艦上では、陸戦隊の編成も完了。大軍艦旗を先頭に、完全武装の隊員が艦上から岸壁に移ろうとしたときである。どこから飛んできたか、手榴弾三個が炸裂した。バタバタと陸戦隊員数十人が倒れる。倉庫前面の群衆の中に、中国側の便衣隊《ゲリラ》が潜んでいるらしい。

「撃テッ」

駆逐艦上の防空用二十ミリ機銃二門が、群衆に向かって火を吹いた。ダダダダッと横に掃射する。悲惨とか凄惨なんてもんじゃない。わずか二分くらいの機銃掃射で、桟橋の一隅に死体が並んだ。まだ生きているらしくうごめいている者もいる。死体にはすぐ黒豆大の蠅が真っ黒に群がっている。

戦争というものを、多分に英雄的でドラマ的に考えていた私にとって、この初陣はあまりに鮮烈で醜悪な印象であった。英雄的でもなければドラマチックでもない。

陸戦隊の揚陸が終わると、桟橋の管理人らしい日本人が一隊の中国人を指揮して、ゴロゴロしている死体の片付けを始めた。まだ完全に死んでいない者もいるようだが、別に救急車がきた様子もなかった。片付けるといっても、桟橋から死体を河の中にポンポン放り込むだけである。河は常にコーヒー色をしているので、放り込まれた死体は、すぐ見えなくなった。

二十世紀の文化を誇る世界屈指の大都会で、それも白昼、こんな野蛮なことが行なわれる。戦争という名の下に……。

こうして、中央政府の不拡大方針にかかわりなく、戦火は大陸全域にひろがっていったのである。上海に陸戦隊を揚陸した後、第六駆逐隊は、直ちに中国大陸沿岸封鎖作戦の任務に就いた。宣戦布告のない戦争である。北は秦皇島から、南は香港まで、黄海、日本海、南支那海を含む広大な海洋。蜒々五千マイルに及ぶ海岸を封鎖し、蔣介石に対する海外からの援助を断ち切ろうという。おそらく史上にその例のない作戦であったし、労多く効果少ない戦術でもあった。

人買い舟を捕獲せり

北、青島の沖では朔風荒れて堅氷海を鎖《とざ》しているとき、南支那海ではモンスーンが疾風となって我々を襲った。恐るべき困難な仕事だった。この日支事変の海軍担当の作戦を遂行したのは、概《おおむ》ね駆逐艦ばかりであった。艦隊は内地でノウノウとやっていたのである。来る日も来る日も、ただ海を眺め、星を仰ぐだけ。遠く大陸の山影が見えても、それはただこころを苛立《いらだ》たせるだけである。

そうしたある日、海防艦で付近の測量に従事していたらしい「駒橋」に遭遇したのである。宮様の御機嫌うかがいにやってきた「駒橋」艦長が、宮様の無聊《ぶりょう》の御慰めにと、一羽の七面鳥を持ってきたのである。生きている奴である。司令は大変よろこばれて、私にこれを飼育するよう命ぜられた。とんでもない話だが、宮殿下の仰せとあれば仕方がない。後甲板の一隅に、一坪ばかりの檻《おり》を作らせて飼うことにした。

やがてこの宮様ご寵愛の七面鳥殿は、長い航海で今までは水兵たちの食膳にものぼらないような、豪華な食事が与えられ、それこそ鳥ならぬ、蝶よ花よのもてなしを受けたのだが、この七面鳥、せまい駆逐艦上の生活が気に召さないのか、それとも排日思想にこり固まっているのか、豪華なる食事に見向きもしないし、啼《な》き声も出さない。ただわずかばかり水をするだけ。したがって、糞は水ばかりで、明らかに下痢症状を起こしている。

日に日に衰え弱っていく。毎日訪れて野菜などを与えられる宮様にも隠しようがない。乗組の軍医中尉に頼んで診察を乞うたが、人間の病気でさえロクにわかりもしない駆逐隊付の藪《やぶ》医者に、七面鳥の食欲不振の原因がわかるわけがない。

「これは明らかに栄養失調だ」と、やたらに栄養剤の注射をやるものだから七面鳥の奴、頭にきたらしく、夜となく昼となく、ギャァーギャァーと腹わたに浸み通るような啼き声を上げて喚くようになった。その不快な叫び声は、まるで死神の嘲笑のように不気味で、単調な生活に、それでなくともノイローゼ気味になっている乗組員を苛立たせた。

「軍医ッ、これは船酔いだぞ」

宮様の診断の方が藪軍医の診断より確率は高いようだ。

「大高、これを東京に送りなさい」と七面鳥殿は、転地療養されることになったのである。東京に送れッといっても、ここは南支那海のド真ん中だ。御付武官や艦長の作戦会議の結果、もっとも近くを航行中と思われる特務艦で、封鎖部隊の軍需品補給をやっている「間宮」に伝命が降った。

「我れに近寄れ」

給糧艦の必要性から計画設計、建造された特務艦「間宮」

何事ぞッと急行してきた排水量一万トンの特務艦は、「東京　伏見宮邸行き」と名札のついた、七面鳥の入った檻を丁寧に艦長室に入れ、一路、佐世保に向かって直行することになった。水兵たちは、七面鳥の檻を「間宮」の甲板に移しながらお別れをいった。

「上野の動物園に行ったらみんなに、俺たちは元気でやっているとよろしくナ」

こうして、中国大陸を封鎖するという馬鹿げた大作戦は、果てしなく続いた。

恐るべき単調、戦闘なき戦争。ただ、のたりのたり海を見つめて夜となく昼となく続けられるのだ。それは、人間の堪えうる極限を要求するものだった。コロンブスがアメリカ大陸を発見する途上、乗組員が幾度か反乱を企てたのも無理もない。

先にも述べたように、日本の駆逐艦は確かに、世界第一といわれる優秀な性能を持っていたし、外国の軽巡洋艦と戦っても決してひけをとらない設備、装備があった。しかし、それだけ人間の居住条件は極度に制限され、最低であった。一応は士官室とか兵員室とか立派な名称は付いてはいたが、それは機械や兵器を装備した隙間を利用したものに過ぎなかった。あくまでも兵器が主で、人間はその付属物扱いである。

港を出て三日も経つと完全に、野菜、生魚、生肉類はあとを絶った。食膳にのぼるのは、罐詰と乾燥された干草のようなものだけである。

二十世紀の科学の粋を集めて製作された駆逐艦で、人間だけが五百年前、コロンブスのアメリカ発見時の航海よりひどい生活条件を甘受していたのである。こうなると、多年訓練された海の野郎どもも、次第に発情した雄犬のような形相となってくる。ちょっとしたことで喧嘩沙汰。慰問袋に入っている映画の人気女優の写真ぐらいでは、彼らのストレスを解消するに足らない。その頃の女優さんは上品で、今のように乳や太ももをやたらと出すなんてことはなかったから、水兵どもでさえ頭がおかしくなりそうな任務である。

杭州湾を少し南下すると、舟山列島である。大小幾十かの島が群がり、格好の、人目に付かない停泊地があるところから、古来、南支那海で猛威を振るった海賊の巣窟となったところで、日本の歴史にも顔を出している「八幡船」の連中も、この舟山列島を根拠地として大陸を荒らし回ったものである。この群島の一つの島影に、われわれ封鎖部隊の秘密の補給基地があった。

ある早朝のことだ。杭州湾沖を哨戒していると、折からの南風を茶色の大帆一杯に受けて北上する一隻の大型ジャンクを発見した。珍しく大きな船で、二百トンはある。無聊で悩んでいる時だ。格好の獲物である。

「止マレ、然ラザレバ砲撃ス」

お定まりの国際信号による停船警告を上げるが、いっこうに停船する気配はない。やむなく空砲二発。ジャンクの野郎、遁走をあきらめたかシブシブ帆を降ろした。近寄ってみると、積荷はないが乗員が多い。三十余人もいる。それに面《つら》つきも、服装もよくない。ただの商業ジャンクではないらしい。船長というのが五十歳ぐらい、絹物の長衫《ちょうさん》をきた、人品骨格卑《いや》しからざるもの。アゴに関羽のような鬚《ひげ》をたらしている。袖を中国式にくみ、眼光炯々と答える。

「貴船はいずこに向かわるや」

「われ杭州におもむかんと欲す」

「貴船は何をもって業とするや」

「余、貨物運搬業なり」

筆談であるが、堂々としている。艦長と船長が変な問答をやっているとき、船内を面白半分に見学していた水兵が叫んでいった。

「ヤッヤッ、この船は海賊船だぞッ、これ見ろ」

巧妙に偽装されているが、隠し大砲だ。口径が五センチ、明治二十三年、大阪鉄工所製とある。あの頃、日本でも大砲を作っていたのかと驚く。古いものだが、弾薬があれば使えないこともない。両舷に一門ずつある。

「汝は海賊なるか」

「否、これなる大砲は、海賊と戦うためのものなり」

それはその通りである。この辺りの海賊は、普段は漁船であり運搬船だが、相手が自分より弱いと見た場合だけ海賊に変ずるのである。

「船内を徹底的に捜索しろッ」

ということになり、ジャンクを舟山列島の補給基地に曳航し、船内をくまなく捜索して驚いた。船底から女が七人、ゾロゾロ現われたのである。十五歳ぐらいから四十歳、いずれもあまり服装がよくないし汚れている。

乗組員の妻女で、われわれを見て東洋鬼《トンヤンピン》が来たッと船底にかくれたものか、はじめから船底に押し込められていたのかハッキリしない。言葉が通じないのである。いろいろな点から総合するとこの船は、どうやら人買い船、それも女専門らしい。とんだものを捕まえたと悔やんだが後の祭り。処置に困った。

「われ人買い船を捕獲せり」と封鎖艦隊司令部である「出雲」に打電した。「貴電のヒトカイセンとは何なるや」と「出雲」から問い合わせの返電である。名参謀も判断がつかなかったらしい。

数日間、停泊地に錨泊を命じ、ほったらかしておくと、伝馬船に乗って船長がやってきた。先日とは打って変わった慇懃《いんぎん》さである。甲板に上がるや正座して、当直下士官に九拝の礼を行なうウヤウヤしさである。差し出した奉書に、「奉、日本水師提督」とある。海賊の頭目でも、さすがに文字の民族だけに見事な筆跡である。開いて意味を判読すると、

「自分たちは何の罪も犯していない。あの女たちも、略取したものではなく、正当な代価を払ったものである。船内食料尽きて、全員餓死の寸前にある。願わくばわれらを釈放してほしい」

とある。宮様も苦笑されて、

「彼らは、この戦争に関係ないらしい、許せ」

というわけで、人買い船は釈放されることになる。

大陸沿岸封鎖作戦

この頃になって、宮様の衰弱がひどい。側近が相談して、宮様に保健上陸をさせることになった。この伏見宮というお方は、寄港地での上陸は大嫌いであった。くだらない官人や民間人にお世辞をいわれるのが嫌いなのである。だからこれまでも、上海、基隆と補給と休養のための寄港をするが、一回も上陸されないのである。

御付武官の早川少佐が言上《ごんじょう》する。

「殿下、この舟山列島の島々は、古来、南支那海を荒らした海賊どもが根拠地として活躍したところ。かのわが国の倭寇《わこう》、八幡船の輩《やから》もこの島を利用したと歴史は伝えております。この機会に御探索遊ばされてはいかがでしょうか」

宮様は「探索」ということに興味をもたれたらしく、それに無人島というのでお許しになった。無人島といっても、何があるか判らないので、あらかじめ下士官斥候を派遣して下検分をさせたが、その報告によると、農家らしいものが五軒ばかりあるが危険はないとのことだ。

九月も末の晴れた日であった。第三種軍装（陸戦隊軍装）で身を固め、小銃、軽機銃で完全武装の水兵十名を護衛にして宮様は、御付武官の早川少佐を同伴し、私もお供を仰せつかって舟山列島の名もない一小島に上陸された。

舟山列島のどの島も、日本の島嶼《とうしょ》にあるような詩情も絵画的なものもない。木など一本もない。見わたす限り草原と岩石で荒涼としている。それでもところどころに灌木らしいものは見受けられた。鳥らしいものもいないし、おそらく獣も住まないだろう。宮様は久しぶりの上陸が楽しいらしく、島内の道なきところを歩いた。戦闘食の御昼食もうまそうに平らげられた。殿下の食欲不振は運動不足からだナと、早川少佐は私にささやいた。

午後の帰艦時刻、一同は上陸場に集まる。艦からは迎えのボートが来ている。乗船されようとしたとき、どうも宮様の御様子が変だ。御小用に迫られたようである。もちろん便所などはないし、それにふさわしい場所も見当たらない。といって、水兵たちの面前でやるわけにもいかない。

「司令、こちらへ」

私は宮様を上陸場から十メートルばかり離れた灌木の林の陰に御案内した。宮様はまことに快げに天を仰いで放尿した。よほど我慢されたのであろう。

もう少しでこの長い放尿も終わろうとしたときである。灌木の叢《くさむら》が、ガサガサと揺れ動いたかと思うと、何者かが叢から出てきたのである。私はギョッと拳銃の安全装置を外して身構えた。女だ。三十歳くらいの農婦で、枯れ枝を腕一杯に抱いている。私もびっくりしたが、女の方も仰天したらしい。思わぬところで、東洋鬼二人、それも一人は拳銃をかまえ、一人は抜身のまま立っているのだ。

「コラッ早く行け。バカヤロ！」と周章狼狽、私は日本語で怒鳴った。私以上に魂《たまげ》消ている彼女は、それをなんと勘違いしたものか、枯れ枝を放り出すとゴロリと仰向けに横たわり、クンツ（支那服のズボン）を脱ぎはじめた。ふくよかな白い女の下腹部が、私の目に痛いように映った。アッと私は、あまりの、それも思いがけない出来事に呆然と立っている宮様の手を取り、スタコラ逃げ出した。船着場で、息はずませて帰った宮様と私を、早川少佐が不審げに聞いた。

「先任下士官、なにかあったのか」

「いや別に」

私は宮様の顔をみた。宮様はいつものポーカーフェースだ。しかしその後、宮様のご健康は大いに回復され、任務に励まれた。この間、上海で御負傷されたり、青島の敵前上陸、蓮雲港沖の封鎖などの激務に堪えられた。

昭和十三年三月×日、駆逐艦「雷」航海日誌——針路二百十度、速力十二ノット、風向北、

微風、天候快晴、視界十カイリ、海上やや波あり。正午の位置、仙頭港の東五十カイリ、右舷に山影を望む。南支那海の哨戒である。

大陸沿岸封鎖作戦も、この頃ではまったく獲物はなかった。蔣介石援助の物資は遠く仏印（現ベトナム）方面の陸路を通じて送られているらしかった。

「針路二百十度、宜候《ヨーソロ》」

操舵員が当直の少尉の居眠りを覚ますように復唱する。当直士官の松浦少尉は、アゴを艦橋前面の窓枠に載せてウツラウツラしている。航海士は海図ボックスにホール（首）を突っ込んだまま動かないところをみると、これも眠っているらしい。

当直見張員の三等水兵は、十二センチの大望遠鏡に両眼をあてて前方を見ているらしいが、これもどうやら立ったまま眠っているらしい。だが、ときどき眠っていないことを明示するかのように、望遠鏡をグルリ回す。これを取り締まるはずの当直下士官は、艦橋後方の旗甲板で、信号の一等水兵と猥談の花を咲かせているのか姿がない。午後の二時、眠い盛りである。時は三月、空も海も平和そのものである。海にも春はあるが、ここに戦争はない。

「前方五千メートル、大型ジャンク一隻」

トップ（前檣《マスト》）見張員の報告が、伝声管から艦橋にひびいて、眠り呆けていた怠け者どもを叩き起こした。当直将校が狼狽気味で警報ベルのボタンを押した。全艦内に警報が鳴りひびく。司令、艦長、各乗組士官、それに直接戦闘に関係のない機関科士官や軍医までも、頼まれもしないのに艦橋に集まる。退屈しているので弥次馬気分である。彼らは明らかに、町の火事場に集まった弥次馬と同じ表情をしていた。

「またジャンクか」と失望の色を浮かべた。この新鋭の駆逐艦がジャンクばかり追い回していることに飽き飽きしているのだ。

「止マレ、然ラザレバ砲撃ス」

例の国際信号による停船命令なんか糞喰らえと、ジャンクは満帆に風を受けて遁走を企て、一目散に陸地に向かって舵を取る。

「射テッ」

二十ミリ機銃がジャンクの船首前方百メートルあたりを威嚇《いかく》射撃する。弾着の飛沫がパッパッと上がると、もう逃げられないと観念したらしく帆を降ろす。船舶臨検隊長は松浦少尉だ。臨検隊八名の服装検査も終わるころ、艦はジャンクを横着けする。百トンはある大型である。乗員六名、積荷は黒砂糖である。直ちに積荷は没収、船体は焼却、乗員は追放と決まる。

乗組員は、母船が曳いている小さな伝馬船に移乗を命ぜられる。伝馬船といっても、定員二名くらいの小さな船に、六人も乗ったのだから、今にも沈みそうだ。舫索《もやいづな》を切ると、ユラリユラリ潮に流されながら遠ざかっていく。口々に悪口や呪いのあらゆる言葉を吐く。無理もない、彼らには罪がないのだ。無事を祈りたいが、陸岸まで五十カイリはタップリある。

積荷の黒砂糖袋数十個は後甲板に移載され、船体には石油をタップリ撒《ま》いて点火する。焼却するのだ。これがわれわれのジャンク処理法である。淡々と燃えるジャンクを後に、針路百二十度、陽はようやく西にかたむく。

翌朝、駆逐艦「雷」に時ならぬ大異変が発生した。全艦テンヤワンヤである。午前八時の診察開始前に、診療所前に受診患者が長蛇の列をなしたのである。症状は下痢、若い三等水兵が多い。艦長と軍医は顔面蒼白である。宮様の御乗艦に伝染病でも流行してみろ、文句なしに軍法会議にかけられ、その結果によってはクビである。

士官室では緊急会議だ。一刻も早く司令駆逐艦の変更を上申し、宮様を他の僚艦に移乗させる。事の次第を艦隊司令部に報告。任務を解除し、佐世保に回舵、防疫方法をとる。

軍医中尉の診断によると、伝染病よりも食中毒らしいという。それにしては士官や下士官、それに古参兵に患者がいないのは不審であると、思案投げ首のところに、艦の先任下士官が飛び込んできた。

「艦長ッ、下痢の原因はこれです。これに間違いありません」と差し出したのは、一塊《ひとかたまり》の黒砂糖である。

「これが原因？　これはなんだ」

「黒砂糖です。昨日ジャンクから押収したものです。連中はまるで蟻のように一晩中、後甲板に積んである黒砂糖に群がっていたらしい」

艦長の顔にホッと安堵の笑みが浮かぶ。軍医はまだ目をパチクリである。針路二百十度、速力十二ノット。今日もまた南支那海を征く。

船上の惨劇

駆逐艦の長期航海で、もっとも不自由するのは清水である。その使用は最少に制限される。朝起きると清水担当員から約一リットルの清水を洗面器に受ける。これで歯を磨き、顔を洗う。それは艦長であろうと一水兵であろうと変わりはない。もちろん、真水の入浴など思いもよらない。

入浴は上甲板に仮設されたケンバス製、折りたたみ式の風呂桶に海水を汲み入れて蒸気で湧かす。揚がり湯代わりに、朝のように洗面器に一リットルの清水が支給されて、これで身体の塩気を拭く。これが航海中の駆逐艦乗員の入浴風景だ。

駆逐艦にも浴室がないわけではない。士官便所の隣りにそれらしいものがあることはあるが、およそこれが浴場として使用されることはまずない。食糧倉庫の代用として、野菜や米麦の類が格納されている。

その浴場が今日は、本来の浴場として使用されることになった。司令の宮が入浴されるからである。いくらなんでも、宮様が一般兵員と同じように、露天甲板で、海水の浴場を使用するわけにもいかず、浴室で、それも涙のでるほどもったいない真水の入浴をされるのである。

当日となると、浴室のある士官室通路の入口を通行止めにし、白いカーテンで遮蔽、宮様専属のボーイだけが三助を努めるのである。

その日、私は吉報を持って士官室に入ろうと通路の前まで来ると、三、四人の若い水兵が集まり、封鎖された扉の隙間から通路の中を覗いている。

「コラッ、お前たち、何を見てるんだ。退《の》けよ」と私は中に入ろうとした。

「だめです、先任下士官。ただ今、宮様が入浴中で通行止めであります」と水兵の一人が私を止めた。

「その入浴を、なんで珍しそうに覗いている?」

「ヘッヘッ、生涯の記念にと……」

私も扉の隙間から中を覗くと、宮様が久しぶりの入浴に御満足の御様子で、真っ裸のまま湯気の立つ身を、ボーイにマッサージをさせている。宮様は近眼で、入浴のため目鏡を外しているので、遠くはよく見えない。水兵たちが覗いているのに御気付きがない。

「先任下士官、宮様のものといっても別に変わらないです」

「馬鹿もん、覗きは高いぞ」

ところで、それは温州沖の出来事だった。港口に向かって帆走するジャンクを発見し、例の通り、機銃の威嚇で停船させた。この日は潮の具合でジャンクを横着けせず、臨検隊をボートに乗せて派遣した。ところが、臨検隊員少数と見てか、ジャンクの乗組員六名が反抗的であった。各人が得物《えもの》をもって臨検隊に襲いかかったのである。

臨検隊も仕方なく、乗組員全員を射殺し、死体を海に投げ込んだ。それまで艦とジャンクの距離は二千メートルもあったが、潮の流れが早いので、船上の惨劇が終わったころは、距離は三百メートルくらいに縮んだ。海中に放り出された死体は、浮きつ沈みつ駆逐艦の周囲に流れついた。折り悪しく、そこへ司令の宮が艦橋に現われたのである。

「あれは何か、艦長」と死体を指差した。艦長も困ったが、仕方ないので、ジャンク船上で起こった模様を報告した。しかし、宮様はどうも納得されないらしく、お顔に怒りの表情が現われた。

「民衆の無益な殺害は許さぬ」と声をふるわせて艦長を強く叱られた。その夜から司令の宮は発熱四十度を越され、原因不明の病状がつづいた。口さがない水兵は、

「おい、司令の病気は、昨日の支那人のたたりだぞ」

翌日もその翌日も高熱はつづく。このままでは危険だと軍医は報告する。早川少佐が、

「殿下、上海に帰港され、海軍陸戦隊病院への御入院をお許し下さい」

と申し上げるが、

「ならぬ、任務を続行せよ」

とお許しがない。明治の昔、台湾征討の有栖川宮は、病躯を籠に横たえられ、任務をつづけられたと頑張るのである。仕方ないので、艦長から支那方面艦隊司令官に宮様の御病状を打電し、指示を乞うた。司令部からほどなく返電があった。

「駆逐艦雷は第六駆逐隊司令乗艦のまま横須賀に回航、特定修理を完了。次の命令を待て。電、響は現任務を続行せよ」

艦隊命令とあれば否応なしである。「雷」は即日哨区を離れ、全速力で東京に向かった。

三日目に芝浦着、宮様を海軍病院に送ったが、好漢ふたたび起たじ。この海軍の名物男、「宮様の駆逐艦乗り野郎」は、惜しくも早逝されたのである。そして私も、大湊海軍航空隊に転勤を命じられ、お嫁さんを貰った。これで駆逐艦乗りから足を洗ったと思ったのだが……。

囮艦隊出撃す

カミナリ親父の怒号

昭和十四（一九三九）年の秋ふかく、青森県下北半島の霊場・恐山で知られる釜臥山麓に、みずから仮の住居を「呼山荘《こざんそう》」と称し、もらったばかりの嫁さんと楽しくやっていた私は、情知らずの海軍の命で、ふたたび常備艦隊に呼びもどされることになった。

第二艦隊第二水雷戦隊に所属する第七駆逐隊付の掌通信士ということだ。二水戦といえば連合艦隊の花形部隊である。指名異動とあれば文句もいえない。

そのころの国際情勢は、私のように海軍が高いお金をかけて教育した人間を、大湊のような片田舎の航空隊で遊ばせておくわけにはいかなくなっていた。

中国の蔣介石との戦いが果てしない長期戦となり、いつ終わるとも見通しがたたず、外務、陸軍、海軍、そして民間によるあらゆるルートを通じて、蔣介石政権との和平工作がくりかえされていた。一方、ドイツは、オーストリーを併合し、ヒトラーはポーランドをねらっており、ヨーロッパも戦雲は急を告げていた。

また、皇軍無敵を呼号する日本陸軍も、張鼓峯、ノモンハン事件で、ソ連陸軍の予想を上まわる実力をいやというほど知らされた。この北辺の強敵にそなえるためにも、蔣介石との戦争を一刻も早く切りあげようとしたが、すべては不成功に終わっていた。「蔣介石を相手にせず」として、汪兆銘なる傀儡《かいらい》政権をつくってみたものの、中国民衆の信頼どころか、ますます不信を買っていた。

こうした国際的孤立に不安となった陸軍は、欧州で旭日のような勢威をふるう二人の怪物、ヒトラーとムッソリーニと結んで日本の国際的地位を強化し、それによって日支事変を収拾しようとした。

それにたいし海軍は、時の大臣・米内光政、次官・山本五十六を筆頭に、この三国同盟に猛反対した。三国同盟は、表面的にはソ連を対象とするものであったが、実質的にはヒトラーの対英・米牽制政策であり、同盟を実現した松岡外相の狙いも、そこにあった。

このことを知っていた海軍は、日独提携がソ連との関係ばかりでなく、英・米にたいする関係の悪化もおそれたのである。はたせるかな一九三九年九月、ドイツはポーランドに侵入、ここに第二次世界大戦の火蓋はきられた。

大湊は、これからがスキーのシーズンとなる。早目にスキーをとりだし、ワックスをぬって手入れをしていたところに、例の異動命令がきたのである。

私は飛行場の草刈りで仲良しになった村のメラシ（娘）たちにお別れを惜しむいとまもな

著者が掌通信士として勤務した第七駆逐隊司令駆逐艦「潮」

く、新妻を呼山荘にほったらかして、おりよく大湊を出港する特務艦「室戸」に便乗し、第七駆逐隊が待つ横須賀に向かった。じつのところ私は、大湊における平和な、そして単調な一年半の生活に、花嫁さんには悪いが、ウンザリしていた。われながら、罰あたりな「駆逐艦乗り野郎」であった。

出港ギリギリに飛び乗ったまではよかったが、この「室戸」がまた艦齢三十年をこすオイボレ船で、特務艦といえば体裁はいいが、じつは海軍の雑役にこきつかわれているボロ貨物船でしかない。全速力六ノットという年代物で、向かい風にでもあおうものならば、四ノットがせいぜいであった。

三十ノット以下の艦に乗ったことのない私にとっては、我慢のならないシロモノであった。おまけに、金華山沖でエンジン故障をおこし、タップリ十時間の漂泊をする憂き目にあった。

しかし、驚いたことに、艦長も乗組員も別にあわてるようすもなく、じつにのんびりしたものである。

「チェッ、だらしのねェ奴らだ。これじゃ軍艦旗が泣くぞ。泳いだ方が早いや」

と悪口をたたいたところで、船に乗ったら船頭まかせ、どうにもならない。

「艦長、横須賀入港の予定は何日になりますか」

と聞くと、チベットの村長みたいなヨボヨボの艦長が、

「さァーてと、いつ着くかナ。故障がなければ、あと三日だが……。この艦は、何日までに横須賀に入港すると決まってるわけでないんでな」

ひどい船に乗ったものだ、と寝室にもどってフテ寝をきめこんだ。それでも大湊を出てから一週間目に、ようやく横須賀にたどり着いた。

予定より三日も遅れて第七駆逐隊司令駆逐艦の「潮《うしお》」に乗艦した。司令室に伺候すると、扉をひらいたとたん、怒号が一発、頭上に落下した。

豪快、粗暴をもって日本海軍に知られ、山本連合艦隊司令長官も一目おくといわれた怪男児、第七駆逐隊司令の海軍中佐・小西要《かなめ》であった。海軍中佐で最先任、同級生はすべて海軍大佐以上であるが、彼はそんなことはいささかも意に介さず、意気さかんである。ここにも、金も名誉もいらない、生っ粋の駆逐艦乗りが健在であった。

「この馬鹿もん、どこの小便芸者にうつつを抜かしていた。おお、白粉《おしろい》くさい。退《さが》れ！」

音に聞こえたカミナリ親爺の怒号だが、口ほどには怒っていない証拠に、顔では笑っている。司令は「室戸」の速力をご存知なく、赴任の途上、どこかの温泉街で遊んできたと思ったらしい。

これにたいして、言いわけをする時間もなく、艦は出港する。二年ぶりで帰った母港に上陸もならず、宵やみにひかる港町の赤いネオンをあとに、艦は太平洋の闇深くでていく。作戦地は遠く台湾であった。

桜島の噴煙

昭和十四年九月一日、ヒトラーのドイツ機甲師団は、イギリス首相チェンバレンとの盟約を一方的に破棄し、突如としてポーランドに電撃の侵入を開始した。第二次世界大戦の悲劇は、幕をあけたのである。

燎原の火のように、ドイツ軍の進撃は急であった。二週間でポーランドを席巻し、一部をソ連国境にとどめて反転、世界の世論と怒号を意ともせず、オランダを蹂躪《じゅうりん》するとデンマーク軍を一蹴、宿敵フランスに向かって怒濤の進撃をおこなった。

フランスの栄光も、ドイツ軍の軍靴の前にはなんの意味もなく、六月十四日、花の都パリは占領され、ドイツ軍の精鋭は地中海をのぞむ地に進出したのである。

一方、ムッソリーニのひきいるファシスト・イタリア軍は、好機いたれりとフランス国境に大軍を動員し、地中海には主力艦隊を蠢動《しゅんどう》させて、参戦も時間の問題となった。地中海を制するものはヨーロッパの覇者となる。そして、戦雲は欧州にとどまらず、アフリカ、そして東アジアにもおおいかぶさってきた。

欧州の戦火にまきこまれた諸国は、東南アジア地域からの後退を余儀なくされた。これを好機に日本陸軍は、火事場泥棒式に南方進出に狂奔した。「大東亜共栄圏」建設といえば体裁はいいが、いわゆる「バスに乗りおくれるな」といそいだのである。これが、日本を世界大戦にひきずりこむ遠因となった。

まず、ドイツに降服したフランスの植民地であった北部仏印（フランス領インドシナ）に進駐、さらに南部仏印への進駐をねらった。ここがアメリカ極東政策上の聖地であったことは、第二次大戦後のベトナムにおけるアメリカ軍の実態がそれを証拠だてている。

陸軍としては、多年の懸案である、白人の手からアジアを奪いかえそうとの野心に燃えたことはわかるが、南部仏印に進駐したことは、まことに情勢判断が甘かった。アメリカは断固として対日経済封鎖を強行し、日本海軍への石油供給を絶ったのである。もし太平洋戦争となれば、その主役となる海軍の燃料を絶たれることは、行動の自由を制限されることになり、戦略上の大損失となる。事実、それが敗戦の一大原因となったのである。

しかし、大本営の決定は抗すべくもなく、海軍は陸軍の進駐を援護する作戦として、海南島に長距離爆撃機隊を進駐させ、わが第二水雷戦隊は、その水域の哨戒任務についたのである。

極東海域にあるイギリス、フランス、オランダの海・空軍兵力は、とるにたらなかった。さすがのイギリス海軍も足もとに火がついて、シンガポールはまったくの空家同然であった。フランスも同様で、ただフィリピンのマニラ港に、潜水艦隊を主力とする相当に有力な海上兵力が、マッカーサー大将の指揮下にあり、命あらば日本海軍に一矢報いんと虎視眈々《たんたん》とねらっていた。

海南島の航空基地は、台湾の高雄との連携により、フィリピンをふくめた南支那海を完全にその制圧下においていた。そのころ、台湾の基隆《キールン》を基地に、海南島周辺を哨戒していた第七駆逐隊に、突如、緊急転進の命があった。

佐世保への帰投である。私は基隆の芸者屋に借金と洗濯物をのこしたまま、暑熱地獄の海南島から内地帰還とあれば心楽しく、基隆沖通過のさいは一人で登舷礼をもって、芸者屋、姫路亭の女将《おかみ》に、借金をそのままに帰ることを謝し、はるかに敬意を表して鹿児島湾に帰投した。昭和十六年の九月であった。

新しい任務は、第四航空戦隊の前衛駆逐艦とのことである。

「なあんだ、航空母艦の先棒か。今度はすこし楽しませてもらえるな。鹿児島女って、情熱的で悪くねエというぞ」

入港を前に、遠く桜島の噴煙を懐かしんだ。ここには、私にも忘れ得ぬ人びとがいる。美しい港町である鹿児島……。だが軍令部は、われわれを遊ばせるために帰還を命じたのでないことを、やがて思い知らされることになる。

鹿児島湾には、航空母艦の「加賀」「赤城」が停泊し、その飛行甲板には搭載機がズラリとならんでいた。両艦とも現存する世界最大、最強の空母であった。やがて、これに進水したばかりの新鋭空母の「蒼龍」「飛龍」もくわわることになっている。

鹿児島湾にはいると、それでも半舷上陸が許された。何ヵ月ぶりでの内地の酒は、はらわたに浸みわたった。長い航海でお金がたまっていたので、ご婦人方のもてなしぶりも遺憾のないものであった。これで、何ヵ月かの海南島での不平・不満は、あとかたもなくなった。いい気なものである。

そして、その翌日から、それはまさに凄絶ともいうべき訓練がはじまった。今の世にも語り伝えられる開戦前夜の、あの海空軍の猛訓練にはいったのである。日本海軍が、対米戦争避けがたしと決意したのは、このころではなかったろうか。

航空標的艦「摂津」(旧式戦艦、二万トン)を敵艦として、航行中、あるいは停泊艦への急降下、水平の爆撃、雷撃の訓練から機銃掃射まで、あらゆる戦術の実戦訓練がおこなわれ、実際に「摂津」にたいして小型実装の爆弾を投下したものである。

それが、夜となく昼となく、もちろん日曜、祭日などあるわけがなく、とくに早暁の訓練が多かった。訓練に従事するわれわれも死にもの狂いなら、鹿児島市民もたまったものではない。朝の四時ごろになると、城山付近から艦上爆撃機の編隊が数十機ずつ、うなりをあげ、轟音をひびかせて市の上空、民家の屋根すれすれに乱舞するのである。夜はまた九時ごろから、夜襲の戦闘機が群蚊のように市街を襲う。

たまりかねた市長が海軍大臣に、

「海軍は、なんの恨みで鹿児島市民を目の仇にする。訓練は太平洋でやれ!」

と厳重に抗議したが、相手にされなかった。この市長さん、鹿児島湾があいにくと、アメリカ太平洋艦隊の大基地であるハワイの真珠湾に、地形がそっくりであったとは知らなかったのである。

敵は〝真珠湾〟にあり

昭和十六年十月末日、さすがに凄絶をきわめた第四航空戦隊の鹿児島湾での航空奇襲作戦の訓練も、いちおう終わったらしく、われわれに佐世保帰投の命があった。そのころ、「蒼龍」「飛龍」の新鋭空母も戦列にくわわった。ともに排水量は二万トンに近く、搭載機七十機の精鋭である。

久しぶりの佐世保港で、艦内はよろこびで湧いた。艦は軍需部倉庫の岸壁に横着けされたが、肝心の上陸用意のラッパはいっこうに鳴らない。気の早いやつは、上陸用の一装服に着替えて、ソワソワしている。

しかし、艦内はなんとなくあわただしく、先任将校や主計中尉が軍需部や艦船部を往来し、佐世保艦船部の士官がやってきて、艦の各部の点検をはじめる始末である。

「ピーポー、総員集合、前甲板、いそげ」

伝令の声が、駆け足で艦内をまわる。

「なんだ、なんだ。今ごろになって総員集合とは、どうも悪い予感がするぞ」

上陸準備完了で、安物のヒゲそりクリームをプンプンにおわせた連中がぞくぞくと前甲板に集まる。どうせロクなことではあるまい、という水兵たちの動物的な予感がピタリと適中した。

全員が集合したとみた艦長が台上にあがり、当直将校の敬礼をうけると、口をひらいた。

「本艦はただ今より、臨戦準備にかかる。したがって、上陸は禁止とする。臨戦準備は、海戦要務令に定めるのほか、連合艦隊参謀部指示第三十七号による。とくに遠洋作戦に遺憾なきを各指揮官は注意せよ」

いならぶ野郎どもも一瞬、シーンとした。臨戦準備ということが、ピーンとこないのである。

やがて、先任将校の作業指示があって作業開始、全員作業服に着替えである。このころになると、宵の港街に赤い灯がかがやき、若き血をよぶ。水兵たちは、日本語はもちろんのこと、中国語、英語など、知っているありったけの言葉で悪口をわめきちらした。海軍大臣からはじまり、連合艦隊長官、参謀長、さらには駆逐隊司令から自分たちの艦長のことまで酷評する。

「だいたい司令のタコ入道が気に入らねエ。テメエは若いとき、さんざん遊んで頭が禿《は》げている。だから入港してもモテねェ。チェッ、臨戦準備だって。だれと戦争するんだよ、俺たちをコキ使う口実にちがいねェ」

「それに艦長の野郎はなんだ、本艦はただ今より臨戦準備にかかる、だと。いったい臨戦準備ってのはなんだい。見ろよ、港にはなんぼでも艦がいるんだ」

「臨戦準備だろうとなんだろうと、入港して上陸させねえとはなんだ」

しかしやがて、彼らもこの作業がどれほど重大な事柄であるかを知らされて、ボヤクのをやめた。

まず、艦内にあるすべての可燃物の撤去がおこなわれた。艦長室の豪華なカーテンも、士官室自慢の有名画伯の絵も、容赦なく引きおろされた。つぎは不要の被服、あらゆる私物も陸上倉庫に投げこまれた。ボートも二隻が陸揚げされた。

不要品の陸揚げがすむと、今度は積み込みである。各砲塔の弾火薬庫は満載となった。魚雷は予備のものはもちろん、対潜水艦用爆雷まで規定以上に積みこまれ、食糧は倉庫ばかりでなく、居住甲板にまでならべられた。

排水量千七百トンの艦内は、人間の生きるためのものは最少だが、人間を殺戮《さつりく》する兵器で満腹となった。いっさいの私信は、厳重な検閲下におかれることになった。

こうして臨戦準備完了まで三日を要した。

そして、厳重な緘口令《かんこうれい》のもとに一日の休暇が許されたが、もうだれもが嬉しそうな顔をしなかった。みんなは、ひどく無口になっていた。

「俺たちはどこに行くんだい。だれと戦争をするんだい」

ボソボソとボヤキながら、上陸していった。

そのころになると、佐世保の街では、つぎのようなことがささやかれていた。

「第二艦隊は陸軍二コ師団を護衛して、ボルネオを占領する。オランダ領の油田の確保だ。総司令官は小磯国昭だ」

艦の連中もそれを信じた。それを決定的にしたのは、現に彼らの冬服や毛布が陸揚げされたことである。しかし、あのやかましい憲兵が、この流言を取り締まる気配のないことが不思議だった。

それもそのはずであった。あとで知ったことだが、これはわれわれの真の行動を韜晦《とうかい》するため、軍令部が放ったデマだったのである。

「十一月十五日、機動部隊は佐伯湾に集結せよ」

日本海軍の暗号書に、はじめて「機動部隊」なる文字があらわれたのである。それまで、機動部隊なるものの存在など、だれも知らなかった。艦長と私（私はそのころ、極秘暗号の翻訳を一手におこなっていた）以外、この出港が歴史的にも重大な意義のあることなど知るよしもなく、駆逐艦「潮」はいたって気軽く佐世保港を抜錨した。

秋晴れの波静かな佐伯湾に集結した。ここで「機動部隊」なるものの全貌に接し、われわれはそれが、史上最大の大渡洋遠征艦隊であることを知った。

部隊の主力は、海軍の虎の子空母の「加賀」「赤城」。それに新造の「蒼龍」と「飛龍」。これだけでも世界最大の海空軍である。これを中心に、「金剛」「榛名」「比叡」「霧島」はいずれも二万七千トンの高速巡洋戦艦である。これの前衛部隊として「足柄」「妙高」型一万トン重巡洋艦四隻、さらに快速三十ノットを誇る駆逐艦十八隻で、まさしく太平洋上敵なしの陣容である。

この戦闘部隊に付随するのは、海運界より抜擢された一万トン高速タンカー十隻で、二十万トンの重油を満載して遠くつらなっている。

秋の空はかわりやすい。晴れた空もいつしか雲がたれこめ、月のない空は暗く、海をわたる風も肌につめたかった。佐伯湾頭、悲風叫ぶの感切々である。

ハワイに向け進撃中の空母「赤城」後甲板より見た「加賀」「瑞鶴」

陸上との交通はいっさい遮断され、一通の葉書も封鎖された。佐伯湾名物の、娘をのせて物売りにくる小舟も追いはらわれたのか、影も見せない。

われわれは、どこに征くのか。やはり南か。そこには日本の生命線が横たわる。南進政策は、日本民族多年の夢だったのである。

二日ばかりして、連合艦隊司令長官、山本五十六大将座乗の旗艦「長門」が、その巨体をあらわした。連日、作戦会議が深更におよんだと聞いた。集合した各艦は、鳴りをひそめて、その結果を待った。

十一月下旬、機動部隊に出撃命令がくだった。虎は野に放たれたのである。

旗艦「長門」に一旒の信号があがる。

「貴艦隊の奮戦に期待し、その成功を祈る」

機動部隊指揮官、南雲中将座乗の空母「赤城」のマストにも、信号があがった。

「誓って期待にそわん」

「赤城」を先頭に、ぞくぞくと佐伯湾を出る。しばし豊後水道を南下する。突如、旗艦「赤城」に信号があがる。

「われにつづけ、針路東」

艦首はググッとまわって北東に向かった。おい、南洋じゃない、東だ。針路九十度。

太平洋の風雲急を告げると、アメリカは大西洋艦隊の一部をさいて太平洋に回航、ハワイの太平洋艦隊を補強した。それまでの真珠湾の太平洋艦隊だけでは、日本艦隊に対決する兵力はたりなかった。

今日、佐伯湾を出撃した機動部隊と、真珠湾にあるアメリカ太平洋艦隊を相殺することで、日・米の海軍勢力の比率はこれまでとは逆に、日本五、アメリカ三となるので、われにとってはまさに乾坤一擲のなぐり込み作戦であった。

太平洋は荒れていた。十一月にはめずらしい台風が、北上していたのである。風は冷たくマストに鳴り、波は舷側にくだけて、非情にうなった。

艦は速力十六ノット、針路は東に向けられた。夕食後、総員集合が伝達された。全員が集合する前にあらわれた司令の小西中佐を見ておどろいた。

小西中佐という御仁は、まず艦内で満足に制服をキチンと着ていることはなかった。暑いときには半裸にひとしい薄着だし、寒いときでも上衣のフックをはずしっ放し。おそらく軍帽などかぶったことはないと思われ、靴をはくのもめずらしいくらいだった。

そんな服装で、まるで肉体労働者の親方のような言葉でわめき、怒鳴《どな》る。それでいて、水兵にはまるっきり甘く、自分の子供のように可愛がるので、乗員の人気は上々であるが、海軍大臣の覚えはあまりよくない。だから、同期生がすべて大佐、少将だが、彼はまだ中佐で駆逐隊の司令をつとめている。

そのお行儀のよくない司令が、今日は上等の軍服をキチンとまっとうに着て、胸にはいくつかの勲章を吊り、軍帽も新しいし、靴もピカピカ、見違えるようで、威風あたりをはらうばかりである。

静々と台上にのぼると、おもむろに全員の敬礼をうけて口をひらいた。

「われわれの敵は、真珠湾のアメリカ太平洋艦隊であり、われわれは今、虎穴のなかに猛虎を葬らんとするのだ」

満場声なく、ただ波浪が舷にくだけて鳴るのみである。全艦、寂《せき》として声なし。

「新高山登れの命令一下、宿敵を真珠湾に葬らんとする祖国は、諸氏の奮励に期待する」

小西中佐の言は、将士の肺腑をついて悲壮である。すべての無線発信機は封印された。厳重な無線電波の封鎖である。艦隊は日本列島にそって、無言の北上をつづけた。

翌朝も海上は浪荒く、雲は低く飛ぶ悪天候だった。海図を見ると現在位置は伊豆沖あたりらしいが、陸影望めども見えず……のはずが、艦橋にときならぬザワメキがおきた。あっ、富士山だ。乱れ飛ぶ乱雲の割れ目からかいま見る富士の山頂。それは、万里遠征の兵士を送る祖国の霊峰であった。

最初にひいた貧乏クジ

十一月三十日、第七駆逐隊司令あての電令が受信された。発信者は連合艦隊司令長官で、電令はつぎの通りであった。

「第七駆逐隊は機動部隊主隊と分離、特別攻撃隊となり、ミッドウェー島の南方五〇〇海里を適宜遊弋《ゆうよく》、機動部隊X作戦実施二十時間をへて同島を急襲砲撃すべし」

特別攻撃隊といえば勇ましく聞こえはいいが、これでは体のいいオトリ部隊である。軍令部の計画では、機動部隊の主力は千島列島のエトロフ島ヒトカップ湾にいったん集結し、機を見て一挙に東進して真珠湾をつくことにあった。

問題は、予想されるハワイ諸島周辺の敵警戒線をいかに隠密に、気づかれずに突破するかである。これの成否が、この作戦の成果を左右するのである。

その一つの方策として、主力部隊の進行路の反対側であるミッドウェー島の南東方に、一軽快部隊を遊弋させ、敵の航空偵察と潜水艦の目をそれに奪わせ、主力部隊の進攻を容易にすると同時に、主力部隊の攻撃後、生き残った艦船の避退を安全に、できるだけ敵の追撃を阻止するためには、その航路を韜晦《とうかい》する必要があった。

そのため、真珠湾攻撃二十時間後の真夜中、ミッドウェー島を砲撃することで、敵側に「日本艦隊は、真珠湾攻撃の帰途、ミッドウェーを攻撃した」と思わせて、追撃の手をその方向に向けさせ、主力部隊は一路、北方コースで逃避するという、まさに一石二鳥の作戦だった。

そのためには、駆逐艦三隻など、もとより物の数ではない。

「チェッ、これじゃ、俺たちはタイを釣るエビじゃねえか」

ミッドウェー環礁。手前からイースタン島、サンド島

「俺はハナッから、航空艦隊とは気に食わねえんだ。俺たちは水雷屋だ、水雷戦隊で死にてえよ」

水兵たちはブツブツいった。しかし、命令である。金華山沖で主隊と別れた。堂々たる主力部隊を離れるのは、一抹の寂寥があった。それでも一万トンの給油艦「尻矢《しりや》」を残してくれた。孤立無援の駆逐艦三隻とボロタンカー一隻は、人身《ひとみ》御《ご》供《くう》の羊のように虎の野をいくのだった。星なき太平洋はますます荒れて、この大洋に捨て去られたオトリ部隊を翻弄した。

おそらく太平洋戦争の緒戦で、日本機動部隊が真珠湾を奇襲した華々しい戦争史を書く人は多くとも、その陰にあって、人知れずミッドウェー島を攻撃して、真珠湾攻撃部隊を助けた駆逐隊の物語をする人はいないであろう。

ミッドウェー島とは、われわれ海軍の人間でさえ、あまり聞かない名前だった。さっそく「そんな島、どこにあるんだ」と海図を調べる。あった。東経百八十度線の東側、北緯三十度線上に浮かぶ渺《びょう》たる孤島であった。ホノルルから西北二千キロで、直径十キロにもみたないサンゴ環礁のなかに二つの小島、サンド島とイースタン島がある。海抜三メートル、原住民もおらず、全島アホウドリの巣だとある。

「アホウドリじゃ、スキヤキにもならん」

航海士は笑った。商船学校出身の予備少尉で、私とは大の仲好しであった。

「バカいうな。ここにはでっかい飛行場があるんだ。まあ、B17型百機はたしかだ」

「真夜中に、どうやってそんな小さな島をさぐりあてるんだ。俺の天測など、あまりアテにならんぞ」

「いいんだよ、見つからなかったら、それまでさ。その方が安全かも知れないよ」

私は笑ったが、航海士は心配そうだった。日ごろ、司令に一番どなられているのは彼であった。

十二月四日、われわれの跡をトボトボついてきた給油艦「尻矢」と別れることになった。武装もないこのボロタンカーを、死の道づれにするに忍びなかったし、また、いざ戦闘となれば、足手まといになるだけである。

最後の給油を艦腹一杯にうけた。これで万に一つ、撃沈をまぬがれたとき、どうやら日本の港にたどり着くことができる。

給油のパイプがはずされ、「尻矢」は艦側を離れる。「尻矢」の乗組員が、登舷礼式で別れの万歳を叫んだ。マストには信号旗があがっている。

「奮闘を期待し、武運の長久を祈る」

さようなら、無事に、敵に見つけられないように日本へ帰れよ、と祖国に向かって遠ざかりゆく「尻矢」の船影を見送った。これで祖国との最後のきずなも絶たれたわけで、われわれがどこで撃沈されようと、人知れずである。

そのころ、電信室の無電受信機には、ハワイからの情報がはいった。海軍の戦略暗号である。それは驚くほど正確、詳細であった。何時何分、真珠湾軍港の在泊艦船の数、種類、出入港隻数など、だれかが真珠湾を眼下にして、放送しているように打電されてくるのである。後日に知ったことだが、これは当時、ホノルル領事館員となって潜入していた海軍少尉の大胆な仕業であったのだ。

厳重な無線封鎖（ただし受信だけは自由）で、味方の行動は皆目不明であった。ただ、全受信機を動員して、アメリカ側の無線、ラジオの傍受に全力をあげたが、アメリカ海軍の無線、ホノルル放送局にも、平常とかわるところはなかった。

来栖《くるす》特使がアメリカに飛んだことも、ホノルル放送局のニュースで知った。日米最後の外交交渉というよりも、わが機動部隊の作戦を隠蔽するためである。戦争とは、いかなる美名のもとにおこなわれようとも、その行動は破廉恥なものである。戦争はスポーツではないのだ。

太平洋はいよいよ荒天を強めた。日本列島を北上した台風は、北海道沖で向きを東にかえた。われわれのコースと同行である。

これが幸いして、われわれはまだ敵の偵察の目に触れていないらしい。運命の女神は、まだ第七駆逐隊に微笑を投げかけているようだ。

十二月七日、大本営発の緊急信が傍受された。「新高山登レ」である。

艦内には悽愴の気がみなぎる。予定どおり作戦が発動すれば、わが航空部隊は明朝午前四時、真珠湾に殺到するはずである。暁の急襲となるのだ。日本海軍伝統の奇襲である。

日清戦争後期、水雷艇九隻による威海衛《いかいえい》の攻撃、日露戦争時の旅順港外、さらに日本海海戦の駆逐隊の夜襲戦、そして今日、真珠湾のアメリカ太平洋艦隊に空から暁の殴りこみである。それは戦国の昔、桶狭間《おけはざま》に今川義元をたおした織田信長の戦術でもあった。

ホノルルからの情報によると、金曜日まで湾外にでて訓練中だったアメリカ太平洋艦隊の戦艦群は、週末の休養のため、ぞくぞく真珠湾に帰投中であることがわかった。また、別の情報を総合すると、ミッドウェー島には、B17型四発爆撃機十五機程度があると判断された。

全員に入浴が許された。それも真水のバスである。これは珍しいことで、平時ならば駆逐艦乗りにあるまじきふるまいなりと、司令部からお叱りをこうむることであった。長期航海中に、艦内で真水の入浴をするなど、前代未聞のことであった。

「チェッ、生きてるうちに湯灌《ゆかん》をすますとは、手まわしがいいや」

と水兵はボヤイた。それでも露天甲板に折りたたみ式の浴槽を設置して、大はしゃぎであった。

水兵という人種は、いかなる場所でも、駄じゃれと皮肉は忘れない。そして、事あるごとにボヤクのである。

現在、われわれは死と対決している。彼らもそれに十分に気づき、各人はそれぞれに覚悟を決めているらしいが、彼らの行動でそれを知ることは困難である。にぎやかで、無邪気で、食物と乗艦への悪意のない批判、港の女たちの噂がつねに彼らの話題の中心であった。

入浴が終わると、新しいフンドシ、新しい肌着、新しい戦闘服に着替えることが命令された。空には暗雲濃く、星もない。まさに枚《ばい》を銜《ふく》んで敵陣深く粛々《しゆくしゆく》といく図である。

十二月八日午前四時、待望の電波が受信機をたたく。味方主力部隊による奇襲成功の報である。艦内には歓声があがった。

それればかりではない。ホノルルの放送局が狂気のように叫んでいた。

「市民の皆さん、これは演習ではありません。日本が予告もなしに攻撃しているのです。空にあるのは、すべて日本の飛行機だ」

アメリカ海軍も、平文で日本機の攻撃と損害を打電している。その周章狼狽が手にとるようにわかった。また、NHKの短波放送もよく入った。

軍艦マーチの前奏で、この世界海戦史上最大の戦果を誇らし気に放送しつづけている。さらに、天皇が英・米に宣戦を布告されたことも無電で傍受することができた。

味方主力は一隻の損害もなく、予定のコースを避退中らしい。そうなると、われわれオトリ部隊の責任はいよいよ重くなる。すこしでも時間をかせがねばならない。

あれがミッドウェーだ

十二月八日も夜にはいった。味方主力は、まだ敵に発見されることなく、予定の撤退をつづけているらしく、受信機にはなにもはいらない。空は暗く、星もない。風だけが蕭々《しょうしょう》とマストに鳴っている。

艦は二十ノットの高速で真一文字にミッドウェー島に突っこんでいるのだ。午後十時、戦闘準備完了。砲撃戦だ。二番艦「響《ひびき》」、三番艦「曙《あけぼの》」も後続している。

午後十一時四十分、予定ならもうミッドウェーの島影が見えるはずだが、艦の前はただ真っ暗で、墨を流したような闇が無限につづいている。

今日は九日だ。少しだが半弦の月があるのに、空は暗い。全員が舷側に立って、目を皿のようにして闇を見つめる。そのころは、まだレーダーという便利なものはなかった。

航海の責任者は、航海士の伊藤少尉であった。彼は高等商船学校出身の二等航海士として貨物船の乗組だったが、戦争で徴兵されてきたのだ。

「航海士、針路に誤差はないか!」

たまりかねた司令の小西中佐の怒声が、闇をつらぬく。海抜三メートルの小島である。誤差〇・〇一度でもすれちがってしまう。

「まちがいありません。司令、このまま二十分走ってください。まちがっていたら、私は腹

駆逐艦の艦砲射撃——第七駆逐隊の砲撃でミッドウェー島は炎上した

を切ります」

伊藤少尉もすこしばかり捨て鉢である。

「バカモノッ、貴様の腹を切ったって、出るのはウイスキーばかりだ」

剛腹な小西中佐も苦笑した。これでピーンと緊張した艦橋の空気も、少しほぐれた。

「よし、このまま行け。行きすぎたら、やりなおす」

小西中佐が煙草をくわえて、火をつけたときだった。

「艦長、前方に船らしいものが見えます」

十二センチの望遠鏡で前方を見張っていた信号下士官が報告した。

「ナニ、船だ。軍艦か」

軍艦だとすれば敵である。このあたりに味方艦船がいるわけがない。ふたたび艦橋に緊張が走った。

艦はその艦影にむけて疾走する。ところが、いくら近づいても軍艦はいなかった。それどころか、駆逐艦「潮」は、もうすこしでミッドウェーの砂浜にのし上げるばかりであったのだ。信号下士官が艦と見たのは、じつは陸上にある大燃料タンクだったのである。

「砲撃はじめ、距離一千五百」

〝呑ん兵衛〟少尉の航海技術の精密さよ。暗夜、この大洋のなかで、よくぞこの小島をつかまえたものである。生きて帰れば、いよいよウイスキーを愛し、女を語るであろう。

戦闘開始。三隻の駆逐艦十八門の十二センチ砲が、いっせいにタンクを目標に火を吹く。といえば威勢がよいが、これがなかなか命中しない。闇夜の鉄砲で、全弾が浜辺に炸裂して、砂を吹きあげるのがよく見える。

敵も反撃してくる。真珠湾を攻撃してからすでに二十時間もたっているので、敵も戦闘準備を完了していたのである。その反撃の方が正確に艦の周囲に着弾する。

「銃砲《テツポウ》、貴様、どこねらってるんだ。アホウドリをねらっているのではあるまいな」

小西司令の怒声がひびく。

敵は十基の大探照灯をいっせいに点じて、艦を追尾する。距離は一千五百メートル、大型機銃の射程内である。機銃の曳光弾が甲板にはじける。敵の方が正確である。

大体において、駆逐艦乗りは砲撃が苦手である。彼らは水雷屋なのだ。しかし、下手な鉄砲も数打ちゃ当たるで、駆逐隊が二十五ノットの高速で島の周囲をグルグルまわりながら砲撃をくわえた。

島は炎をつぎつぎとあげる。あの大タンクもさかんに燃えあがっている。五分、十分とすぎて、わが方の照準がしだいに落ち着き、正確になるにつれて、敵の反撃がひとつひとつ消えていく。

わが直撃弾で、発電装置がやられたらしい。小さな島だ、あれだけ燃えたら、熱くて陸上にはいられまいと思えた。

砲撃は、じつに二十分もつづけられた。全島にものすごい爆発がおこり、火炎は天に冲した。流れだした油に火がつき、それは海中にまで燃えひろがった。飛行場にあった航空機が、砲弾で吹き飛ぶのがよく見える。

炎で昼の明るさである。敵の反撃も、いまやまったく沈黙している。一艦各砲百二十発の砲弾が、この小さな島に撃ちこまれたのである。建物はあとかたもなく燃えつきていた。

「砲撃止め。予定の行動により帰る」

惜しむらくは、このとき、わずかの陸兵でも揚陸させて占領していたら、のちの「ミッドウェーの悲劇」は起こらなかったかも知れない。

任務は終わった。これでわが機動部隊に追いうちをかけるものはいない。しかし、付近にあるアメリカ海上兵力は、このときからミッドウェーに集まるだろう、燃えるミッドウェーを背後に望んだとき、はじめて恐怖を感じた。

進撃時にはおぼえなかった恐ろしさである。これなら、生きて帰れるかも知れない、と思った瞬間、ゾッとする恐怖に襲われたのである。それは私ばかりでなく、あの放胆な小西中佐にしても、その傾向が多少あらわれた。

「航空機見張りを倍にしろ！　潜水艦の水中聴音機の当直には、下士官を配せ」

矢つぎばやの命令を出した。いや司令が臆したわけではない。ミッドウェー島を砲撃しただけで、われわれの任務が終わったわけではない。

機動部隊本隊が危険海域を脱出するまで、このオトリ部隊は敵の注目のなか、ことさらにその存在を示さなければならないのである。

駆逐隊司令の捜索願い

戦勝の春

駆逐艦は出港してものの一週間も航海すると、艦内から野菜や生肉、鮮魚類は完全に姿を消す。魚といえば、猫も匂いを嗅いだだけでまたいで通るというので「猫マタ」の名でよばれる、塩が白くふいた塩鮭ぐらいであった。生ものは、人間とネズミとゴキブリのたぐいだけとなる。

医務室の貴重品格納所には、生の玉ネギが厳重に保管されている。まるで高貴薬あつかいである。壊血病の特効薬だという。

人間の食物といえば、三度三度、上は艦長から三等水兵まで、乾燥野菜に魚は干物があれば上々、それに缶詰である。もっとも恨みがふかいのは、横須賀名物というヒジキと称する海草の干したシロモノと、あの「キリ干し」という大根をきざんで乾燥させたヤツである。

この海草と大根のミイラは毎日、毎食のように食卓にあらわれる。味噌汁となり、三杯酢となり、ときには天ぷらに変装してあらわれるが、なにに化《ば》けようと、ヒジキであり、キリ干しで味に変わりはない。

駆逐艦が五十日間も補給なしで航海をつづけた場合、乗員にもっとも多くあらわれる症状は鳥目であった。いわゆる壊血病によるものである。私の経験でも、四十日の航海後の診察で、十五名もの重症の鳥目患者が発生したことがある。

この場合、医務室に保管される玉ネギを、看護兵曹がもったいないという顔つきで、その一片を患者に投与するのである。

海軍の主役はなんといっても戦艦であり、航空母艦や巡洋艦である。駆逐艦などは端役《はやく》も端役、その他大勢の部類である。しかし、大洋の作戦となって、もっとも苦労の多いのが駆逐艦である。

主力部隊の前衛となり、夜襲部隊の主力となって、敵主力に肉薄攻撃をかけるのも駆逐艦である。わずか一千七百トンの小艦が、五万トンの大艦と行動をともにして、太平洋のど真ん中で激浪と戦うだけでも並みたいていではない。

戦艦や空母が、甲板上でデッキビリヤードを楽しんでいるとき、駆逐艦では雨衣に身をかため、首にタオルをまいて、艦上を超える激浪に全員ズブぬれとなる。もちろんメシなど炊けないから、カンパンをかじるだけで、お茶も飲めない。

見た目では、高速で艦首から水煙をあげて疾走するさまは豪快勇壮、風のごとく迫り、風のごとく去ってドラマ的であり、英雄的であるが、艦内には詩人も小説家もいないから、そんなロマンチックな感慨などみじんもない。ただ激浪と戦う人間たちの、ひたむきな生命があるだけである。

航海が一ヵ月もつづくと、そろそろ気が荒くなってくる。男の体から女気が消え、野菜がなくなると、人間は動物的な原始本能だけが強くなって、理性は後退する。

それでも妻帯者はまだいい。深夜ひそかに女房の写真などをながめてニヤニヤしているが、独身の若い下士官では、原始的本能がときとして野性的な凶暴性をもってくるから、若い水兵にとっては災難である。

駆逐艦は、現代でこそ艦艇のなかではもっとも科学的で、現代文明の知能を結集した産物であるが、それに乗っている人間たちは、もっとも原始的な環境におかれているのである。食は最低、原始人もこんな不味《まず》いものは食わなかったであろう。住はハンモックで、手足もろくに伸ばせない。そして、女なしである。原始人の方が、はるかに幸福であったと思えるほどだ。

こんな生活のなかで、ともかく彼らを救うものは、ほかならぬ猥談《わいだん》であった。といったら殴り倒されるかも知れないが、本当である。その猥談も、知性と教養がないと、そう長くはつづかないものである。

水兵たちは、天性の話術家であった。文学的ではないが、写実的である。振られた女でもモテたがごとく、たいした美人でもないのに絶世の美人であるがごとく語り、聞く者にしばし時を忘れさせるのに十分である。そして、これが長い航海による人間の魂の荒廃を救うとしたら、まさに聖なる猥談といってもよいだろう。

第七駆逐隊は真珠湾奇襲部隊のオトリ任務をはたして、呉軍港に無事帰り着いたのは十二月二十日で、壊血病患者がポツポツあらわれていた。主役である機動部隊は、すでに一週間も前に帰投し、呉軍港をあげての歓迎も終わったあとだった。

呉鎮守府の連中も、街のバーの女も、第七駆逐隊の任務など知るよしもないから、だれ一人「ご苦労さま」という者はいない。世はあげて真珠湾奇襲の成功にわき、マレー沖のイギリス戦艦撃沈の大戦果をたたえる声一色であった。

昭和十六年という、歴史上もっとも波瀾激動の一年も終わろうとして、呉の街はにぎやかに新春を迎える仕度にいそがしい。戦勝の春である。

無理もない。イギリス極東艦隊の壊滅で東南アジア、南西太平洋の制海制空の権は我にあり、十二月二十四日には、陸軍はフィリピン島のリンガエン湾に敵前上陸を敢行、所在のアメリカ軍を撃破して、首都マニラに肉薄していた。

一方、マレー半島の一角に上陸した部隊は、一路シンガポールに快速の進撃を展開していた。すべて日本軍の征くところ、可ならざるはなしである。

第七駆逐隊も、和気藹々《あいあい》である。戦いのさなかに、祖国の港で新春を迎えることは、思いがけない好運であった。戦時下でもあり、正月休暇は思いもよらないが、三が日ぐらいは港でゆっくり休養できると、獲らぬタヌキの皮算用をする。甲板上には、正月用として軍需部からうけとったご馳走が、山とつまれていた。

対潜哨戒出動

大晦日もせまった二十九日、それも午後八時になって、幹部士官も下士官兵も大方が上陸して、艦内は静かであった。突如、連合艦隊司令部からの重要作戦命令がきた。

「豊後水道沖三百カイリ付近に敵潜水艦の出没あり。貴隊はただちに出動、対潜哨戒に従事すべし」

これには、水兵どもばかりか、士官連中までが大ムクレとなった。

正月を目前にしての出動、それも対潜警戒で場所は四国沖となると、まったく貧乏クジをひいたことになる。十二月から二月ごろまでの四国沖は、毎日のように波あり風ありで、駆逐艦にとってはありがたくない海である。それも相手が潜水艦である。

「戦争中だよ、敵の潜水艦だっているさ。ビクビクしてやがる。そんなものは、駆潜艇でたくさんだ。俺たちが出るほどもねえよ」

とはいったが、排水量二百トンたらずの駆潜艇では、冬の四国沖はもたない。

近代の知将といわれ、真珠湾奇襲の成功でいやがうえにも名声の高い連合艦隊参謀長の宇垣纒少将をボロクソにコキ降ろし、ありったけの悪口雑言をひとしきりわめいて出港準備にかかる。

兵器、弾薬は満載しているが、燃料、食糧の積みこみ、上陸員の緊急帰艦など、あわただしい出港準備が完了したのは午後十二時である。

ところが、いざ出港となって、あわてることが起こった。忙しさにとりまぎれて気がつかなかったが、かんじんの親玉がいない。駆逐艦、潜水艦はどこでもそうだが、軍港入港中、駆逐隊司令や艦長はあまり艦にいない。彼らは軍港に艦が在泊中、よほどの仕事があるときは別として、近くに家庭のある者はもっぱら女房孝行にいそしむが、家庭の遠い者は市内の料亭の奥深くに潜航しているのが常である。

第七駆逐隊司令の海軍中佐小西要の姿が、司令駆逐艦「潮」の司令室に見えないといっても、不思議はない。しかし、時がときである。当直将校が忙しさのため、司令に連絡することをうっかり忘れていたのだ。

もっとも駆逐艦長がいるので、とかく司令は忘れがちになる。水兵たちはよろこんだ。

「おい、親爺《おやじ》が雲がくれだって。艦隊司令部の野郎どもにひとアワ吹かしてやろうという気だぞ。ハゲ親爺、なかなかやるじゃねえか」

と部下どもが勝手な想像をして溜飲をさげているとは露知らず、小西中佐は、まさか暮れの二十九日に出動命令があるとは思わず、どこかの料亭の奥深く、愛妓のひざ枕よろしく、戦争下、いつ、どこで果てるか明日も知れぬ身のはかなさに、われも人の子、人生の緊急諸作業に精励しているにちがいない。

一方、艦では艦長以下、士官室は大騒動だ。心あたりの料亭に電話で問いあわせるが、行方不明である。処置なしで、駆逐隊は「潮」艦長の指揮でいちおう呉を出港すると、港外の柱島錨地に仮泊する。

そこでやり残した作業をおこないつつ、司令のあらわれるのを待つことにする。司令の行方は、事情を説明して、ひそかに憲兵隊で緊急捜索をやることとし、第七駆逐隊からは、堂堂と連合艦隊司令長官の座乗する旗艦「長門」に、

「われ出撃す。全員士気旺盛」

柱島に停泊する戦艦「長門」。連合艦隊司令長官が座乗

と挨拶の信号を送って呉を出た。日本海軍創設いらい、いまだない茶屋遊び中の駆逐隊司令の捜索願いをうけた憲兵隊も、たまげたことであろう。

呉港外に、柱島錨地という作業地がある。ここは広島湾の入口で、しずかな風光美しい内海であった。呉軍港に入港する艦が危険物作業をする場合などは、ここでおこなう。

第七駆逐隊も、ここで対潜攻撃の爆雷整備をおこなうために、一時仮泊をした。寒い夜であった。中国山脈から吹きつける暮れの三十日の風は、肌につきささるように冷たく、血が凍るようだった。それも深夜の午前二時となれば、もう夜風は氷のようだった。

駆逐艦「潮」の後甲板では、爆雷の装備がおこなわれていた。後甲板尾部にある左右三コの投下台に、そ

れぞれ爆雷を爆雷庫からあげ、信管という起爆装置を装着するのだが、寒気に手がこごえて作業は遅々としてすすまない。

ともかく、司令があらわれるまでに作業が終わらないと対潜行動にさしつかえると、掌水雷長は水雷部員を叱咤していた。もし敵潜水艦が出没するとすれば、豊後水道付近、それも夜明けごろが一番あぶない。港口や湾口は潜水艦にとって、このうえない猟場なのだ。

寒気のきびしい深夜、暗い後甲板での危険物作業は、なれた者でもよほどの注意が必要であった。せっかくのお正月を目前にして、もっとも苦労の多い対潜哨戒出動に、水兵の士気が寒さと暗さと不満のため、くずれがちであったことはいなめない。

爆雷装備も、どうやら終わろうとしていた。自動起爆装置は、水深二十五メートルに調定の針があわせられた。投下された爆雷が水深二十五メートルに沈むと、起爆装置は自動的に信管を撃って、二百キログラム高性能炸薬が爆発するのである。

装着の終わった爆雷は、一コずつ投下台に載《の》せられる。爆雷投射方式は、二種類ある。火薬をつかって艦側から左右百メートル付近に飛ばす投射器は、艦の中央両舷にある。手動で艦側からゴロゴロと海中に放りこむ投下台は、艦尾両舷に三コずつあった。

したがって、潜水艦発見、攻撃のさいは、六コの爆雷がいっせいに放りこまれる。それを何回かくりかえすのである。駆逐艦の艦尾付近は、この爆雷投下台のほかにも掃海機具などが装置してあり、足もとがあぶなく、もっとも重量物作業のしにくい場所である。

暗い足もとのあぶないところで、三百キロ近い爆雷を人手でもちあげて、投下台に載せるのは大変な仕事であった。それに寒気がきびしいので、水兵たちは厚手の手袋をつけていた。

五コの投下台に、どうやらそれぞれ載せ終わり、あと一コというときであった。下士官の監督で、水兵二、三人が爆雷をもちあげ、投下台に載せた。投下台は外側にかたむいている。それを止め金でつないでおくのだが、どうしたわけか、あっという間もあらばこそ、爆雷はゴロゴロと海中にドブンと落下してしまった。

「逃げろっ、あぶない」

下士官が叫んだ。水深二十五メートルで爆発するのだ。艦尾ではたらいていた十数名の作業員は、あっという間に中甲板の後部電信室付近まで逃げた。もし爆発したら、艦尾付近はもぎとられるだろう。

私は後部電信室でうたた寝をしていたが、この騒ぎに室外に飛び出した。はじめはなんのことかわからなかったが、水兵の話しあう言葉で、おおよその事情は理解できた。

しかし、爆発は起こらなかった。この付近の水深は、たしか二十五メートル前後のはずである。もしそうだとしたら、非常に危険である。海底は、決して野球場のように平坦ではない。なにかの拍子に、あの爆雷が水深二十五メートル以上の場所に落ちこんだら、自爆するのはたしかだ。

そうでなくとも、たとえば三万トンの大艦がきて後進をかけると、プロペラの逆転の作用で、やわらかい海底だと一、二メートルの穴が掘られる。そうしたことがないとの保証はない。ここは錨地で、あらゆる艦船が錨泊する場所なのである。

落下した爆雷を引きあげることは大仕事であり、危険でもある。機関科員が潜水して捜索するとしても、もうその時間がない。おそらく、この事実を上級士官が知ったら、たとえ出動をのばしても引きあげたであろう。だが、だれも知らなかった。

責任者である掌水雷長がどう考えたか、知る由もない。私も専門外のことで、このときはそう大事に考えもしなかった。結局、この爆雷一コは、柱島錨地に生きたまま放置されたのであった。

「陸奥爆沈」の珍事実

朝方四時に、憲兵隊の手で探しだされた小西司令が、港務部の汽艇で帰還した。ただちに抜錨し、豊後水道沖の対潜哨戒配備についた。海は予想以上に荒れていた。

昭和十八年、戦艦「陸奥」が柱島錨地で、原因不明の爆発事故で沈んだ。爆発した箇所は後部であった。戦時下のことで、極秘にされたが、遠く戦地でそれを知った私は、海図を調べた。そして、そこが二年前に駆逐艦「潮」が爆雷一コを、あやまって海中に落とした箇所とおなじであることに気がついたのである。私にも、この爆沈事故が、この爆雷によるものであると断言はできないが、ひとつの推理はなりたつのである。

「陸奥」が呉に入港の準備のために、柱島錨地にはいってきた。予定地点に投錨し、行き脚をとめるために後進をかけた。プロペラは逆転し、泥土質の海底は、海水の激動で変化が起こる。

爆雷が一メートル沈下したと考えると、当然に自動起爆装置は発火する。「陸奥」の艦底でも、それが火薬庫付近ならば、爆雷一コの爆発で、十分に艦底の火薬庫を誘爆させるだけの威力はあるのだ。

昭和18年、柱島錨地で謎の爆発事故により沈んだ戦艦「陸奥」

この事件は、戦時下のために極秘に付され、闇から闇に葬られて、ロクな調査もなされずに、一人の責任者も罰せられなかったと聞く。戦後になって再燃したが、当時の関係者もなく、死んだ者の遺族が騒いだぐらいで終わった。ただ、いろいろとその原因について論議があった。スパイ説まで飛びだす始末である。まったくの素人考えである。

戦艦の弾火薬庫の管理は、そんなに杜撰《ずさん》なものではない。火薬庫には、それを管理する担当者でも、勝手に出入りはできないのである。いくえにも厳重な施錠がなされ、その鍵はさらに強固な鍵箱におさめられ、その鍵箱の鍵は当直将校が常時、それこそ片時も肌身はなさず、革の小型カバンにいれて首にかけているのである。

そのうえに、火薬庫のある場所の要所要所には、つねに衛兵が寝ずの番をしている。小説やドラマならいざ知らず、日本海軍にあっては、その艦の艦長がスパイであっても、火薬庫を爆発させることは絶対に不可能であった。

別の説として、自然発火説がある。たしかに過去において、日本の軍艦で自爆したものが二隻ある。日本海海戦の旗艦であった「三笠」が、佐世保軍港で火薬庫が爆発したことがある。さらに、大正年間にはいって、戦艦「筑波」が横須賀で自爆した。いずれも、その原因は火薬庫の自然発火とされた。

この二つの事実があったことで、私は「陸奥」の自然発火説を否定する。なぜかというと、この二つの自然発火事故で、海軍の火薬庫管理に革命的な改善がおこなわれたからである。その後五十年近く、自然発火による事故はあとをたっている。

火薬庫の管理は、前にも述べたように、人間による万全の処置にくわえて、科学的な方法もとられているのである。そのひとつとして、火薬庫の温度がある限度をこせば、艦内に警報がなる。それによって注水装置がはたらくのである。

また、火薬庫の火薬類は、ある期間がすぎるとすべて海中に放棄し、新しい物と変えるなど、あらゆる角度から検討研究して、自然発火にたいする万全の管理が実施されていたのである。

こうして考えると、もっとも有力となるのは、あの爆雷である。ナゾとされるこの「陸奥爆沈事故」について、私の秘めた体験をひとつの史料として公開するわけであるが、結論は各人のご自由である。その当時、あやまって爆雷を海中に落とした人びとも、その多くは戦死されて、今は亡い。

ヒトラー総統からの贈物

十二月三十一日、室戸岬沖四百カイリ、曇りで、風速十、波ありの状態で対潜哨戒任務についていた。

午後三時、水平線上に船影があらわれた。近接するも、船名、国旗の表示がなく、国籍不明である。二万トンに近い貨物船で、敵潜水母艦の疑いもあるので追跡する。

ところが、この怪船は相当の快速力で、こっちが二十ノットの速力で追うのだが、なかなか追いつくどころか、ますます離されてしまう。相当の波があるので、駆逐艦は上下動が激しく、どうしても速力はおちる。相手はそれを知るや知らずで、北東に向かって突っ走る。風が向かい風であるから、全艦波で洗われる。

「暮れの三十一日だってのに、あの野郎、つかまえたら、ただじゃおかねえぞ。機関長、速力をあげろ。二十五ノットだ」

小西司令がわめいた。艦橋は艦首、砲塔を越える波にたたかれて、全員ズブぬれである。追跡一時間あまり、ようやく距離二千メートルまで追いついた。

「汝の国籍をしめせ」

国際信号旗をあげる。砲塔はすべて、この骨をおらせた怪貨物船にむけて砲口を向けている。なかなか立派な船である。双眼鏡でよく見ると、十五センチぐらいの砲を、両舷に三門も装備している。砲戦だけでは、こっちが危ない。

「おい、あれはただものでないぞ。武装船だ」

魚雷戦も命令される。相手は、まだ速力をゆるめないで走っている。太平洋戦争が勃発して、大砲のある相手と対決するのはこれが最初である。

しばらくすると、相手は速力をぐっと落とした。信号の解読が終わったらしく、舷側にスルスルと国旗の幕がおりた。カギ十字は、ドイツである。

盟邦のドイツ船だ。仮装巡洋艦であった。

「汝、いずこに向かうや」

「われ神戸港に向かうものなり。日本海軍司令長官に連絡を乞う」

人を食った船だ。人をさんざんてこずらせて、今度は海軍大臣に連絡しろとぬかしやがる。

しかし、アムステルダムから九月に出港して、イギリス海軍の封鎖を突破し、はるばる日本まできた乗組員の度胸と、その闘志はほめられていいであろう。

ただちに、軍令部に打電した。

「ドイツ仮装巡洋艦一隻あり。神戸に向かうという。いかにすべきや」

返電を待っているあいだに、ボートを降ろして盟邦海軍を儀礼訪問することにした。表面はそういう意味だが、正体をたしかめるためでもある。

訪問の正使は先任将校、私が副使格兼連絡係となる。電信兵に無電機を携行させる。海が荒れているので、訪問使一同はズブぬれである。

それでも、どうやら「ホルスト号」の舷側に着く。乗艦すると、艦長以下、高級士官が出迎えた。長いこと海軍のメシを食っているが、ドイツ海軍を訪問するのは、これが最初だ。すこし緊張する。

さすがにドイツ海軍であった。艦内に一歩足を踏みいれて、ピンとくるものがある。甲板上にチリひとつなく、整然としている。これが、はるけくも北欧から長い航海、それも敵中を横断してきたとは思われないほど、みごとな態度である。

艦長は中佐で、流暢な英語で応接する。艦内にはヒトラー総統より天皇への贈物として、航空兵器の機材を積んでいる。真珠湾、マレー沖の海戦について最大の賛辞をまくしたてるなど、なかなか如才もない。

煙草をすすめられて吸ったが、なかなか上等のものである。戦時下のものとは思われない。

艦長室に飾ってあるヒトラーの写真に、

「ハイル・ヒトラー」

とドイツ式に敬礼すると、なみいる士官たちもいっせいに立って、私に握手した。先任将校が、日本語でいった。

「おい貴様、調子がいいぞ」

「お世辞だよ。ドイツ語はこれしか知らない」

儀礼訪問を終えて帰還すると、軍令部からの返電がきた。

「第七駆逐隊はホルスト号を護衛し、神戸に回航せよ。その艦は重要なる兵器の輸送中につき、厳重なる警戒を要す」

なにを積んでいるか知らないが、ともかくこれで対潜哨戒から解放されるならありがたい。

まったく「ハイル・ヒトラー」である。

「余ハ拒絶ス」

姿なき眼下の凶敵

昭和十七年二月二十七日午後三時、第二水雷戦隊の位置はスラバヤ港沖の北東方六十カイリにあり、針路南西、速力八ノット、海上静穏にして視界良好、風力なしである。

無風帯のジャワ海は、油を流したように動かない。空は遠く蒼く、一点のくもりもない。赤道直下の真昼の太陽は、燃えるようであった。その光が、銀のような海面に反射して、水面をにらむ見張員の目にはね返り、じつにまぶしい。

南海の自然は、平和である。空も海も、けわしいのは人間だけだ。艦上には一抹の殺気がただよっている。このコバルト色の深い底に、「姿なき眼下の凶敵」が、憎悪にみちたまなざしでひそんでいるのだ。潜水艦である。

二月二十六日、ボルネオの海軍基地バリックパパンを出撃したジャワ本島北部地区を攻略する陸軍の今村兵団の支隊を、第二水雷戦隊が護衛しているのである。四十八隻の非武装輸送船と、陸軍の敵前上陸を援助するために特派された海軍特別陸戦隊一コ大隊が搭乗する仮装巡洋艦二隻をくわえた五十隻の大船団が、二列縦隊となって、蜿蜒とはるか水平線の彼方につらなっている。

これを敵の空と海からの攻撃からまもるため、第一南遣艦隊麾下の巡洋艦「妙高」を総指揮艦として、「足柄」をくわえた巡洋艦戦隊が、船団の前路三十カイリを先行する。船団の右側を第二水雷戦隊が、巡洋艦「神通」を旗艦として駆逐艦九隻、左側は第四水雷戦隊で、旗艦「那珂」ほか駆逐艦八隻を配して、厳重な警戒で、静かだが不気味な航行をつづけている。

予定のとおりにことが運べば、今夜十二時、スラバヤ港の西方二十カイリの地点に敵前上陸をするはずである。

わが偵察航空部隊の空からの情報を総合すると、連日にわたる空軍の攻撃に、敵空軍は壊滅し、海上兵力もおおむね敗走して、ジャワ島周辺に敵の艦影を認めずとある。ただ、わずかにアメリカ極東海軍所属の潜水艦数隻が出没することが予想される、というのである。

たまらなく暑い。赤道下の昼さがりの陽光は、容赦なく鉄の艦体をこがして、人間は天火にかけられたようにあえぐ。全員、半裸である。それでも汗が全身をあらい、ともすれば気が遠くなりそうだ。

今朝、基地を出撃したときから、第一戦闘配備で、全員が戦闘部署についたままだから、交代者はいない。上甲板配置ならば、太陽の直射はうけるが、艦の速力で生ずる少しばかりの風で、いくらか涼しいところもあるが、せまい電信室にはそれがない。

　戦闘配備だかち、すべての舷窓は密閉しているから、息がつまるようだ。一台の扇風機が、ここを先途と回転しているが、それはただ熱風をかきまわしているだけである。

　われわれは一月二日に佐世保軍港を出動、寒い日本の真冬から、突如としてこの暑熱の赤道直下に着いたばかりで、気候にまだ慣れていない。

「暑いな。君知るや南の国、ヤシの木影に咲く恋を語りたい、とほざいたのはだれだ。恋を語る前に、こう暑くちゃ、気が狂うぞ」

　吉田三等兵曹がレシーバーを首に降ろして、汗をふいた。そして、若い水兵たちを見まわした。

「もう、このあたりに敵はいないよ。潜水艦の一隻や二隻に、こうも大さわぎすることたあないよ」

　吉沢先任一等水兵が、煙草をくわえて火をつけた。艦内にはコトとも音がしない。ただ聞こえるのは、艦底から伝わるエンジンのリズミカルなひびきだけである。暑さが人間を黙らせている。

　午後四時十分、「トトツー、トトツー」と駆逐艦「潮」の電信室の受信機が突如、重要電波をキャッチした。暑さにたるみがちな当直電信兵の表情が、キッとなる。電報受信紙の上を、鉛筆がするどく走る。

「キン」

作戦緊急信で、飛行機からのものだ。輸送船団の上空警戒中の「妙高」搭載偵察機から、全護衛艦隊あての緊急連絡信である。

吉田兵曹の指は、すばやく暗号書のコードをひく。

「敵艦隊見ユ」である。敵発見の緊急電に、先任下士官の押すボタンで、艦橋の警報器がけたたましく鳴る。

「敵巡洋艦五隻、駆逐艦九隻見ユ。スラバヤ港ヲ出動北上中ナリ。ワガ方ニ向カウモノノゴトシ。針路三百十度、速力二十ノット、ワレソノ上空ニアリ」

敵発見の飛電が全軍に伝われば、粛々と鳴りをひそめて航行中の船団は、いっせいに躍動する。予期しない敵の出現である。

連日にわたる日本航空部隊の索敵の目にも触れず、どこにひそんでいたのか。敵巡洋艦五隻が、いま忽然としてわが前路を阻もうとしているのだ。艦上の暑熱は、一瞬にして生気にかわった。もう暑いどころのさわぎではない。

「護衛艦隊は現配備を撤し、この敵を迎撃す。輸送船群はただちに反転、各船の速力に応じ、全力で北方に避退。後命を待て」

旗艦「妙高」からの護衛司令官あての作戦電令が、受信機をたたく。

敵艦隊も、怒濤の勢いで南下する日本軍を、これで食いとめられるとはよもや思ってはいないだろうが、この驕敵に一矢報いんと、残存する海上勢力を結集して、反撃を企図したのであろう。

敵司令官にとって、この羊の大群のような大輸送船団は、まことに見逃すことのできない好餌であった。しかも、日没は近い。暗夜に乗じ、護衛艦隊の目をかすめて、一隻でも輸送船団のなかに飛びこめれば、そのあたえる損害ははかり知れないものがある。

昭和17年初期、太平洋上を航行する巡洋艦「妙高」

「護衛艦隊は急速、各部隊ごとに集結し、この敵の前路を遮断するごとく行動せよ。急げ！」

旗艦の命令は、事態の緊急を告げている。

「集まれ。われにつづけ、第五戦速」

第四水雷戦隊旗艦「那珂」のマストにも、信号旗があがる。駆逐隊の各隊各艦は、つぎつぎ反転して「那珂」の後尾につく。

輸送船団の船列の間隔を縫って走る三十五ノットの高速が、鏡のような海面を二つに切り裂いて、その飛沫は艦首をこえて艦橋をうつ。

各輸送船上には、陸兵の群れが帽子を振り、手を振って叫ぶのがわかる。日の丸の国旗を振っている者もある。

「貴艦の敢闘を祈る」

各船のマストに、激励の信号旗があがっている。

「陸さんも、あのボロ船の上では、漁師ほども意気があがらないだろう。信号兵、〈わかった安心しろ〉と信号をやれ」

小西司令が大声でどなったので、艦橋に笑いが起こる。駆逐艦上は久しぶりの敵発見で、士気旺盛となる。

じつのところ、この輸送船団護衛というような仕事は、ボロ駆逐艦か駆潜艇で十分なはずだ。世界最強を誇る艦隊駆逐艦の仕事としては、役不足をかこっていたわれわれだが、いまや連合艦隊主力でも、めったにお目にかかれない敵巡洋艦隊となれば、話は別である。武者ぶるいする。

はるか左方をのぞめば、第二水雷戦隊が「神通」を先頭に二列縦陣の戦闘隊形で、敵に向かって急行している。味方の主力である「妙高」「足柄」の二重巡は、なお後方二十カイリにあって、その艦影はいまだ見えない。

「敵針三百度、速力二十ノット。敵は重巡二隻、軽巡三隻を主力とし、駆逐艦九隻を配す」

わが方とまったく互角の勢力らしい。相手にとって不足ないぞ。偵察機の報告ごとに、艦橋はざわめいた。

「敵変針す。針路二百五十度、わが船団の後尾を追躡《ついじょう》しつつあり。われ攻撃をうく」

敵の上空にあって、必死の偵察をつづける艦載機は、下駄ばきの水偵である。刻々と輸送船の危機を告げる。

「急げ！」

「那珂」の速力指示器は全速を示しているはずだ。水雷戦隊の最高戦闘速力は三十七ノット、時速七十キロである。

午後五時二十分、黄昏《たそがれ》のみじかい南海の落陽は水平線に近く、海は淡いトルコ玉のようにひかる。

「敵影らしきもの見えます。艦首右十度」

前檣見張兵の叫びが、ふるえて聞こえる。緊張しているのだ。

いっせいに双眼鏡を目にあてる。水平線上に浮かびくる一点、二点、また一点は、まさに敵艦のマストである。距離まだ二万メートル。

「第三戦闘隊形にうつれ」

「那珂」より砲撃戦陣形の命令である。これまで「那珂」の後尾を二列縦隊で随行していた各隊各艦は、ぐっぐっと距離をちぢめて、「那珂」の後方左右に横列をつくって展開する。右砲戦である。

後方をのぞむと、数十条の黒煙が天に冲して、美しい空がもうもうと煙る。敵の近接に周章狼狽、ヨタヨタと逃げまどう輸送船の群れである。

駆けつけた日本艦隊

さっと「那珂」の前部マストヤードに、大型軍艦旗がひるがえる。国際法で定められた「われ汝と正々堂々と戦う」という名乗りの戦闘旗である。麾下《きか》の各駆逐艦も、これにならってマストに戦闘旗をかかげる。

「お望みとあれば、相手になるぜ」というハッタリでもある。この戦闘旗を掲げずに発砲してはならないのが、海の武士道である。

パッパッパッと「那珂」艦上に白煙と轟音があがり、閃光がひかる。十五センチ主砲の全砲門をひらいて、その初弾をまず敵の先頭艦に打ちこむ。これは日本海海戦以来の日本海軍の伝統である。

「那珂」の発砲が、そのまま「各隊砲撃開始」の命令となる。距離一万五千メートルでは、駆逐艦の小口径砲ではまだまだ駄目だ。

「那珂」の挑戦に応じて、敵の戦列からもピカピカと閃光がひらめき、ドドドッと砲声がとどろく。敵の初弾は「那珂」を指向したらしいが、「那珂」を飛び越えて駆逐隊の一番艦である、わが「潮」をはさんで数十条の巨大な水柱が林立したから、上甲板にものめずらし気に集まっていた主計兵や看護兵がおどろいた。

「アッ、那珂の野郎、もうはじめやがった。気がみじかいな。敵は俺を狙ってるらしいぞ」

と艦内に逃げこむ。

敵五隻の集中砲火は、日本軍の先頭を切る「那珂」を狙っている。左方一万メートル付近を並行する第二水雷戦隊は「神通」を先頭に、しゃにむに敵前路に向かって突進しているが、まだ砲戦はひらかない。

本当のところ、第七駆逐隊は昭和十二年、日華事変勃発以来、準戦時態勢のなかで戦闘に従事してきたが、これまでの相手は蔣介石将軍の陸軍ばかりで、一度も敵海軍と直接に矛《ほこ》をまじえたことはなかった。

真珠湾の攻撃も、マレー沖でのイギリス戦艦の撃沈も、手の早い飛行機野郎どもがやったことで、海軍の艦艇が直接に手をくだした仕事ではない。第七駆逐隊だってそうだ。中国沿岸の封鎖戦でさかんに砲撃をやったが、相手は反撃することのない陸上施設の破壊ばかりで、いっこうに手ごたえがなかった。

ミッドウェー島の戦闘もそうであった。真っ暗闇の銃砲戦で、相手も相当に反撃したらしいが、闇夜の鉄砲で、敵弾など見えなかったし、あのときは怖くて、そんな余裕がなかった。

今日のような、強敵を向こうにまわして真っ向からぶつかるのは、これがはじめてで、いわば初陣とおなじである。

それが、いきなり巨弾を雨のように浴びたのだから、たまげたのも無理はない。戦闘配備につくと、乗組員でヒマなのは軍医長、主計長とその部下たちである。これとても、戦闘配備があるのだが、戦闘がはげしくなり、敵弾でも命中しないかぎり、連中はいたって手もちぶさたとなる。

というわけで、上甲板に集まって、敵の方をものめずらしげに見ては、ワイワイガヤガヤにぎやかに駄べっているところへ、ドドドッと敵弾が艦側に林立し、水柱の砕けたのが上甲板にザァッと落下したから、彼らはクモの子を散らして逃げうせたのである。

なかには、あわてふためいて救命ボートの下にもぐりこんだヤツがいた。ボートの下にもぐりこんだところで、直撃弾でもうけたならば、それまでである。

双眼鏡でのぞくと、敵の一番艦は「ヒューストン」型のアメリカ重巡洋艦で、平和な時代に上海あたりでよく見かけた艦だ。二番艦は「エクゼター」型のイギリス重巡洋艦、つづいて「マーブルヘッド」、「デ・ロイテル」型の軽巡洋艦でオランダ海軍の主力だ。殿艦《しんがりかん》は「パース」型でオーストラリア海軍である。

じつに、アメリカ、イギリス、オーストラリア、オランダ四ヵ国の寄せ集めの艦隊である。距離が遠いので、敵駆逐艦はマストだけ見えるが、艦型は確認できない。

この距離では、残念だがわれわれ駆逐艦の十二センチ砲ではまだ歯がたたない。打たれっ放しである。

敵味方とも、まさに兵力伯仲。わずかに味方にゲタバキの水偵一機が優勢であった。それも偵察任務を終えて基地に帰ったので、近代海戦にはめずらしく、空軍兵力のない、典型的な軍艦同士の果たしあいとなったのである。

「那珂」と「潮」はいくどか敵の集中砲火をあびて、艦影がまったく水煙に没する危機をくりかえしたが、高速力の威力でこれを避け、真一文字に敵にせまる。幸運にも、まだ一発の直撃弾もない。

距離はようやく一万二千メートルとなった。これで駆逐艦の豆鉄砲でもとどく。十二センチ砲六門の全力をあげて、旗艦の苦戦をたすける。交戦二十分、海上には、ようやく日没の気配がただよいはじめた。美しい夕焼け空である。

敵はしだいに針路を東に寄せて、「那珂」にたいする砲火もようやく衰えてきた。第四水雷戦隊に、その前路を扼されたのである。

「神通」とその駆逐隊は、「那珂」の苦戦をしり目に直進また直進で、いまや敵にたいしてまったく有利な位置を占め、敵の先頭艦に猛烈果敢な砲撃を開始した。

巡洋艦「那珂」(写真)は第四水雷戦隊旗艦として船団護衛に従事

さらに、このときになって「妙高」「足柄」の味方主力二隻も戦場に到着し、戦列にくわわった。そして、二十センチ砲二十門の砲口が、火を吹いたのである。まったく、このときはヤレヤレであった。

「全軍突撃せよ」

旗艦「妙高」のマストに駆逐隊突撃の信号があがった。

「なにっ、突撃だって。信号兵、まちがいないか?」

さすが豪放をもって日本海軍に鳴る、わが愛すべき駆逐隊司令の小西中佐もおどろいたらしい。

日没は近い、といっても夕陽はまだ水平線上にある。古来、海上で強敵と対決した場合、落陽を背後に負うことは、厳に禁じられているのだ。敵の目に自分を浮き彫りにさらし、敵に目標をはっきりさせる。反対に自分は、敵の姿を東において、忍び寄る夕闇のなかに見うしなうからである。

今、われわれは落陽を背に、強敵に向かっているのである。

これでは、白昼の突撃とかわりない。夜間襲撃を得意とする水雷戦隊に、薄暮突撃を命令することは、損害を無視した強引で無謀な戦術である。

しかし、見よ。わが輸送船団の後尾付近が、敵の射程内に入っているのだ。このまま砲撃戦だけで夜戦に引きこまれ、敵の一艦でも船団にもぐりこまれたら、その損害ははかり知れないものがある。

そうした場合、その混乱、その損害、まことに悲惨である。

「わかってますよ。俺たちはどうせ海軍では一番安あがりの消耗品一種です。死にゃあいいんでしょう、死にゃあ」

水雷長の山内中尉は笑った。まだ三十歳前の若武者だ。

敵との距離は、なお一万メートルはたっぷりとある。必中の雷撃をおこなうためには、敵側三千メートルまで突っこまなければならない。落陽はあかね色に空をいろどり、海は金色にかがやく。

落陽を背に敵艦腹三千メートルにせまることは、駆逐艦にとっては、みずから死地に入ることである。艦上には、一抹の悲壮感が流れ去る。

「妙高の野郎、ヤクザの親分きどりだよ。テメーは遠くにふんぞりかえって、俺たちに殴りこめだとよ。だから俺は、どうも大艦のヤツらに仁義がねえっていってんだよ」

「それでよ、うまくいきゃ、新聞にデカデカと書かれて、感状をもらうのはヤツラだぜ」

甲板で水兵たちがボヤクのが聞こえる。野郎どもも、どうやら初陣になれたらしく、例のブツブツがはじまっている。

「われ突撃に転ず。右魚雷戦」

第七駆逐隊の三隻は「潮」を先頭に、旗艦「那珂」の後尾から離れる。これからは、駆逐隊司令独自の戦術で戦うのである。

〝海の狼〟は、今クサリをとかれて、よき獲物にむかって、その野性を発揮するのである。

全力運転に艦体はふるえ、武者ぶるいというよりも、これが水雷戦隊本来の姿なのである。

マストには、艦体にそぐわない大戦闘旗が、おりからの落陽に映《は》えてひろがっている。

日本駆逐隊の突撃と知った敵艦隊は、陣列を解いていっせいに回頭する。駆逐艦の魚雷攻撃を回避するためには、相手を撃破するか、高速転舵で魚雷を避けるしか、手がないのである。

敵の直衛駆逐艦がもうもうと黒煙をはいて煙幕を張り、味方主力艦をつつむ。敵弾は、わが艦側の四周に散布着弾し、その水柱が矢のように走る艦に砕けて、甲板上に滝のように落下する。

敵艦の二十センチ砲弾が、わが艦を粉砕するか、わが九〇式六十センチ魚雷が、敵の艦腹に風穴をあけるのが早いか、敵味方とも必死の形相である。

敵駆逐艦が張った煙幕のなかに突入する。しばし墨つぼのなかに入ったように、視界を奪われる。海上は沈黙し、よほど注意しないと、味方同士が衝突する危険がある。あっと思った瞬間、煙幕は切れて、目前に山のような大艦が、艦首を横に走る。

「ヒューストンだ」

とだれかが叫ぶ。

ピカ、ダァーンと、艦体が恐ろしいばかりに震えた。敵の二十センチ砲弾一発が、前部煙突の中央をぶち抜いた。

煙突はぼきりと二つに折れて、半分が海中にぶっとぶ。つづいてまた一弾が艦橋をななめにはらい、左舷魚雷発射方位盤射手の上等兵曹が血風を四辺に残して艦外に消え去った。

第三弾は艦橋の天井をくだき、司令小西中佐の戦闘帽とともに、左舷海上に水煙をあげた。幸いに損害はない。

戦闘帽を飛ばされた司令のハゲ頭にカスリ傷がひとつ。血がにじんでいるが、本人はそれと気づかず、夢中になって、

「発射はじめっ、射て、射て！」

と叫んでいる。九〇式六十センチ魚雷九本が、まるで生きもののように、全射線でつぎつぎと海中におどりこむ。世界最大の魚雷である。四百キロの高性能下瀬《しもせ》火薬をだいて、六十ノットの高速で水中を疾走する。敵との距離わずかに二千メートルである。

「発射おわり」

艦は急速回頭、反転避退をおこない、魚雷の航跡を追うひまもない。二番艦「響」、三番

艦「曙」も、一番艦のあとにつづく。敵弾は執拗に艦を追う。遠雷のようなとどろきで、後方をのぞめば、敵の艦側に大水柱があがっている。命中である。「万歳」と艦橋に歓声があがる。

しかし、惨たりか、味方駆逐艦一隻が敵弾に主機関をくだかれて、白煙をもうもうと噴きだしている。敵前でのエンコである。

それを狙って、敵の砲火が十字となって交錯している。救援のすべもなく、戦友の武運を祈って、かたわらを走り去る。

「われ敵大巡を雷撃す。効果大なり。われ被弾三あるも、戦闘航行に支障なし」

ハゲ頭にバンソウコウをはってもらった小西中佐の、戦闘第一報である。初陣の砲火をハゲ頭にあびて、士気、怒気ともにいよいよさかんである。

戦速をゆるめて、魚雷の次発装塡をいそぐ。一番煙突が中央から折れて、優美な艦形がいささか傷ついたが、とはいえ血刀をひっさげた若武者のような悽愴の感があった。

ふたたび艦首をめぐらせて索敵行に移ったが、このとき太陽はまったく水平線下に没し、宵闇はすでに深く、敵影も味方も視界になかった。

「敵は大損害をうけたもののごとく、東方に向け敗走中なり。スンダ海峡にむかう算大なり。各隊は夜戦に、これを捕捉殲滅《せんめつ》せよ」

旗艦「妙高」より夜戦の電令があり、針路を東南にとる。

「われ被弾おおし、損害大なり。戦列を離脱、基地に向かう」

「われ機関に被弾あり。行動の自由なし。修理をいそぐも、見込みたたず」

僚艦の戦闘報告がぞくぞくと入る。わが方にも相当な被害があったようだが、撃沈されたものはないらしい。夕食は戦闘食で、戦闘部署で立ち食いだった。カンパンと牛缶が支給された。

「主計科の野郎ども、見ろよ、こんなに牛缶があったのに、今日までお目にかかったことは一度もねえぞ。やつら、艦が沈んでも俺たちにゃあ、食わせねえつもりだったんだぜ。ケチな奴め」

「ちげえねえ。奴をみろよ、あんなにブタ太りしてよ」

戦闘食をいそがしげに配給している主計兵曹は、体重七十キログラムに近い。海軍の主計兵曹には肥満型が多いという。栄養がいいのだろう。

それにつけても、水兵という人種は、なんにでも文句の多い奴らである。文句をいいながら、牛缶をタラ腹食っている。

暗夜の対潜水艦戦

ふたたび索敵行動にもどる。月はなく、闇は濃い。海はあくまでも静かである。

遠くに火を見た。あやしんで近寄ってみると、艦が火炎をあげて燃えている。まるで山小屋でも燃えるような勢いである。鉄でつくった艦が燃えているとは思われないほどの火の粉を散らしている。塗りかさねたペンキが燃えるらしい。

「あれは、ただの艦じゃねえな。敵の謀略かも知れない。わざと艦上で火をたいて、俺たちの注意をひきつけといて、潜水艦で雷撃、という手もあるぞ」

掌水雷長の桜木兵曹長がつぶやいた。なにかにつけて、いちおうは疑ってみないと、気がすまない男である。

敵か味方かと忍び寄ってみると、敵軽巡であった。わが砲撃で艦上はみるかげもなく破壊されている。暗いので艦名をたしかめることができない。すでに乗員は退去したもののようで、人影がない。

「トドメ」の雷撃一本をくわえる。大爆発を起こし、艦は静かに水中に消えていった。

終夜、索敵をおこなうが、闇は深く、海は広く、敵を捕捉できなかった。夜明けを待って徐行する。昨日からの高速使用で、燃料の残量が少なくなり、今後は高速の使用が意のままにならない。

静かな南海は夜明けも近いのであろう、東の空がほのかに明るい。空は今日も晴れて、南十字星が太古のままの光を放っている。さわやかな微風が、寝不足の顔をなでて爽快である。死闘の果て、死線を越えたことで得られた豊かな幸福感かも知れない。

午前三時四十分、海上にようやく朝の微光がただよいはじめた。視界は二千メートル。

「艦首方向に黒影あり、距離二千」

当直見張兵の声も眠いようだ。うすいダイダイ色に映える東の空をバックに、水平線上に浮かんだひとつの映像は、どうやら潜水艦のようである。

「前方黒影は、潜水艦のようです」

信号下士官の報告に、ウツラウツラしていた艦長が飛びあがるほど驚いた。無理もない、日本の潜水艦で、このあたりをウロウロしてるヤツは、一隻もいないはずである。ジャワ海では、潜水艦を必要とする作戦はない。彼らは遠くインド洋やオーストラリア海域で活躍しているはずだ。

「潜水艦だと。敵か味方か、どっちだ」

艦長の怒声で、艦橋の眠気がいっぺんにふき飛んだ。潜水艦とすれば、まさしく敵である。だが、この薄明とはいえ、夜明けの海上を悠々と浮上航行とは解《げ》せない。

この海域は、日本軍の制海権内にある。敵とすれば、われを小馬鹿にした不敵な行動である。

「潜水艦一隻、わが前方にあり。針路、本艦とおなじ。距離二千、敵味方不明」

信号下士官が、十二センチの大型双眼鏡に目をあてたまま報告する。

「砲術長、砲撃用意。目標、艦首前方の潜水艦」

と命令はしたものの、艦長はあきらかに迷っている。しきりに首の双眼鏡を目にあてたり、はずしたりしている。

さもありなん。相手潜水艦は駆逐艦の近接を知ってか知らずか、じつに悠々と朝焼けに映える東の海に向かって、水上航行をつづけている。敵艦とすれば、潜水艦の常識を無視した馬鹿なヤツである。

この不敵な行動に、艦長は迷っているのだ。潜水艦の艦型というものは、各国ともおなじだから始末が悪い。もし味方であったらと思えるし、見分けがなかなかつかない。

「信号兵、味方識別信号をやれ」

艦長は思いあまったのか、夜間作戦中はよほどのことがないかぎり使用が禁止されている発光信号を命じた。マスト先端の赤ランプが、ポカポカとモールス符号を発光する。

戦時夜間の味方の合い言葉。すなわち「海」といえば「山」と答えなければならない。しかし、相手からはなんの応答もない。もう肉眼で、艦影がはっきり見える。

「艦長、敵艦です。潜航にうつります」

信号下士官がけたたましく叫ぶのと、艦長がさっと砲術長を指さしたのが同時で、前部砲二門が火を吹いたのも、間髪をいれずであった。

距離は一千五百メートル、必中である。ピカピカッと命中の炸裂光が見えたと思うと、すでに海上に潜水艦の姿はなかった。見えたのは、海上に浮く無数の灯火だけだ。それがピカピカとまたたいている。

「しまった、味方か」

艦長の口から、思わず沈痛な嘆声がもれた。灯火のまたたきを、味方識別信号と思ったらしい。ときに午前五時、海面はすでに明るくなっていた。

水面を泳いでいる人間が見える。一人ひとりが水中用電灯らしいものをもっている。低速で近寄って見て、ホッとする。ガヤガヤと聞こえるのは、このところしばらく聞けなかった英語であった。助けを求めているらしい。

艦長はそれを聞くと、テレ臭さそうにニヤリと笑ったが、司令の小西中佐は艦長をからかうかのように、呵々と哄笑していった。

「おい、お客さんが多いぞ。失礼のないよう、お通ししろ」

溺者救助用意といっても、なにもない。ただ綱梯子を艦側に降ろすだけだ。彼らはワイワイとにぎやかに舷側に泳ぎつき、われ先にと艦上にあがってきた。

一人ひとりが完全な救命具を着け、手には防水の電灯をもっている。用意周到である。全部で四十一名、士官が八名いた。

艦長はだれかと聞くと、「イエス」と答えて、長身の男が手をあげた。少佐である。

「乗員は何名か」と聞くと、四十一名だという。全員が救助されたと伝えると、少佐は心からうれしそうに、「サンキュー」を連発した。

乗艦が瞬時に撃沈されたのに、全員が救助されるとは幸運な者たちである。救助したのが、われわれを撃沈した敵艦であるとしても、神に感謝すべきであろう。少佐は天をあおぎ、胸に十字を切った。

この潜水艦はアメリカ極東艦隊所属の「P6」という古い型であった。日本軍のフィリピン上陸でマニラ軍港を追い出され、ジャワ海の通商破壊の命令を受けていたものである。

艦長に、「この海域に僚艦は何隻いるか」と聞くと、胸を張って「ノー、答える義務はない」という。敵艦に捕らわれて、この昂然たる態度はみごとである。

根拠地もなく、補給船もなしの長い作戦で、乗員は疲れはて、身体中アセモだらけであった。今朝も、全員が上甲板で潜航前のひとときを楽しんでいたのだが、夜明け前、西の方から近寄った駆逐艦に気づかずにやられたといっている。潜水艦乗りにしては、呑気なヤツラである。

それにしても、艦内にいたであろう幾人かの機関兵までが、沈没の瞬間、艦外に救命具までつけて飛び出すとは機敏であるし、訓練も悪くない。

ともかく賓客だというので、生タマネギ（これは、われわれだってそう簡単に手に入らない駆逐艦での高級食品だ）とカンパン、それに焼酎《しょうちゅう》入りのコーヒーを朝食として支給すると、アメリカ人特有の大げさなよろこびようでにぎやかに食べている。

米潜の艦長に、マレー沖の海戦でイギリス戦艦プリンス・オブ・ウェールズとレパルス撃沈のニュース写真を見せると、他の士官たちとともに沈痛な面持ちでうめいた。

「この戦争で、アメリカは勝てるか」

と聞くと、いっせいに、

「イエス、われわれはかならず勝つ」

と、昂然と胸をはり、目をかがやかせていい放った。小憎らしいほどの確信を持ち、信念に燃えている。必勝の信念は、日本人より強いのかも知れない。彼らもまた、敗戦を知らない国民である。

昨日からの戦闘報告を総合すると、このスラバヤ沖の海戦で、敵は「ヒューストン」型、

「パース」型各一隻を撃沈され、駆逐艦と残余の巡洋艦は損傷をうけながらも、夜陰にまぎれて戦場を脱出し、インド洋をオーストラリアに向かって敗走したらしいが、「マーブルヘッド」型一隻は今朝、スンダ海峡を哨戒中のわが重巡「愛宕」に捕捉撃沈されている。

退避中だったわが輸送船団に被害はなかったが、これの収容がまた大変である。各船がバラバラに逃げたので、早い逃げ足で百カイリ近くも離れた快速船もあれば、全力をあげても八ノットしか出ないボロの船もある。

それが五十隻近く、命からがら逃げまどったのだから、集めるのがひと苦労となった。暴走した牛の群れを集めるのと変わりない。

このため、上陸作戦は予定より一日おくれて二十八日の深夜、スラバヤ港西方の地点にたいした抵抗もなくおこなわれ、今村兵団の支隊はジャワ島北部に展開した。

オランダ病院船のお化け

昭和十七年三月一日、第七駆逐隊はタラカンに向かっていた。スラバヤ沖の海戦で英・米・蘭・豪の連合艦隊を撃破したが、一昼夜にわたる激戦で弾薬、燃料の残量も少なく、これを補給するため、補給基地に針路をとっていた。

ジャワ海に敵影はなく、船足も気も軽かった。東京のラジオは、スラバヤの海戦を大々的に報道していたが、案の定、海軍報道部長は、駆逐隊の奮戦については一言も触れていない。

これがふだんであれば、艦内轟々と平出《ひらいで》英夫報道部長の悪口雑音に湧くのだが、今日の艦内はなぜか静かだった。

戦闘の疲れと、タラカンに入港するという喜びがあるからである。こうなると、平出報道部長も新聞の報道もわれ関せずとなる。戦う者は、今日を生きていることが、なにものにもまさる喜びなのである。タラカンには原地人のかわい子チャンがいるし、美味《うま》い酒も果物もふんだんにある。

戦闘に支障なしとはいうものの、「潮」は相当の損傷をうけていた。タラカン基地の工作船の手におえないとなれば、佐世保で修理となる。さらにうまくいけば、横須賀に回航という公算もなりたたないわけでもない。

艦内では、平出報道部長の発表よりも、その方が大きな関心を呼んでいた。

この日、スラバヤ沖海戦で戦死した方位盤射手、斉藤上等兵曹の水葬式がおこなわれた。全員が上甲板舷側に整列して、登舷礼である。屍《しかばね》は戦闘中に海中に飛ばされてないが、急造の柩《ひつぎ》は軍艦旗につつまれ、ダビットに吊るされ、弔砲と「海征かば」の奏楽のうちに静かに水面に降ろされた。

弔砲が南海の空遠くひびき、「海征かば」の調べが武人の胸底にしみわたる。それは一編の悲詩《エレジー》であった。そのときばかりは、日ごろは粗暴をもってなる駆逐艦乗りの魂を、さすがにゆり動かし、熱血胸にせまるものがあった。

南溟の果てに、その屍を海底に朽ちらせるのは海軍武人の本懐とはいうものの、戦友を葬るだれの目にも涙があった。

南海の空は、今日もかぎりなく澄んで、燃えるような太陽は海にかがやいて甲板を焼いた。

第三戦闘配備、速力十二ノットである。艦側にイルカの群れが慕い寄ってくる。たいした歓迎もされないのに、それだけが得意らしいバッタ飛びをやって、愛嬌をふりまいている。わずかにエンジンの振動が伝わるだけで、艦内は静かである。

航海当番以外の者は、涼しさを求めてどこかの隅にでももぐりこんで眠っているのか、艦上には人影もない。

午前十一時、艦隊旗艦より電令が入る。着信者は第七駆逐隊司令である。

「前路警戒機よりの報告によれば、オランダ病院船らしき一隻あり。われよりの方位百二十度、三十カイリ、針路南、速力八ノット。第七駆逐隊司令は、麾下の一艦をしてこれが臨検すべし」

こういう場合、おおむね貧乏クジをひくのは三番艦である。なぜならば、三番艦長は一番の後任だからである。

三番艦「曙」が命をうけて隊列をはなれ、針路南に、その軽快な姿を水平線の彼方に消した。病院船の臨検などは、手間ひまのかかる仕事ではない。主隊は、なにごともなかったように一路北に航行をつづける。

日没までにはタラカンに入港し、夕食は特設クラブで現地の美女のサービスと、オランダ製のブランデーで大いに楽しめるはず……と思ったのが、人間のあさましさであった。

午後二時三十分、電信室の当直電信兵のレシーバーが、緊急信電波をキャッチし、激しく

駆逐艦「曙」（写真）はオランダ病院船の臨検にゆき敵艦隊と遭遇

鼓膜をたたいた。発信者は「曙」艦長であった。

「われ敵艦隊と交戦中、われに燃料なし」

奇怪にも、ジャワ海に突如として敵艦隊が出現したのである。

「艦長、妙高変針、針路南西、速力二十ノット」

信号兵曹の叫ぶ声に寝室で昼寝をしていた司令と艦長が、あわてて艦橋にかけのぼってくる。

「妙高」のマストには旗旒信号があがる。

「われにつづけ、第三戦速」

「曙」の救援に急行するわけだが、重巡とちがって駆逐艦の燃料は、もう残り少ない。このまま第三戦速、二十ノットで走ったのでは、タラカンに帰る燃料がなくなり、今夜の夕食にブランデーなどは夢まぼろしとなってしまう。

「曙」の救援よりも、その方が心配だ、と機関科はボヤク。ひどいヤツらである。

「敵はイギリス巡洋艦エクゼター一隻。駆逐艦二隻をともなう。われ交戦中、燃料なく速力出ず」

「曙」艦長の報告は急迫を告げるが、こっちだってタンクに重油がポチャポチャで、高速が出せないのである。

海には無限のひろさと、はかり知れない未知がある。それが、ときどき人間の知能をはるかにこえる神秘性と、奇妙な偶然を生みだす。

オランダ病院船の臨検を命じられた「曙」は、この奇妙な偶然に遭遇したわけである。

「曙」は軽い気分で指定された地点に、十二ノットの速力で航行した。別に急ぐ仕事でもない。燃料の搭載量も底をついているので極端な経済速力であった。

「曙」の艦長は戦闘配備をといて、通常航海に切りかえた。乗組員は涼しい場所をもとめて、昼寝を楽しむ。艦は兵たちの眠りをさまたげないよう、静かに進んでいた。当直将校である航海長も、軽く口笛でも吹きたいような安らかな気分で、艦橋を散歩していた。すべて「異状なし」である。

「妙高」の艦載偵察機の報告どおり、オランダ海軍の病院船が漂泊していたことも事実だった。さらに、それとあまり遠くない地点に、スラバヤ沖海戦で日本海軍の追撃の手をのがれたイギリス巡洋艦エクゼターが、二隻の駆逐艦をともなって、健気《けなげ》にも味方の敗走にもひるまず、陣容をととのえてジャワ海にまいもどり、日本海軍との決戦を求めていたのである。

それが、日本海軍の必死の捜索にもかかわらず、三日間も海上を悠々と航行していたのだ。海にはやはり、無限の未知がある。

「艦首前方に艦影あり、距離一万五千」

前部マストの見張兵の声に、「曙」航海長の山本中尉は、艦橋遊歩の足をとめた。やおら、首につりさげた双眼鏡をとりあげて目に当てた。

二本マストに二本煙突、灰白色に塗った船体、距離が遠いので、船体の下部はまだ水平線下にある。その全容は認めがたいが、どうも病院船らしい。このときはまだ、駆逐艦の姿は見えなかったのである。

航海長は、まず海戦要務命のページをめぐり、国際法規に定められた船舶臨検の項を読んだ。

ひととおりそれを頭に入れると、伝令に伝えた。

「伝令、艦長に報告。オランダ病院船発見、距離一万五千。船舶臨検の命令を出す」

ここまでは山本航海長も、天晴れな青年将校ぶりであった。

「船舶臨検隊整列、第一カッター用意」

かねて準備しておいた臨検隊の整列を号令し、信号兵に停船命令の信号を命じた。まだ艦長の姿は、艦橋にあらわれない。

「止まれ、しからざれば砲撃す」

マストにスルスルと国際停船信号があがった。航海長はその信号を確認し、ふたたび双眼鏡をとりあげて目に当てた。こうした場合、相手の行動を監視し、逃走をくわだてるような場合は、威嚇《いかく》砲撃をやる。

目標をふたたび見つめて、航海長は「オヤッ」と気づいた。病院船は一隻だったはずなのに、三隻も見えるのである。駆逐艦も視界に入ってきたのだ。

航海長は目をこすり、あらためて目標を確認したが、まだこれが敵艦隊とは考えていなかった。あるいは味方かも知れない。この海域で行動する味方艦船は多いからだ。

「信号兵、よく目標を見ろ。あれは病院船でなく、軍艦だぞ」

もう距離は一万メートルにせまっていた。このとき、「曙」艦長が上衣のボタンをはめながら艦橋に姿をあらわした。

ゆっくり煙草をとりだし、火をつけて吸った、そのときである。相手の艦側にピカッと閃光がひらめいたと思うと、ゴーッという飛弾の空気を切り裂くうなりがして、「曙」の艦首前方三百メートル付近に二十センチ砲弾の弾着を示す二本の水柱があがったから、艦長は驚いた。血相が変わっている。

「バカ野郎、敵だ。戦闘配備につけ、急げ」

航海長の山本中尉は、とびあがった。

「野郎、病院船に化けていやがったな」

とわめいたが、自分が病院船と早合点したとは思っていないらしい。

「戦闘配備につけ」の緊急警報が艦内に鳴りわたると、ベッドに寝ていたらしい士官連中も、ドヤドヤと艦橋にあらわれる。戦闘帽はかぶっているが、上半身は裸のままである。

「なんでえ、病院船ぐらいで、なにガタガタするんだ」

といいたげな顔である。敵の第二弾は艦側数十メートルに着弾した。照準は正確である。

十二センチ砲で反撃するが、相手が二十センチ砲では、勝負にならないのはわかりきっている。といって、この距離では雷撃もむりだ。

　さいわいエクゼターは、十ノットぐらいの低速である。数日来の戦闘で、彼もまた燃料の残量が少ないのであろう。根拠地をうしなった彼にとって、重油の一滴は血よりも尊いのである。

「曙」艦長はこれ幸いと、三十六計逃げるにしかずと反転を命令する。ともかく、敵の射程外に出ないと撃沈される。そのとき、

「われ救援に急ぎつつあり。決死、敵に触接せよ、逃がすな」

「妙高」からは、あくまで敵巡洋艦に喰らいつけ、という厳命である。これでは、三十六計を決めこむわけにもいかない。

　斉射また斉射で、敵の砲撃は急をくわえ、弾着も正確に「曙」を追う。進退きわまった「曙」艦長はうなった。こんなときにやることは、たいがいきまっている。気のみじかい日本人の玉砕主義だ。

「われ燃料つく、突撃す」

と捨て科白《ぜりふ》を発信すると、転舵を命じて、艦首を敵の真っこうにすえた。そして、みずから機関室への伝声管に口をあてると、

「エンジン全開しろ！」

　とやけっぱちに怒鳴った。その後、艦橋にいならぶ連中をジロリと見わたして、

「さあいくぞ、魚雷戦用意」

撃沈されるにしても、敵を地獄への道連れにするつもりである。

エクゼター艦長の怒り

が、このとき、エクゼターの砲撃はピタリとやんだ。しかし、エクゼターは逃げもかくれもせず、やはり悠々と航行している。オヤッと思ったとき、後部見張員の声が伝声管でとどいた。

「艦尾左に艦影あり、距離二万。味方主力のようです」

今まで敵にばかり気をとられていたが、見よ、水平線上に点々と浮かんでくるのは、まさしく「妙高」を先頭に急ぐ、わが主力部隊であった。

エクゼターは早くもこの強敵の近接に気づいて、駆逐艦などに貴重な砲弾をついやすことをやめたのである。あやうく虎口を脱した「曙」艦上の者は、それこそ九死に一生を得た思いであろう。艦長はあわてて、また機関室にどなった。

「速力十二ノットに落とせ、燃料を節約しろ……」

機関長こそ、いい面の皮だ。

「敵を包囲するごとく行動せよ」

日本部隊は、エクゼターを距離一万メートルにおいて展開する。エクゼターはなにごともないように、十ノットの低速で日本部隊を無視した態度で南に進む。

二月二十七日の戦闘以来の行動で、もう燃料が残り少なくなったのか、われに倍する敵の包囲に、逃れられぬ運命と知っての不敵の行動か、彼は黙々と静かに進む。

灰白色の艦体、客船を思わせる優雅な容姿、第一マストヤードにひるがえる大英国旗――それは長い歴史のなかで、七つの海を支配してきた栄光のはためきであった。母鯨に寄りしたう小鯨のように、旧型の小駆逐艦二隻が、これにしたがっている。しかも、その黙々たる行動のなかに、烈々とした闘志のあることがうかがわれるのだ。

第二次世界大戦勃発の初期、イギリス海軍の躍起の捜索をシリ目に、南大西洋せましと通商破壊戦に猛威をふるったドイツ海軍の誇る豆戦艦フォン・シュペーを南米ウルグアイのモンテビデオ港外に捕捉して、これを追撃、満身創痍の大損傷をこうむりながらも味方主力部隊の到着まで奮戦し、ついにシュペーをモンテビデオ港に追いつめて自沈させた闘魂は、当時これを伝え聞いた日本海軍将兵をして、

「ああイギリス帝国海軍の伝統、いまなお健在なり」

と讃嘆させたものである。そのエクゼターが奇しくも今、遠征はるけくも極東の無援のジャワ海に、日本艦隊の包囲をうけ、目にあまる大敵を意に介せず、悠々と航行をつづけている。

エクゼター艦長の胸中に去来するものがなにかは知る由もないが、日英両艦隊がにらみ合うことしばし、やがて「妙高」のマストに一連の国際信号旗がスルスルとあがる。

「貴艦の勇戦に敬意を表す。降伏せよ」

それは静かだが、凄壮な一瞬だった。全将兵は、ひとしく息をのんで相手を凝視した。

日本海軍の将兵は今、敗残失意のエクゼターがいかなる手段にでるかと、刮目《かつもく》して見守っている。

緊張のひとときだった。やがてエクゼターのマストに、応答の旗旒があがった。降服勧告にたいする答はみじかかった。

「余は拒絶す」

みじかいが、そのひと言には寸毫の妥協もない、峻烈な拒否であった。われに数倍して驕《おご》る日本海軍にたいし、怒りをみなぎらしたエグゼター艦長のみじかい拒絶のなかに、長いイギリス海軍の栄光があった。

降服勧告拒否の応答旗が降ろされると同時に、エクゼターの主砲は、「妙高」に向かって弾を送った。正確な照準である。初弾からすでに挟叉弾着だ。

されぱと、日本軍も砲火をひらいた。「妙高」「足柄」の二十センチ砲二十門、「神通」「那珂」の十五センチ砲十二門、駆逐艦十八隻の十二センチ砲計百四十四門が、いっせいにエクゼターに注がれたのである。

そこには、世にも凄惨な海の死闘がくりひろげられた。霰のごとく撃ちこまれる砲弾を避けて、右に左に舵をとる。その操艦はみごとであるが、煙突は吹き飛び、マストは折れて艦橋は砕けた。

機関に直撃弾をうけたのか、白煙が甲板上から噴きだしている。しかも、その闘魂はやむことなく、主砲は断続しながらも火を吹いている。

しかし、それも長くはつづかなかった。交戦十分、エクゼターはもう動かなくなった。艦上に大爆発が起こり、炎があがった。艦体は右舷にかたむき、砲撃はやんだ。二隻の駆逐艦の姿も、すでに海上にはなかった。

日本艦隊の砲撃と雷撃にさらされる英重巡エクゼター

「砲撃やめ。曙は敵を雷撃せよ」

とどめの雷撃命令は「曙」にくだされた。必死の強敵と戦った功績にあたえられる名誉であった。燃料の少ない「曙」は、静々とエクゼターに近寄った。これを遠くから見ていると、いかにも沈着そのものに見えた。まことにエクゼターの最後を飾るべき、劇的な場面となったのである。

「曙」の魚雷二本は、瀕死のエクゼターの艦腹を抉《えぐ》った。横倒しになった艦は、静かに沈んでいく。そのマストヤードには、クロス十字の戦闘旗が南国の陽に映えていた。

それは、この「誇り高きもの」の最後を、いっそう悲壮なものにした。日本軍の全将兵は期せずして挙手の礼をもって、敵ながら天晴れなエクゼターの最後に敬意を捧げたのである。

「各駆逐隊は、敵生存者を救助収容せよ」

これで今夜の夕食は、またまたケチな主計兵曹の手料理ときまった。海はもとの静けさにかえり、南海の太陽は海にかがやいていた。

貴艦に神の恵みを

病院船の白衣の天使たち

「野郎、病院船に化けていやがったな」

と「曙」航海長はエクゼターをののしったが、エクゼターが病院船に化けていたわけでなく、実際に病院船もいたのである。

エクゼターが撃沈された地点から、わずかに五十カイリと離れていないジャワ海のド真ん中を、堂々と航行していた。オランダ本国とオランダ領東インド（蘭印）諸島をむすぶ定期客船を、戦争勃発とともに臨時に病院船にしたてた豪華船で、排水量二万トンに近い巨船であった。白く塗った船体に、赤十字の標識が規定どおり鮮やかに描かれている。

発見したのが深夜であったので、停船を命令して夜明けを待った。逃げもかくれもしない病院船であり、あまり手荒いこともできない。

一般の敵艦船を拿捕するような危険性はないが、国際法によるきびしい制約があるので、慎重を期したわけである。

午前七時、今日も海は静かであった。臨検隊用意で、距離五百メートルをおいて浮かぶ病院船を、朝の光のなかに見る。美しい船だった。蒼い空、青い南の海を背景に、静かにただよう純白の姿は、まるで海の女王のように気高く、気品にあふれている。

戦争に従事していると、相手国の船舶はすべて憎悪の対象となるものだが、この病院船の魅力は、そうした戦争感情を忘れさせてくれた。

臨検隊長を指命されたのは、艦内で一番の閑人《ひまじん》と定評のある第七駆逐隊付通信士である私だった。通訳兼補佐官として、常日ごろから語学を誇る航海士の伊藤少尉がつく。しかし、私は彼の語学にたいして、あまり信頼をおいてなかったので、ひそかに英和辞典をポケットにしのばせた。

ＴＭ型ポータブル無線機一台と電信兵、信号兵各一名、それに水兵八名が臨検隊の編成である。病院船の臨検なので、武器の携行は許されない。全員が丸腰で、あまりカッコよくない。

臨検隊員の整列、服装携行物件の点検も終わり、いざ出発となったら、肝心の通訳であり副隊長殿である伊藤少尉の姿がない。このボロ貨物船乗りあがりの予備少尉は、天測などの航海術の腕は優秀なのだが、とかく行動がモタモタしている。もっとも齢《よわい》三十歳をすぎて海軍予備少尉となれば、無理もない。

「バカ野郎、どこでホール突っこんでいるんだ。早く引きずってこい。彼奴は、どこまでグズなんだろう」

「ホール（艦首）突っこむ」というのは水兵用語で、サボルという海軍らしい隠語である。水兵一人を派遣して彼をさがさせた。やがて、水兵にせきたてられて現われた彼を見て、司令以下全員が唖然として固唾《かたず》をのんだ。

今われわれの前に忽然と現われたのは、日ごろ見なれた呑んだくれで助平無類の予備海軍少尉ではない。頭のテッペンから靴のツマ先まで、一分の隙もない天晴れ颯爽たる日本海軍士官の夏の正装である。

胸には数コの略章を佩《はい》し、腰には短剣までぶら下げている。しかもだ、身に着けているものは、すべて同室の私のものばかりである。

「おい伊藤、寝ぼけてんじゃあないだろうな。今日は皇后陛下面会日でも、結婚式でもねえぞ。なんだ、その格好は」

「まあ待て、気にするな。俺は貴公のような野暮な海軍の駆逐艦乗りじゃあねえよ。これでも七つの海を股にかけた、知性と教養高い商船の高級船員なんだ。外国船の公式訪問となれば、これぐらいは最小のエチケットというもんだ」

彼は私の抗議にもニヤリと笑って、しゃなりしゃなりとボートに乗りこんだ。そのオツにすました上品ぶった態度には、さすがの小西中佐もあいた口がふさがらないらしく、まじまじとその後ろ姿を見送るばかりだった。

しかし、あとになって、病院船に乗りこんでから、この伊藤少尉の装束がいかに必要なものであるかを、イヤというほど知らされるハメになった。やはり彼は、われわれより一枚上手の国際人であったのである。

この豪華なる病院船上に立ってみると、戦争の影はどこにもなかった。平和なときと変わりない、客船の国際社交場の雰囲気がただよっていた。

われわれを出迎える船長、病院長、その他の高級船員のいずれもが、正しい清潔な正装であり、ものやわらかな態度である。帝国ホテルのロビーのように着飾った貴婦人は見あたらないにしても、美しい看護婦が白い長衣の裾をたらして、静々と歩をはこんでいる。

それにたいし、われわれの服装はといえば、指揮官である私の格好は熱帯用戦闘服で、半袖の開襟シャツである。それも、あまり洗濯してない。半ズボンに薄汚いソックス、艦内用の運動靴と戦闘帽、それにここしばらくの戦闘で入浴はおろか、今朝は洗顔もしていなかった。

戦闘作戦となれば、駆逐艦の清水タンクの水は血液のように尊い。おそらく、ムッとした悪臭がしたことであろう。私がその始末だから、いならぶ臨検隊すべてが、垢にまみれているのだ。

その結果は明らかである。病院側は指揮官である私をさておいて、もっぱら通訳である伊藤少尉にばかり、紳士の礼をもって応接している。けしからん。

「おい、伊藤。船長に船内を臨検するから案内しろ、といえ。グズグズするな」

と私はむかっ腹をたてて、伊藤をこづいた。

「まあまあ、そう急ぐな。あれを見ろ」

と彼はアゴをしゃくった。その方を見て、私も怒気をおさえてしばし見とれた。

看護婦の群れである。この薄ぎたない侵入者を、怖いものみたさにながめ、なにか囁《ささや》いている。いずれも二十歳代の若い娘たちだ。美しい。

ここしばらく原住民の女ばかり見ていたわれわれにとって、それはまさしく「白衣の天使」と見えた。いならぶ臨検隊員も、しばし息をのんで、これをながめた。

日本海軍の高級参謀でもあるかのような顔で、船長以下、高級船員とあやし気な英語で社交辞令をかわしている伊藤をうながして、船長サロンに通る。

乗組員数、入院患者数、これからの任務と行動について調べるのだが、案の定、伊藤少尉の英語は、日ごろの口ほどでなく、時間のかかることおびただしい。会話だけではこと足りず、手まね身ぶりでわかったことは、乗組員百五十名、入院患者三百人、そのうち半数が軍人で、ジャワ島在住の民間婦女子が多数収容されていた。高級官吏や陸海軍将校たちの家族とにらんだ。

乗組員は客船時代からの者で、それに軍医と看護婦である。この看護婦は、戦争になってからの民間特志看護婦が多数で、これからの行動は、一路オランダ本国への帰路につくということだ。

書類を見たが、英語だかオランダ語だか、伊藤少尉もあまりよくわからないが、国際法規に定められた戦時病院船の任務行動に違反はないようである。

いよいよ船内臨検である。船内に火薬類はもちろんのこと、ピストル一梃、それが個人の所有物であろうとも、船内にあると武装船と見なされ、病院船としての資格はうしなわれて、普通の交戦国船としてあつかわれるのである。

水兵たちを手わけし、高級船員を案内人として船員室、倉庫、高級士官室などを捜索したが、違反となるものは発見できなかった。もっとも、二万トンの巨船をこのわずかな人数と、わずかな時間で隈《くま》なく探せといっても、はじめから無理な話である。

水兵たちが本気で捜索したのは、看護婦室ぐらいだったかも知れない。というのは、捜索を終えて帰ってくる水兵たちの顔は、いずれも上気して赤らんでいたからである。全員異状なし、の報告である。

臨検をおえて船長サロンに帰ってみると、伊藤の奴はソファーにそっくり返って、ほんのりと赤い顔をしている。野郎、ウイスキーソーダでもご馳走になったにちがいない。私を見ると、

「おっ、終わったのか、早えな。もうすこし詳細に調べた方がいいぞ、エッへへへ」

この野郎と思ったが、今日ばかりは、このボロ貨物船乗りにシテやられた。

「船は捜索するも違反の事実なし。多数の戦傷病軍人入院中なり」

と母艦に報告する。しばらくして母艦から、

「貴臨検隊は、その船をバリックパパン基地に回航すべし、入院中の軍人の調査の要あり」

駆逐隊司令からの命令である。この地点からバリックパパンまで約百カイリ、十五ノット

の速力でも七時間かかる。今からだと入港は夜になる。チェッ。

「おい伊藤、この船はボルネオのバリックパパンに回航だ。船長にそう伝えろ。デレデレするな」

と伊藤少尉に厳命する。

「おい大高、そりゃ国際法違反の疑いがあるぞ。この船はれっきとした病院船だ、拿捕するわけにいかないはずだぜ」

伊藤少尉は不服顔である。

「バカいえ。この船には敵軍人が多数乗船中だ。いうなれば、われわれの捕虜である。ぐずぐずいうなッ」

「困ったな、俺はさっき船長に、すぐ釈放するといったばかりだ。船長がよろこんでウイスキーをご馳走したのに」

ボヤキながら、しぶしぶ船長に伝える。船長もそれを聞くと、今までの態度をガラリとかえて、真っ赤になって憤慨した。伊藤少尉が英語、日本語をとりまぜてなだめるのだが、ききめがない。

「日本海軍のこの不法にたいし、ただちに国際赤十字社に報告する」

といきまいた。彼は私を指さし、伊藤少尉になにかをわめいた。あの野郎を、戦争が終わったら絞首刑にする、とでもいっているらしい。

「バカヤロウ、モンクユウナ。俺のいうとおりしないと、キンタマケットバスゾ、アホッタレ」

私は日本語で、船長よりもでっかい声で怒鳴った。これで船長には、言葉はわからないが、私が怒り狂ってるように通じたらしい。彼はわめくのをやめて、じっと私をにらむ。私も負けないで、

「早くしろッ、この毛唐《けとう》野郎」

と握りこぶしを頭上にふった。その勢いに、船長もようやくうなずいて、

「イエス、イエス」

と、かたわらで呆然と突っ立っている伊藤少尉にいった。そして、われわれを船橋に導いた。私は当直士官に海図をださせ、バリックパパンを示して叫んだ。

「レッゴー、バリックパパン」

病院船は静かに船首をバリックパパンに向けた。速力十五ノットを命じる。

伊藤少尉が私にいった。

「日本語って、いろいろな使い方があるもんだな。貴公の日本語で、船長がすっかり観念したらしいぞ。アホッタレはなんと英語に訳すんだ」

「俺たちは勝っているんだ。負けてる方が、勝ってる国の言葉を使うのが戦争だ。船長にいえ、夕食はビフテキだ、分厚いやつだぞ」

その日は船長室で、オランダ風の洋食の晩餐にありついたことは、いうまでもない。病院船の乗組員も、おとなしくわれわれの指示にしたがった。

「異状なし。午後八時、バリックパパン入港の予定なり」

と母艦に報告したが、本当のところ、ひとつの事故があった。船長が私のところに駆けこんできて訴えた。

「日本の水兵が、乗組の士官を殴った」

というのである。伊藤少尉にその事実を調査させると、事実だという。しかもその犯人は、私直属の部下となる電信兵だった。

船長に陳謝の意を表したのち、私は彼にいった。

「おい、やたらに他人を殴ったらいかん。ここはオランダ船だぞ。なんで殴った」

電信兵は、頭をかきながら答えた。

「でもよう、分隊士。あの野郎、俺の見ている前で、看護婦に抱きついてキッスするんだ、人を馬鹿にしやがって」

ウウムッ、無理もない。航海日誌に、そのことは記載しないことにする。

海上を漂流する島？

横須賀回航かと期待された艦の損傷修理も、バリックパパン停泊二日で、完全に終了した。なにしろ工作艦には、海軍工廠抜擢の熟練工ばかり乗せているので、あれくらいの損傷の修理は朝メシ前なのである。がっかりしたのは、水兵どもだった。

「チェッ、工作艦の野郎ども、戦争の苦労を知らねえから、情け容赦もなく直しちまいやがった。ひでえ奴らだ」

と有難迷惑顔である。横須賀に帰れるかも知れないというはかない夢が消えたばかりでなく、修理完了を待っていたとばかりに、出動命令である。

陸軍のジャワ島攻略がすすむにつれて、ジャワ島のオランダ、オーストラリア軍は、あらゆる船舶をつかってオーストラリアに撤退を開始していた。第七駆逐隊は、ロンボック島沖でこれを哨戒、敵の退路を遮断せよというのである。

「艦隊司令部の奴ら、ほかに艦がないとでも思っているんだろうか。なんで俺たちばかりを目の仇に、こき使いやがるんだろう。俺は、孫子《まごこ》の代まで駆逐艦乗りにはさせないぞ」

明日の上陸を楽しみに、原住民のかわい子ちゃんへの土産にと酒保から買いあつめたサイダーやミカンの缶詰、お菓子、煙草をテーブルに山積みにして、水兵たちは嘆いた。

チモール海をすぎると、オーストラリアのダーウィンは指呼の間にある。このあたり一帯は島が多く、小スンダ列島とよばれ、いくつもの水路があって、哨戒に苦労の多いところである。

三月、ジャワ全島の制圧も近い。海軍航空隊の先遣部隊を輸送中の仮装巡洋艦「加茂川丸」が、バリ島への水道でアメリカ潜水艦の雷撃でやられたのをはじめ、潜水艦による被害がしだいに増加しつつあった。

第七駆逐隊は、ロンボック島沖を中心に散開した。敵潜水艦出没の警報しきりである。

この姿なき敵は、日中は海底にひそみ、日没とともに浮上する。ちょっとでも油断すると、こっちがやられてしまう。駆逐艦が潜水艦にやられることは、全軍のもの笑いとなるのだ。

われわれは猫の目をして、この暗夜の凶敵をさぐるのである。

夜十時ともなれば、赤道直下の海は死のような静けさである。このあたりになると、嵐とか台風などという天然現象はめったにない。

だから、島々には樹木が繁茂し、それが水ぎわまでおおいかぶさっている。波の音などまったくしない。

今夜も南十字星は光っているが、月はない。墨を流したような闇がつづく。

「前方に島があります」

前部見張員の報告に、艦長は飛びあがるほど驚いた。

「島だと。航海長、貴様、艦を島登りさせるつもりか」

海図ボックスに首をつっこんで、海図に航跡を記入していた伊藤少尉がどなった。

「前方に島が見えるって、そんな馬鹿なことがあるか。見張員、よく見ろ、島なぞあるはずがない」

とはいったものの、海図に記入もれの小島がないともかぎらない。このあたりは、やたらに島の多い水域なのだ。航海長は、また海図ボックスに首をつっこんだ。

「島が右に動きまあす」

あらたな見張員の声に、艦長はふたたびギョッとする。

「島が動くって、大馬鹿もの、どれよこせ」

艦長みずから十二センチの大双眼鏡に目をあてたが、今度は艦長があわてた。

「探照灯用意。艦首右前方照射、急げッ」

夜間の対潜哨戒中、探照灯の照射は非常に危険がともなうのだが、艦長はあえて照射を命じた。九十センチ探照灯が艦首前方を照射すると、その光芒の先端に、まさしく島が照らしだされた。島であることの証拠に、樹木が繁茂している。距離は五百メートルとない。

「取舵、島の北側をいけ」

艦長は艦首を島の左によせた。

「おかしいな、どう見ても、この島は海図にない。海軍水路部の海図に記入もれということがあるだろうか」

航海長の伊藤少尉は、まだ腑に落ちないらしく、ブツブツいっている。島は静かに艦の右舷を通りすぎる。「おい、見ろよ。あの島は無人島じゃあねえぞ。煙が見える」

信号の先任兵曹が素っ頓狂な声をあげた。なるほどよく見ると、探照灯に照らされた島の中央から、わずかではあるが煙がのぼっている。

「あっ、あれは島じゃない、船だ。船が偽装しているんだ。うまく化けたな」

老先任兵曹の声に、艦長は三度ビックリした。

「なにっ、船だって。戦闘用意ッ」

艦長はまたあわてて戦闘用意を号令したが、その必要はなかった。よく見ると、千トンにも足りないボロ貨物船のお化けだった。おそらく日本海軍の哨戒を突破するための、苦肉の策であろう。船上を樹木でおおい、日中はこのあたりに多い小島になりすませて、夜だけ航行していたようだ。

「船舶臨検隊用意」の命がくだり、隊長はお定まりの閑人《ひまじん》の私であった。副隊長は、島に化けた船に恨みふかい伊藤少尉みずからが志願した。

この前の病院船とことなり、今度は素性の知れない交戦国籍の貨物船である。ジャワ島から敗走する敵が乗船しているかも知れないので、臨検隊は完全武装であるから、伊藤少尉も戦闘服に拳銃武装である。夜間の敵船舶の臨検となれば、危険がともなう。だれの顔も緊張している。

乗船を前に、ボートで貨物船の周囲を一周して、よく偵察する。なるほどよく化けている。船上には箱に植えられた幾十本かの本物のヤシが茂り、舷側にはマングローブの枝がたれさがっている。動かなければ、島とまちがうのも無理はない。

いよいよ乗船だ。船長がひとりで出迎えた。七十歳に近い老人である。その顔つきからみて、まごうかたないアングロサクソン人種だ。われわれに向かって、

「トゴウ、トゴウー」

という。なんのことかわからない。伊藤少尉も閉口して、

「俺はどうもオランダ語はダメなんだ」

と負け惜しみをいう。私はふと気づいて、

「バカったれ、オランダ語じゃねえ、日本語だ」

私は老船長に向かっていった。

「オオイエス、キャプテン。アイノウ、アドミラルトーゴー」

老船長はすっかり喜び、私の手をにぎった。

「イエス、イエス、アドミラルトーゴー」

「ざま見ろ！　しっかりやれ」

と伊藤少尉にゆずった。老船長と伊藤少尉の会話を綴ってみると、
老船長「私は日本の名将東郷を若いころから崇拝している。彼は偉大な人物である。いまだ健在なるや」

伊藤少尉「しかり、彼は偉大であるが、もう数年前に天国にいった」

老船長は天を仰いで、

「彼が死んだことを、私は知らなかった。彼なしとせば、この戦争は日本が敗けるであろう」

伊藤少尉「この野郎ッ」

そこで私は、伊藤にいった。

「早く本題にかかれよ。英会話の練習にきたんじゃねえぞ」

伊藤少尉の質問に答えた船長の言葉によると、この貨物船の国籍はオランダ、日本陸軍のジャワ島上陸により、とりあえずオーストラリアのダーウィンに避退する途上という。

船内には、ジャワ各地にあったオランダ人の家族を収容している。いっさいの軍人、武器

軍需品はつんでいないから見逃してくれ、という。そして、俺は東郷提督の崇拝者である、アドミラル東郷なら見逃してくれたであろう、とつけくわえた。なかなか隅におけない。

船内を点検して驚いた。暗い船倉には、白人ばかりの婦女子が、ぎっしり詰めこまれている。熱帯のこの暑熱のなかで、ボロ貨物船の船倉である、臭気がひどい。

臨検隊の電灯に照らされるどの顔も、恐怖におののいて、目だけが異様にひかっている。それなのに、恐怖のためか、それともきびしく教えられているのか、子供の泣き声ひとつしないのである。

船長に命じ、船倉の人間をすべて上甲板にあげた。涼しい上甲板に出た女子供は、ほっとはしたものの、これからどうされるかと、いっそう恐怖の念が深まるらしく、伊藤少尉がなにを聞いても答えない。

船長に聞くと、ジャワ東海岸の名もない漁港を出航して二日、この人たちは食事らしいものをとっていないし、船にも食糧は積んでいないという。私は臨検隊の携行糧食であるカンパンを、すべて提出させた。

一人十枚は持っているので、この女子供に一枚ずつくらいはゆきわたるであろう。母艦に信号報告をおこなった。

「当船は国籍オランダ、白人のオランダ婦女子を収容しあり。ダーウィンに向かうものなり。いかにすべきや」

駆逐隊司令の小西中佐の指示が、ほどなくきた。

「その船を放棄せよ。臨検隊はただちに帰艦すべし」

船長に向かって、釈放する旨を伝える。老船長は目に涙をためて、私の手をかたく握った。聞くと、この船には自分の息子夫婦と孫もいるという。

伊藤少尉が乗員一同に、得意になって演説をぶった。

「この船は沈めない。われわれは、この船が無事にダーウィンに到着するよう、安全な航海を祈る。ご機嫌よう」

伊藤少尉のあやしげな英語が通じたのか、避難民の群れから一人の中年の婦人が叫んだ。

「サンキュウー、貴艦に神のお恵みを、アーメン」

すると、いっせいに船上は賛美歌の合唱がはじまり、夜空にひびいた。

われわれはその合唱を背後に退船した。臨検隊が下船すると、船の偽装品はいっさい海に投げこまれ、煙突からは黒煙がもうもうと吐きだされ、貨物船は闇のなかに消えていった。

南太平洋のある美談

「オランダ小型貨物船一隻、ダーウインに向かう。婦女子を収容しあり、本職が運航を許可したるものなり」

付近で作戦中の味方艦艇に打電された。

戦争とはどんなに美辞麗句で飾ったところで、殺しあいであることにかわりはない。強い者が勝者となる。手段はどうあろうとも、戦争は勝たねばならないのだが、喰うか喰われるかの場にも、一つや二つくらい心あたたまる挿話がないわけでもない。つぎも、その一つである。

これは実際にあった南太平洋での物語である。

日本潜水艦の伊号X（残念ながら、その艦名はあきらかでない）は、トンガ諸島とケルマデック諸島の中間海域にあった。太平洋戦争も二年目にはいったころである。

このあたりは、アメリカとニュージーランド、オーストラリア間の重要な通商航路で、通商破壊戦に従事する潜水艦にとっては、好適な猟場である。伊X潜水艦も、ここに網をはっていた。

ここしばらく、あまりよい獲物はなかった。幾日も空と雲と太陽、それに無限にひろがる南太平洋の海の蒼さのなかに、単調で無聊《ぶりょう》の生活がつづいていた。

横須賀を出撃して、もう二ヵ月がたつ。艦の食糧庫には、野菜も酒もない。獲物のないことと、食糧の欠乏は、乗員をいやがうえにも不機嫌にした。

水平線の彼方、あまり遠くないところには、美しい南の島々が無数に散在している。サモア、フィジー、トンガなど、太平洋の楽園といわれる島々である。そこには美しい女、美味しい酒、生鮮な野菜や果物が、いくらでもあるのだ。しかし、そのすべてが敵地なのである。

彼らを歓迎するひとつの小島もない。これは潜水艦乗員にとって、腹の立つことばかりであった。夜になって、ひそかに陸岸に忍び寄ってみると、ここには戦争は認められなかった。

島の灯が見える。平和な光である。戦争をやっているのはわれわれだけで、島の人びとは戦争とは無関係に、毎日を平和に楽しく暮らしているらしい。俺たちは毎日毎日、まずい缶詰を食い、くさい水を飲んで、夜も昼も水平線を見つめている。馬鹿な話だ。戦争というもののむなしさよ。

「船が見えます、艦首左二十度」

司令塔から見張員の報告である。警戒航行中なので、艦は上甲板から下は水中に没し、出ているのは司令塔だけである。

艦内に、敵発見のベルが鳴りわたる。久しぶりで、艦内の単調さが破られた。乗員の目は殺気に光る。飢えた狼の目だ。

艦長は潜望鏡で獲物をさぐる。距離は約五千メートルだが、相手は帆船だ。せいぜい三百トンではもの足りない。帆船は、まだこちらに気がつかないらしく、おりからの東風に満帆で快走中である。

三本マストのスクーナーで、白い帆、白い船体、それに青い空、蒼い海。それは美しい海洋画の世界であった。艦長は戦いを忘れて、この美しい風景にみとれていた。

「艦長、敵情は」

かたわらの水雷長が、とがめるように艦長にいう。艦長は黙ったまま、潜望鏡を水雷長にわたした。

「ほう、きれいな小型帆船ですなあ。魚雷ではもったいない。砲撃でやりましょう、艦長」

水雷長は、潜望鏡をのぞいたままいった。

「砲撃か、ウウム、攻撃はやめるよ、水雷長」

艦長はポツンといって微笑した。

「えっ、見送りですか、艦長。惜しいなあ、久しぶりの獲物なんだがな。イギリス船だ」

水雷長は潜望鏡から目を離して、艦長の顔を見たが、艦長はそれに答えず、伝声管に口をあて、

「浮き上がれ、戦闘準備は、そのまま」

艦長の命令で、なかば潜航の状態で獲物を待っていた潜水艦は、その全容を海上にあらわした。軍艦旗を司令塔のマストに掲げる。

「止まれ、しからざれば砲撃す」

帆船の方もようやく潜水艦に気づいたらしく、船上を右往左往する人影が見える。もう逃れぬものと観念したか、メインセールを降ろした。

船をすてて、ボートで退散する準備をしているらしい。やがて、潜水艦からの国際信号が出された。

「汝の美しさを撃沈するに忍びず。安全なる航海を祈る。予定の航路をつづけよ」

この話は、この帆船の船長の手記がオーストラリアの地方新聞に掲載されたものからの引用であるが、その潜水艦が伊号の何潜水艦かは判明しない。したがって、軍令部の記録にはないであろう。

ソロモン群島の仁王様

未開の地の老牧師

昭和十七年四月、ジャワ海域の作戦終了で第七駆逐隊は南太平洋作戦部隊に編入された。ソロモン群島海域の作戦部隊である。

太平洋戦争が勃発して五ヵ月、この半歳に足りない期間に日本軍が占領したり、制海・制空の権を握った地域は、じつに地球の三分の一にも匹敵する膨大なものであった。アジアがアジア人の手に握られたのである。

二月、永年にわたり英国の極東政策の拠点であったシンガポールを占領。三月でジャワ全島の制圧が完了してオランダの植民地を解放し、比島の攻略でアメリカの極東勢力を一掃した。これは、日本軍部が戦前に予想したよりもはるかに大きい成果であった。こうした緒戦の成果は、占領地政策を固めることよりも、限りない膨張政策が野望となって、ひろがるのであった。

その野望ともいえる構想は、四ツあった。
一、インド洋の掌握
二、ニューギニアの占領と豪州の攻略
三、ミッドウェー、ハワイの占領
四、北洋、アリューシャンの攻略
もしこの野望が達成されるなら、地球の半分が日本の勢力下になるのである。世界史の上でこれまでも幾多の征服者はいるが、このとき日本の大本営が持った野望に匹敵する者はいない。

一月にはビスマルク諸島の作戦は終わり、ニューブリテン島のラバウルに強固な基地が完成し、陸軍の大部隊の進駐が終わった。次はソロモン群島の占領であった。

第七駆逐隊は、ブーゲンビル島のショートランド泊地にいた。ショートランドの泊地は、このあたりではあまり見かけない美しい海浜にかこまれたところである。白いサンゴ礁の砂は、まるで白砂糖をまいたように輝き、汀は白い帯のようにつづいていた。大艦隊の停泊地には不適当だが、駆逐艦の泊地としては最適であった。

ここまでくると、あまり白人は見かけない。彼らは年に一回ぐらい貨物船を仕立て、安い粗悪な布地や煙草類を仕入れて、このあたりの島めぐりをやる。そして原住民が一年間、セッセと働いて作ったコプラを、その粗悪な布や煙草と物々交換で引き取るのだ。白人にとってはまるでただのような商取引であった。

白人が原住民にあたえるのは、まず煙草である。ニコチン中毒になった原住民は、煙草が欲しいばかりにコプラ作りに精出すことになるのだ。巧妙な搾取である。

白人は見かけないが、大きな島にはかならず白人の牧師がいる。いずれも六十歳前後の老牧師ばかりである。原住民の、この牧師に対する尊崇の念はまことに深い。それは神に近い存在であった。

われわれがなにかの必要から原住民を使役しようとしても、人集めは絶対に不可能である。深いジャングルの住民がどこにいるのやらわからない。彼らは絶対に昼間、われわれの前に姿を現わさないのである。

こうした場合、唯一の方法は、教会を訪問し、牧師に頼むことである。彼はわれわれの説明を聞き納得すると、召使いの原住民に命じる。ものの一時間も経たないうちに、数十人の原住民がどこからともなく集まる。

聞くと、この辺りにいる牧師はいずれも四十年、五十年と長い年月、この未開の蛮地にあって布教に生涯を捧げているとのことである。二十代にロンドンの伝導教会から派遣されて結婚もせず、一度も故郷に帰ら

ブーゲンビル島のジャングルを探索する日本の兵士たち

ないという。

教会を訪問して驚くことは、この未開の地にあっても、生活は日本の農民よりはるかに文化的であった。自家用発電機あり、冷蔵庫あり、ラジオあり、そのほか医薬品なども、ちょっとした医院のようである。彼らは牧師であるとともに技術者であり医者であり、そして詩人でもある。

ある牧師さんが笑って話してくれた。原住民のだれかが不道徳なことをする。もっとも文明人にとって不道徳といっても、原住民にとってはあまり罪悪感はないが、その罪を改めさせるために神の教えを説くことにより、まず彼らに下剤をあたえる。彼は猛烈な下痢に悩まされる。牧師にその治療を乞う。このとき牧師は、神の教えを説き、神へのお許しの祈りを捧げるとともに、罪人は悔い改める。その頃になると下剤の効力も終わり、下痢は収まるというわけである。

サイパンやトラック島、いわゆる裏南洋の日本委任統治領の島々にも、日本内地の大既成宗教から派遣された坊さんはいる。この和尚さんたちは、私の逢った限りでは、たいがい生臭さ坊主であった。もっとも三年か五年、この地でなんとか勤めを果たすと、内地に呼び戻され、どこかの末寺の住職が約束されるとのことであった。この生臭さ坊主どもは、もっぱら在留日本人専門のお葬い屋さんで、原住民の教化などはまったくやらず、お布施《ふせ》でカフェー遊びばかりやっていた。

日曜日などカナカ族が一張羅のアッパッパを着てゾロゾロと街を行く。今日はお祭りかと思うとさにあらず、日曜日のミサにキリスト教会に行くのだという。およそ日本の寺にお参りする原住民を、私の長い海軍生活では見たことがない。これはひとり宗教家ばかりでなく、お役人にも教育家にもいえることである。日本から派遣された人々で、熱情をもって原住民を教化しようなどという人はあまりいなかった、といっても過言ではない。

招かざる珍客の御入来

ショートランド停泊中のある日、ラバウル基地所属の四発飛行艇が行方不明となった。付近の海面に不時着したらしい。その捜索命令が第七駆逐隊にきた。こういう仕事は、船一番の閑人《ひまじん》である隊付きの私の仕事だというので、捜索隊長を命じられる。もっともこういう仕事は嫌いではないので、よろこんで引き受ける。

艦載の内火艇に完全武装の陸戦隊員五名、それにTM式無線機を携行した電信兵一名、食糧三泊分を積んで出発する。不時着の予想地点は、ショートランド泊地の東方二十カイリ付近とのことである。冗談じゃあない。

ソロモン群島など世界地図の上では、小さな島が四ツ五ツ記されているだけだが、現地にきてみると、あの小さな島一つ一つが四国や九州に匹敵する島ばかり。そのほかに製図家が面倒くさがって無視した無名の島が無数にあるのだ。そう簡単に捜索できるわけがない。

一日中、島と島の危うい水道を、あてもなく海図を頼りにめぐり走ったが、それらしいものを発見できないどころか、こちらが迷子になる恐れがある。それればかりではない、エンジンの調子が怪しいので、内火艇を休ませる必要があると機関長が訴える。

午後三時ごろ、美しい汀を見つけて、今日の捜索を打ち切ることにする。なんという島か知らないが、岸に艇を寄せる。念のために、まず陸戦隊を上陸させ、付近の陸上を偵察させる。こんなところで襲撃されたら、ひとたまりもない。

偵察隊が出発してものの十分も経たないうちに、彼らは顔色を変えて引き返してきた。

「通信士ッ、この島は危ない。無人島じゃあない。ヒョッとすると、人喰い人種かも知れない」

と呼吸をはずませた三等兵曹が、冗談でなくいう。

「人喰い人種だってェ。バカなこというナ。貴様たちの方がよっぽど人喰い面をしてるぞ」

私は吹き出して笑ったが、兵曹も水兵も笑わなかった。よほど驚いたらしい。

「通信士、冗談じゃあない本当です。イヤ凄いのなんのって。それも相当腹をすかしている目付きで、俺たちを睨んだ」

どうも、でたらめでもなさそうである。私は機関長にエンジンの発動を命じた。ものの本によると、この海域に現住する人種はパプア族である。あまり古い時代ではないころまで人喰い人種であったことは確かである。あるいは古い習《なら》わしが、今日も残っているかも知れない。私の猟奇的な天性がムクムクと好奇心を燃やした。

「よし、それなら俺が偵察する」

といったものの、じつのところ不気味である。拳銃を小銃に変え、念のために手榴弾まで用意させて出発した。海岸沿いに美しい汀を五分も行くと、バナナの茂みがある。茂みの中は薄暗い。自然発生のものらしいが、実はまだ若くて食えそうなのは一つもなっていない。明らかに熟した実を切り取った形跡がある。無人島ではない。

ガサガサとバナナの茂みを分けて奥に進む。少々、薄気味が悪い。いつ、どこから毒矢が飛んでくるかも知れない。冒険探検小説の主人公みたいな気持を味わう。

「いたッ、あれだ通信士」

兵曹が足を止めると、私のわき腹をド突いた。兵曹の指差す方を見て、私も思わずドキッとする。まったく凄い顔である。バナナの大きな葉を分けてヌッと現われた黒い顔。

この付近のニューギニア海域に住む原住民であるパプア族は、ポリネシア、ミクロネシアあたりのカナカ族より、人品骨柄が劣る。日本流でいうと、醜男《ぶおとこ》が多いが、これはまた、とびっきり容貌魁偉である。下士官兵が人喰い人と間違えたのも無理がない。

目は大きく深くひっこみ、鼻は横にひろがって低い。口唇は厚く、頭髪はちぢれて小粒にかたまって阿弥陀さまの頭だ。一見仁王さまのようだが、運慶作のように気品はない。これじゃ兵隊たちが逃げ出したのも無理はない。私だって独りだったら、逃げ出したに違いない。

よく観察しようとしたが、相手の身体はよく見えない。バナナの葉から首だけが出ている。その顔つきが怒っているのか、普通の表情なのかもわからない。私はおもむろにポケットから煙草《たばこ》を取り出し、一本をくわえて火をつける（自分では落ち着いているつもりだったが、少し震えていたらしい。マッチの火がなかなか煙草につかなかった）。

これは、私が幾度か南洋諸島を航海して身に付けた智恵である。こうした未開人に親愛の情を示すには、煙草が一番効果的なのである。彼らは一万円紙幣とハイライトを差し出してどっちを取るかといったら、ためらうことなくハイライトを取る。彼らにとって一万円は単なる紙切れに過ぎない。ジャングルにデパートはないのだから。

白人がこの南海諸島の原住民に犯した最大の罪はなんだと聞かれたら、私は躊躇することなく、それはこの原住民に喫煙の風習を教えたことであると答える。彼らは幼い小児から老人まで、男女を問わず煙草を吸う。その煙草を手に入れるために、彼らは文明人の想像もできない苦労をするのである。白人が三百年間、彼らを搾取し、一つの反乱事件も起きなかったのは、この煙草のおかげだといって過言ではない。

原住民は、生活のためになに一つ不足はない。食うものは、食い切れないほど野生している。衣服の必要はさらにない。女も住家もまったく不自由はない。ただ煙草を吸いたいばっかりに彼らはコプラを作り、海底にもぐってサンゴを採取する。一年間の労働の代価が最下級品である煙草数十個なのである。搾取というよりも略奪に等しい。

案の定、私が煙草を吸うと、彼氏はニッコリ笑った。この品の悪い生き仁王さまも、笑った顔には愛嬌がそれなりにただよう。私はさらに一本を袋から抜き出して、彼に差し出した。彼は遠慮がちにそれを受け取るために近寄った。

その姿に水兵たちは、アッと奇妙な声を上げた。裸体である。身に何もまとわない生まれたままの姿である。いや、ただ一つある。それは男の象徴であるたくましき一物に、木製の鞘《さや》をはめていることである。ただそれだけである。私もこれまで幾度か世界の海を遠洋航海したが、これほど簡潔でムダのない服装？　におめにかかるのは初めてであった。海南島猫《ミヤオ》族も、男女ともに裸体だが、フンドシだけはしていた。

この彼氏の飾らざる服装で、われわれは大いに安心した。武器はなに一つ持っていないことがわかったからである。お互い敵意のないことがわかれば、彼にとっても、こちらは珍来の客である。彼はわれわれに大いなる親愛の情を示した。特に私は赤ん坊のときから色が黒く、「黒ん坊」の愛称で呼ばれた実績がものを言って、彼の信頼感を高めたらしく友情を深めた。

手まね身振りで敵兵の有無、不時着の消息などをたずねたが、知らないという。ただ彼の身振りで想像すると、空中戦らしいものを見たといっているらしいのだが、お互い言葉が通じないので正確なことは摑めない。わかったことは、この島には敵兵も人喰い人種もいないということであった。安心して、この美しい汀に一晩、野宿することにする。

私は大いに彼を徳とし、さらに「ホマレ」一個を進呈し、仁王氏に別れて海浜に戻った。海岸では、艇長と機関長がわれわれの帰りが遅いので、どうしたことかと案じていたらしく、エンジンはかけっ放しである。いざとなったら、俺たちを置き去りにして逃げ出すつもりだったかも知れない。私の顔を見て艇長が、

「あぁ、よかった。もう皆さん、照り焼きにでもされているのかと思ってましたよ」

「バカッタレ、向こうさまがこっちを人喰い人種と間違っていたんだ。今晩は久しぶりで陸

泊だ。夕めしの支度でもしろ」

一同、よろこんで野外炊事の支度をする。海に生きる人間にとって、陸上で寝ることがなにより楽しい。それがたとえ未開の蛮地であろうとも。缶詰を開け、米を磨《と》いで飯を炊く。お茶も沸《わ》いた。食器は持ってこないのでお握りである。水兵たちはピクニックにでも来たように賑やかである。夕食の準備も完了し、一同、海岸の砂の上に車座になって、サア食べようとしたときである。

岸から五十メートルと離れてはいない灌木の茂みがガサガサしたと思ったら、現われ出たのが原住民二十名ばかり。いずれも先刻の仁王氏と似たり寄ったりの獰猛怪異な顔ばかりである。ただ異なっているのは、その中に膝上四十センチぐらいのスカートらしいものを付けた御仁が半分いることである。顔は同じようだが、胸にでっかいおッぱいがブルンブルンしているので、御婦人同伴とわかった。まったく招かざる珍客の御入来である。

想像するに、仁王氏が私からセシメた煙草を集落の人々に見せびらかしたに違いない。そこで集落の有志相語らって、この御訪問となったことであろう。見たところ、別に武器らしいものを持っていないところを見ると、まったくの親善訪問らしい。公式訪問の彼らの服装は、例の通り一物を収めた鞘一本、腰間にブラ下げただけである。

こうした場合、日本人の悪い癖で、それが好ましからざる来客であろうとも、食事時の来客とあれば、

「お一ついかがですか」と、心にもないお世辞をいう。この場合もそうだ。水兵の一人が車

座を取り巻いてつッ立っているこの人相のよくない連中に、お世辞のつもりで、「どうだ、お前たちも食うか」という手振りをしたものだ。

「どうぞおかまいなく」どころか、彼らはいっせいに手を出した。仕方がない、やらないわけにもいかないので、乾パン一個ずつ手の掌に握らせる。これでわれわれ一食分の糧食はフイである。

乾パンを貰《もら》った原住民は、それを眺めすがめつ物珍しがっていたが、水兵の一人が乾パンを食って見せると、ニコニコしながらガリッと一口噛むや、世にもこんな美味なものがあったかとバリバリ食べはじめた。そうだろうよ、神代の昔から味にはうるさい日本人が製《つく》った乾パンである。この蛮地の原住民に不味《まず》いはずがない。

日本海軍の師表となったのは英海軍である。したがって、英海軍の習慣ともいえるものが幾つか日本海軍の生活の中に残っている。士官は下士官兵と食卓を共にしないというのもその一つである。それは、士官自身よりも水兵たちによって守られている。

この蛮地の野営の場合でも、その習慣は忠実に守られていて、私は別卓をあたえられる。まあ別卓といっても仲間から除け者にされて、彼らから少し離れた場所に水兵たちが運んでくれたお茶とお握りと乾パン、それに缶詰で夕食をとりながら、兵員たちと原住民の楽しげな交歓風景を眺めていた。

すると、この東洋の異邦人の群れでも一番肌の色が彼らによく似た貴公子？　である私に対し、特別の親近感を持ったものか、かの膝上四十センチのスカートをつけた御婦人たちが私の食卓をとり巻き、べらべらお喋《しゃべ》りをやり出したのである。

顔だけで男女の別をつけるのはむつかしいが、乳房と腰に巻いたわずかばかりの布切れ、それに全部といってよいぐらい腹がふくれている。はじめは妊婦かと思ったが、そうでもないらしい。御婦人のお喋りというものは、文明国であろうと、未開地であろうと変わりはない。彼女たちは私の食事振りを眺めては喋り、笑うのである。

私は少しお静かに願うために、ポケットから煙草の袋を出して御接待申し上げる。煙草をパッパッと吸いながら、彼女たちのお喋りはさらに賑やかになった。

そして驚くべきことに、彼女たちはその短いスカートの下に、なんらの下着らしいものは着けていないのである。別に私がのぞいたのではない。アグラをかいて食事する私のかたわらにつッ立っているので、目を上げる。すると、いやおうなく目に入るので、仕方なく観察したわけである。

だがそれが自然の姿とすれば、決して日本の法律でいう猥褻物《わいせつぶつ》陳列罪に該当するようなものではないというのが実感である。肌が黒いので、よほどよく見ないと陰毛などはわからないし、その点、肌の白い日本人との感じがまったく違う。エロでもなんでもない。この未開の大自然は、決して不都合を感じさせないものである。とはいっても、文明人である私は、その夜なかなか寝つかれなかったことは事実であった。

任務が終わって帰還し、士官室で私はこの楽園の存在を語ったが、だれひとりとして本気にする者はいなかった。終戦後、戦争の回顧談中、たまたまこの話に触れても、やはりだれも信用しなかったが、数年前、朝日新聞に連載された「ニューギニアの高地人」という特派員の記事の中に、私と同じような体験記があった。たしかに楽園は存在するのだ。想い出懐かしい。

珊瑚海の死闘

全艦、寂として声なし

ジャワ全島にあったオランダ、オーストラリア軍は、昭和十七年三月七日、全面的に降服した。第七駆逐隊はその後も残敵掃討のため、チモール島の攻略に参加するなど、幾多の作戦に従事したが、艦も乗組員もいよいよ士気たかく、ひとつひとつの戦闘をへるたびに、逞しく図太くなった。

ジャワ島の攻略戦はその後、太平洋各地でおこなわれた幾多の激戦にくらべると、決して特記する戦いではなかったが、これを世界史のうえで見るならば、まことに重大な意味を持っているのである。

極東における、西欧諸国による植民地政策に終止符が打たれたのである。三百年にもおよぶ白人による支配は断ちきられ、アジア人によるアジアが実現したのである。

日本は最後に敗北したが、このアジアを白人の搾取から奪いかえしたことにくらべるなら、日本の敗北は決して高価な代価とはいえない。しかも、このことが転機となり、それまで「暗黒の大陸」といわれたアフリカの諸民族がぞくぞくと独立したことを思えば、日本が今次大戦ではたした役割は、世界史上まことに重大である。

もし日本が太平洋の全域を支配するならば、オーストラリア大陸を占領はしなくとも、その制圧下におくことが絶対に必要となる。そのためには、ニューギニアはもちろんのこと、それにつらなるソロモン諸島、ニューカレドニア諸島、いわゆるメラネシア海域に散在する重要な島々を、占領下におかなければならなかった。

昭和十七年五月、日本軍はソロモン諸島攻略の手はじめとして、ブーゲンビル島に陸軍一コ旅団を無血上陸させた。これと同時に、ニューギニア本土のラエ、ブナ、サラモアなどに海軍陸戦隊、根拠地隊を上陸させ、ニューギニア最大の軍港であるポートモレスビー攻略の布陣を敷いたのである。

さらに、海上部隊は井上成美海軍中将を最高指揮官とする第四「南太平洋」艦隊がラバウルに進出し、ここを基地として原忠一少将の第五航空戦隊（瑞鶴、翔鶴、第七駆逐隊）、五藤存知少将のひきいる「祥鳳」と駆逐艦若干が陸軍を搭載した攻略輸送船隊の直接護衛の任についた。

いわゆる「MO作戦」の発動である。めざすはニューギニア南岸のポートモレスビーであった。

諸種の情報を総合すると、アメリカはフレッチャー少将の指揮する第十七機動部隊をオーストラリア方面に出動させ、日本軍の南下を阻止しようとするものの如くであった。

昔より駆逐艦の主任務は、敵味方主力艦の決戦にさきだって、夜間の行動で敵主力を奇襲して、これを撃破し、味方主力の決戦を有利にみちびくことで、「大物喰い」か、そうでなければ味方主力を狙う敵潜水艦を探知して、これを屠《ほふ》ることにあった。

しかし、太平洋戦争の勃発で、日本の航空隊が真珠湾でアメリカ太平洋艦隊を葬り、さらにマレー沖でイギリス海軍の精鋭戦艦二隻を撃破したことで、これまでの海洋戦術は一変し、航空母艦がこれまでの戦艦にかわって海戦の主役となったのである。

こうした変貌から、駆逐艦の任務もこれまでの仕事にくわえて、航空戦隊の直衛という任務が加わった。航空母艦群が、これまでのように主力艦隊の一付属部隊でなく、単独作戦をおこなう場合が多くなったからである。

航空母艦直衛の駆逐艦を、駆逐艦乗り仲間では「トンボ釣り」といって軽蔑した。これは水雷屋としてはまことにお恥ずかしい仕事で、連合艦隊付属の精鋭・水雷戦隊にはつかえない、ハンパ野郎の仕事だというのである。

もっとも、これには母艦を敵潜水艦の攻撃から守るという主任務が忘れられて、単に故障艦載機が母艦に着艦できなくて、海上に不時着するのを、竹ザオで乗員だけを救助するのを見ていると、「トンボ釣り」そのものであった。

それればかりではない。「追い剝《は》ぎ」もやる。敵と交戦して損傷をうけ、ようやく母艦の上空までたどり着いたが、着艦不能となって付近の海上に不時着すると、直衛駆逐艦はただちに不時着機に近接、飛行機から這い出た搭乗員に、三メートルぐらいの青竹の先に吊り手をつけたものをつかませて引きよせ、艦上に救いあげるのだ。

助けられた搭乗員は、すぐに裸にされて、薄きたない作業服に着替えさせられる。飛行服、絹のマフラー、飛行靴、腕時計式になったコンパスなどは、すべて救助した駆逐艦の水兵に巻きあげられてしまう。

表面は、救助のお礼ということではあるが、まあ山賊に助けられたようなものである。これあるがために、駆逐艦の水兵たちは、不時着機の救助には身の危険を忘れて一生懸命にやる。世の中はうまくできているものである。

五月五日、MO作戦部隊は輸送船団をかこんで、ラバウルを出撃した。そのころ、われわれの第五航空戦隊は旗艦「翔鶴」を先頭に、サマライ東方のソロモン海を南下していた。もちろん、ポートモレスビーを守るアメリカ軍など鎧袖《がいしゅう》一触で撃破するものと、軽い気持でいたことはいなめない。

南の海といっても、このソロモン海域は南半球である。これまでの北半球の明るい海とはことなり、この付近の海の色はどす蒼い不気味なものであった。空には乱雲多く、視界もよくない。

陸からあまり遠くないのに、一羽の海鳥も飛んでいない。だが、われわれは、この南半球の海域に進攻する、はじめての日本海軍の航空戦隊として、海軍史に名をとどめるだろうと、二十ノットの快速で飛ばしていた。

五月七日、珊瑚海《さんごかい》にはいる。ここまでくると敵地である。めざすポートモレスビーまで六百カイリだ。

その日も、なにごともなく過ぎるかと思われた午後五時、ラバウルの陸上航空部隊偵察機の緊急電が入った。

「敵機動部隊見ゆ、空母一隻、戦艦二隻、駆逐艦五隻よりなる。敵は北東に向かうもののごとし」

地点はわれわれより四百カイリだ。攻撃するには、艦上機の足ではまだ遠いが、母艦からはつぎつぎと攻撃隊が発進した。空には雲が多く、それに日没が迫っている。おそらく、敵を発見することは困難と思われた。

午後七時近く、攻撃隊長よりの報告が入った。日没はとっくに過ぎていた。

「われ、敵空母を爆撃する。敵は炎上するも、沈没を確認し得ず。帰途につく」

攻撃成功によろこんだものの、この日は日本軍にとって最悪の日であったばかりでなく、太平洋戦争でツキにツイていた日本軍は、この日を境として、運命が逆転しはじめたのである。

この日、フレッチャー提督指揮のアメリカ機動部隊はツラギに殺到して、ツラギ湾に停泊中の攻略支援部隊を爆撃、わが小型空母「祥鳳」を撃沈したほか、多数の輸送艦に大損害をあたえたのである。

その敵機動部隊とわれわれの第五航空戦隊とが、わずか七十カイリをへだててスレ違っていたのである。それぱかりでない。第五航空戦隊の攻撃隊が爆撃炎上させたという空母は誤認であって、じつはアメリカ艦隊の補給艦で、二万トンのタンカーであった。

これはまさに、驕《おご》れる日本軍の頭上におろされた第一の鉄槌となり、全艦、寂《せき》として声なしであった。

韋駄天「翔鶴」の逃げ足

五月八日、この日も空には雲多く、風さえ加わって、海はめずらしく荒れ気味である。

午前八時、ラバウル基地の中攻偵察機の無電が入った。敵発見である。敵はサラトガ、ヨークタウンの空母二隻を主力とする機動部隊である。

昨月、ツラギのわが艦隊を急襲した敵にまちがいないが、我よりの距離五百カイリ以上で遠い。第五航空戦隊は南東に変針し、全力をあげて近接する。しかし、雲多く視界不良のため、ともすれば敵の所在を見失いがちであった。

「瑞鶴」乗組の管野飛曹長搭乗の艦上偵察機が発進した。この距離、この海、この天候で、敵に追躡《ついじょう》しても、おそらく母艦に帰ることのない死の偵察行となるであろう。

第三戦速で敵に迫る。うまく敵機動部隊を捕捉するなら、世界海戦史上最初の空母機動部隊同士の決戦となるのだ。

およそ海空戦では、その勝敗の鍵は、いずれが先に相手を発見するかにある。われわれはこのとき、まだ敵偵察機の追跡を受けてないはずである。

「われ敵上空にあり。敵は空母二隻、駆逐艦若干をともなう」

午前十一時、管野飛曹長機より敵確認の報告が入った。距離は三百カイリ、艦上に満を持していた攻撃隊が、今日こそ逃さじと、つぎつぎ発進する。ときおりスコールがあって、視界はあまりよくないが、昨日よりはよいようだ。

わが攻撃隊がそれぞれ編隊となって敵に向かい、その機影が空に消えたと思うと、管野機よりの緊急信が鼓膜をうつ。

「敵攻撃隊、約百機発進せり。わが方に向かうもののごとし」

敵もまた、わが方を発見したのである。

「来るぞ。全砲台は対空戦にそなえよ」

母艦上空直衛の零式戦闘機が発進待機する。駆逐艦も主砲、高角砲、機銃のすべてをもって、敵機を待った。

「敵機、右上空、高度三千」

乱雲のあいだを縫って六機、九機と、その編隊もみごとに敵グラマン約百機が高度三千メートルからの急降下で突っ込む。これを迎撃する零式戦闘機の乱舞。戦争でなければ、すばらしい航空ページェントだ。

「撃てッ、撃て。片っぱしから撃ちおとせ」

小西司令が艦橋で絶叫する。小西中佐は、ふだんはものわかりのいいオヤジだが、ときどき無理な注文をする。片っぱしから撃ちおとせといっても、空をおおって乱舞する敵味方二百機近い飛行機である。どれが味方か敵か、さっぱりわからない。これが敵だとわかるのは、わが空母に急降下してくるやつだけである。

ともかく駆逐艦上では、全砲員がむこうハチマキで撃ちまくっているが、敵か味方かはっきりわかっているのかどうか、怪しいものである。

高度数千メートルの空中で、敵味方いりまじっての空中戦のなかから、敵だけをえりわけて狙うなんて無理な話である。ともかく、銀バエのように太った機はグラマンだ、と、撃ちまくっている。

煙をひいて落下するのはすべて敵と見て、墜落機のあるたびに歓声をあげた。

交戦十分、「翔鶴」の前部飛行甲板から火災が起こった。敵の直撃弾を受けたのである。

「瑞鶴」は、おりよく付近の海上をすぎるスコールのなかに飛びこんで視界にない。したがって、敵の攻撃は「翔鶴」が一手で引き受けたのである。

二弾、三弾と「翔鶴」に敵機の爆弾が命中するが、この新鋭艦はビクともしないで疾走する。恐ろしいほどの速力である。直衛駆逐艦が追い抜かれるのだ。

小西司令がたまりかねて、機関長を伝声管でどなりつける。

「機関長、チンタラチンタラするなア。馬鹿モン、駆逐艦が空母に追い抜かれるとは、なんだ。汽罐が爆発してもかまわん、もっと出せ！」

司令は、機関長が燃料を惜しみながらやっているると思っているらしい。機関長が機械室から、艦橋に駆けあがってきた。

「司令、本艦の速力はこれ以上出ません。チンタラどころか、これで四十ノットは出ているんですぞ」

「ナニッ、これ以上出ない、バカナ。貴様、艦から降りて艦の後を押せッ。見ろ、翔鶴がどんどん先になる」

小西司令のいうとおりだった。飛行甲板から黒煙を噴き出しながら、「翔鶴」が「潮」の左方をグングン追い越していくのが見えた。機関長もこうなると、ほどこすすべはない。

「翔鶴は全力で戦場を離脱せよ。瑞鶴は翔鶴の搭載機を収容、敵を追撃せよ」

交戦三十分、上空に敵の機影はなかった。

白波を蹴って進む空母「翔鶴」

「敵サラトガ炎上、ヨークタウンは損傷を受け南方に逃走しつつあり。われ燃料尽く、天皇陛下万歳」

管野飛兵曹長機最後の無電は、壮烈であった。夜に入って追撃は中止された。無念の反転である。

艦隊司令部としては、深追いして敵の陸上航空隊の攻撃圏内に侵入することを恐れたのである。あとで外電で知ったことであるが、ヨークタウンはわが攻撃で大破、あやうく沈没をまぬかれ、速力わずかに八ノットで逃げていたのである。あと数刻の追撃で、捕捉できたのであった。

この珊瑚海海戦は、日米ひきわけといわれたが、大局的な戦略では、あきらかに日本軍の敗けである。日本は目的であるポートモレスビー攻略を放棄して引き返したが、アメリカ軍はポートモレスビーを守り抜いたことになる。

さらに重大なことは、この戦争はじまっていらい、日本軍の征くところすべて成功した作戦が、ここではじめてその目的を達成しないばかりか、大きな痛手をこうむって撤退したのである。

爆弾三発の直撃を受け、飛行甲板を大破した「翔鶴」を護衛して懐かしい母港の横須賀に帰った。昨年暮れに、大いに腹をたてながら呉軍港を出撃して半歳が過ぎていた。母港に帰ることにたいする海で戦うものの喜びはひとしおであった。これで過ぎた苦労は、すべて忘れる。

暗き極北の海

霧のなかの航海

珊瑚海海戦で飛行甲板を大破された航空母艦「翔鶴」を護衛し、母港の横須賀に向かった。思いがけない入港で、艦内は喜びに湧いた。戦争たけなわの時であるから、だれひとり出迎えるものもない。艦船の出入港は、すべて軍機密である。

城ヶ島の灯台を左に見て東京湾に入ると、若い水兵たちはもう上陸用意である。顔を剃ったり、ズボンにアイロンをかけたり、長い戦闘航海のうちに給料はタップリたまっている。「翔鶴」の修理完了までは、どんなに急いでも二ヵ月はかかるだろう、と獲らぬタヌキの皮算用までしている。

博愛主義の水兵さんたちであるだけに、上陸するといそがしい。上《うえ》（柏木田花柳街）、下《した》（安浦私娼街）、上《かみ》（田浦街皆ヶ作私娼街）、下《しも》（大滝街ドブ板通りカフェー街）と、その範囲も広く、とても一晩や二晩ではまわりきれない。士官連は若松町から米が浜の料亭街に仮泊の錨をおろす。

水兵たちは上陸すると、まず薬局に飛びこんでインキンタムシの特効薬を買う。駆逐艦での長期航海となれば、風呂など入れない。せいぜいがわずかの清水で身体を拭うか、熱帯地方ならスコールを浴びるのが関の山である。

これは必然的に、インキンタムシの繁栄をうながした。彼女たちを公式訪問する前に、下士官兵集会所で入浴を楽しむ。湯上がりに、あの特効薬をすりこむのである。駆逐艦各艦に軍医はいない。軍医は司令駆逐艦に、隊付軍医一名が乗っているだけだ。各艦には、看護科の兵曹が一人乗っている。

この看護兵曹も駆逐艦乗りとなると、海軍病院あたりで看護婦にゴマをすっているヤツとはちがう。どこの駆逐艦でも大同小異だが、めんどうくさがり屋で大酒呑みが多い。だから、駆逐艦に乗せられたのである。

打撲傷であろうと、切り傷であろうと、おできであろうと、おかまいなしに一様にヨードチンキを塗りたくる。よくしたもので、これでも水兵たちはありがたがっている。艦で一人だけのお医者さまだから、艦内ではだれも看護兵曹とは呼ばず「軍医」である。

駆逐艦にも治療室はある。艦長室よりも広く立派である。この治療室が、夜になると先任下士官たちの密室となる。アルコールランプで酒をあたため、消毒器をコンロがわりにスキヤキパーティーである。水兵たちがこれを名づけて「カフェーヨーチン」、マスターが看護兵曹である。

アリューシャン攻略に向かった第４航空戦隊の空母「龍驤」

これは日本ばかりでなく、世界各国もそうだが、海軍の諸規則というものは、士官が起案したので、下士官兵より士官の方がすべての点で優遇されているし、都合のよいようにできている。

たとえばの話、下士官兵の常食はムギめしであるが、士官は一等米である。その理由に「下士官兵は困苦欠乏に耐えるため」とあるが、士官は困苦欠乏に耐えなくともいいわけがない。

しかし、これが駆逐艦となると、そうはいかない。士官も長い航海になると、兵隊とおなじものを食わされる。兵用の食糧庫はあるが、士官用はない。

ただひとつ駆逐艦で、兵たちが士官より優遇されるものがある。居住区である。下士官兵の居住区は上甲板の前部と後部にあり、ともかく水面上にあってよく眠れるし、空気もよろしい。ところが、中尉や少尉の部屋は兵員室の下で、しかも水面下となる。それも前部下甲板の艦底に近いところだ。

一坪もないところに二人が押し込まれる。停泊中はまだよいが、航海となると、よほど疲れていてもなかなか眠れない。あの舷側をたたく波の音は、ハンマーで鉄板をたたくのと、すこしも変わらないのである。もうこうなると、人間棲息の極限であった。

「翔鶴」の修理まではたっぷり六十日はかかるであろう、その間、大いに羽をのばして遊んでやろう。これはおそらく、水兵たちばかりでなく、士官たちだって心中ひそかにほくそえんでいたのだが、越中フンドシとなんとかは向こうからはずれるで、横須賀に入港して、ものの一週間もたたないのに、すぐに出動命令である。

今度もまたトンボ釣りであった。アリューシャン攻略航空戦隊の「龍驤」「隼鷹」（客船を改造した小型空母）の直衛任務であった。

昭和十七年六月、ミッドウェー作戦の補助作戦として、アリューシャン列島のアッツ、キスカ両島の占領が企図されたのである。

五月下旬、横須賀を出動した。深夜の出港だから、波止場で見送る者もない。房総半島をかわすと北に針路を転じた。昨日まで赤道直下で暑熱にあえいだ部隊が、一転していまは極北の海に戦旗をすすめているのである。

そのころ、海軍の主力部隊は山本連合艦隊司令長官を総指揮官として、ミッドウェー攻略のために、小笠原、ウェーキ島付近に集結しつつあった。われわれはそれを知るよしもなく、例によって水兵たちは、大いに艦隊司令部に悪口雑言をならべたてていた。

「艦隊司令部のノレン野郎（参謀のこと、肩に金モールをつけているので縄ノレンをもじっていう水兵用語）、俺たちをどうやって殺そうかと、作戦を練ってるのとちがうか。ほかに駆逐艦がねえわけでもなし、横須賀にはヒマな駆逐艦が目白おしにつながれていたぞ」

「お前はな、塩鮭ばかり食っているから、今度はお前が鮭のエサさ。もっとも鮭も、お前は食わねえよ。アルコール臭いと」

「俺は孫子《まごこ》の代まで駆逐艦乗りにはさせねえ」

「お前はまだ女房がねえのに、どうして孫子ができるんだ」

　水兵連中の罪のない悪口をのせて、艦は一路北上する。「龍驤」「隼鷹」の二空母、それに重巡二隻、軽巡二隻、駆逐艦若干の兵力だから、中程度の機動部隊である。

　北海道、千島列島を北方に望んで、いよいよ北太平洋に入る。霧だ。晩春から初夏にかけて、北洋は毎日、霧である。それも、なみの霧ではない。まるで牛乳のような霧で視界ゼロ。航海する者にとって、もっとも危険な霧である。

　艦橋当直者は、必死になって前航艦の航跡を追う。一度これを見失うと、迷子になる。この霧のなかで迷子になると、味方をさがすことはまず不可能である。無電の連絡はもちろんできない。敵地侵入の行動であるから、電波の発射は封鎖されている。

　もっともこの恐るべき霧が、われわれを敵の偵察の目からは完全に遮断してくれる。速力を落としているので、艦内は静かである。当直将校の針路を告げる声だけが艦橋に聞こえる。

不吉な島アッツ

横須賀を出て五日、もうカムチャッカ半島あたりであるが、なにも見えない。温度が急速に低下する。全員が防寒服を着用する。この防寒衣がまた大変である。ドテラをかさね着しているようだ。

厚いラシャ地に、裏が犬の毛皮だからあたたかいものの、身動きできない。それにコルク製の防寒靴をはく。アラスカ原住民の民芸品人形の格好である。それでもなお、寒さが深々と骨まで凍らせる。

毎日、太陽も月も星もない暗い空が、昼も夜もおおいかぶさっている。そんなある夜、私は無電室のソファーでひそかに秘蔵のウイスキーを飲んでいた。寒さを防ぐにはこれは妙薬だからである。

作戦行動中にウイスキーを飲むなど、まことに天皇陛下には申しわけない話だが、この五日間の航海で、われわれの神経はまったく参っていた。あの明るい南の海で行動してきたわれわれにとって、この極北の海は、まるで目にみえない拷問具で絞めあげられるようなものである。

暗さ、寒さ、恐るべき霧、そしてあの醜い海の色、気が狂わないのが不思議なくらいだ。そんな理屈をつけて、ウイスキーをチビリチビリやっているところに、伊藤少尉が例の民芸人形の格好で入ってきた。私はあわててウイスキーのビンを隠した。

「おい通信士、これねえか」

と酒を飲む格好の手つきをする。寒そうに足をバタバタやっている。仕方なく、

「おい、内緒だぞ」

と角瓶とグラスを出す。彼は嬉しそうに二、三杯あおる。チェッ、まるでサイダーでも飲むみたいだ。私は彼の手からビンを奪いとった。

「おい止せよ。ここは横須賀のサンファン（バーの名前）でねえぞ。そんなにやられてたまるか。これから先が長いんだ。もったいない」

「美味《うめ》えな、生きかえったよ。この寒さに、俺あ、これから当直だ。外は雨だ」

「霧が雨に変わったのか。この寒さじゃ雪かな」

「いや、霧が大粒になったんだ。まるで小雨だ」

彼は毛皮の防寒帽をかぶって出ていった。当直将校である。私は隊付きで艦の乗組員ではないので、この苦役はない。

航海中、艦の運用をつかさどるところは艦橋である。駆逐艦が航海の場合、艦橋には当直将校がいる。艦長をのぞいた兵科士官が、輪番に四時間ずつ勤務する。

艦橋に当直するということは、その時間中は艦の指揮権があたえられるわけで、重大な権利と義務と責任が生ずる。戦闘で兵科士官全員が戦死するか、あるいは指揮能力を失ったときでなければ、機関科士官が艦を指揮することはできない。兵科の少尉が健全であるかぎり、機関長はその指揮下にあるわけである。主計科士官、軍医には、いかなる場合でも艦の指揮権はあたえられない。

水兵の戯《ざ》れ唄に、

「主計、看護が兵隊ならば
　蝶々トンボも鳥のうち」

というのがある。

当直将校の指揮下には、操舵員として三等兵曹か先任の一等水兵がいる。信号兵二名で、一名は手旗、発光信号の受発信、一名は旗旒信号の揚げおろしで、仕事のないときは旗甲板で猥談《わいだん》で時をかせぐ。

そのほかにテレグラフ当番がいる。機械室に速力を指示する役で、二等水兵かお茶をひいた（二等水兵になりそこねる）三等水兵である。いずれも四時間当直である。

戦時航海には、このほかに、見張員二名が前部マストにある見張台につく。水兵たちは、これを「鳩の巣」という。敵のいないときは、たいがい船酔いしている。甲板よりもマストの上は、艦の揺れを激しく感じるものだ。

私がウイスキーのこころよい酔いでうつらうつらしていると、艦橋から司令室、電信室に通じている伝声管から、

「旗艦、右三十度変針します」

という信号兵の声が聞こえた。当然、これにこたえて当直将校の変針の命令が聞こえるものと予期したが、それっきり艦橋はしーんと静まりかえっている。おやッ、ヘンだぞ、と思っていると、

「旗艦の位置、本艦の右四十五度、だんだん遠ざかります」

と、さらに報告する信号兵の声が聞こえた。その報告から思うと、旗艦「龍驤」が右四十五度方向に進んでいるのに、本艦とあとにつづく二隻だけが、勝手に今までどおりの針路で走っている。ただごとではないと思った私が、電信室のドアをはずして出た。

ちょうどそのとき、電信室と向かいあった司令室のドアが「ガタン、ギー」とひらいたと思うと、この寒い極北の夜中に、下着だけで小西中佐が飛ぶように艦橋にあがっていく。つづいて、私もあとを追って艦橋にあがってみると、下着一枚の小西司令が夢中で、みずから舵輪をまわしていた。

艦首は極度の転舵にこたえ、震えるように右へ回頭する。このままあと十分もすすんだら、第七駆逐隊は闇と霧のなかに埋没する主力部隊を見失い、北洋の海をさまよう羽目となるところであった。

しからば、当直将校はいずこと見渡せば、伊藤の野郎は、海図ボックスに首をつっこみ、立ったままの「白河夜船」である。

軍艦というものは、艦長または当直将校の命令のないかぎり、操舵員が勝手に変針することは許されない。この場合も、操舵員はこのまま進むことで生ずる結果は十分に知っていても、当直将校の命令がないのに、勝手に旗艦の航跡を追うわけにはいかないのである。

伊藤少尉は、電信室で飲んだウイスキーでほろ酔い機嫌となり、眠ってしまったらしい。これはまさしく軍法会議ものであったが、小西中佐は怒りの往復ビンタをくわえただけで、寒さに震えながら司令室に降りた。この事実は、このとき艦橋にあった者以外には、だれも知らなかったらしい。艦長の耳にはいったら、とてもビンタ二つではすまなかったであろう。

六月七日、アッツ島を見る。この日、めずらしく霧がなく、雲が低くたれていた。それにしても、なんと醜い島だ。寒冷と荒涼と不毛の氷と岩で固められた島が、暗い空の下にあった。人影はおろか、鳥も飛ばない。無人島かと思ったら、遠くで犬の吠える声が聞こえた。

数十隻の上陸用舟艇が、輸送船から降ろされると、陸兵がぞくぞくと島に向かって送られる。そのエンジンの音だけが、むなしく寒々と聞こえる。一発の砲声もない、無血敵前上陸であった。

おそらくアメリカ軍にとって、この極北の島はなんら軍事的価値を認めない、忘れられた島なのであろう。じつは私も、この作戦がはじまるまで、ここがアメリカ領土とは思っていなかった。

黙々と、この極北の絶海の孤島に上陸する陸兵の姿には、およそ戦う者とは思えない悄然《しようぜん》とした沈黙と寂寥《せきりよう》が、黒い影となっていた。それは不吉な影だった。

かくて山崎保代大佐を隊長とする二千五百名が、ここに駐留したが、大本営は彼らに増援もせず放置したのである。一年後、彼らはアメリカ軍一万の猛攻をうけ、孤立無援のまま、この極北の孤島で血戦十八日、一人のこらず死んだ。呪われた不吉な影をもった部隊だった。アッツ占領作戦に、まったく戦闘がなかったわけではない。じつは、奇妙な戦闘が一つあった。

極北の六月ともなると、夜はない。白夜である。連日、雲がたれて空襲などは思いもよら

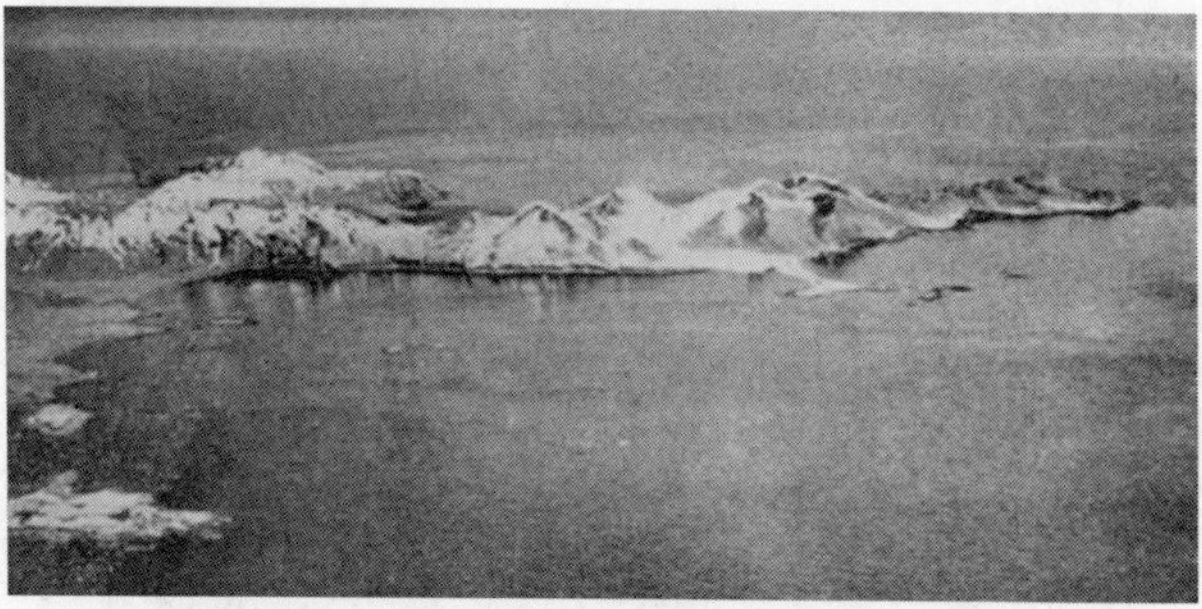

米軍の猛攻により、日本軍が孤立無援のまま玉砕したアッツ島

ない、と思ってロクな対空警戒もしないある日、爆音が聞こえる。

雲高は三百メートル、空はまるで灰色のカーペットを敷きつめたように雲が重なっているので、機影は望むべくもない。

爆音から推して、明らかに大型機である。対空警戒が命じられて、対空砲は空を睨んでいる。爆音は、われわれの艦隊停泊地上空を旋回している。と、雲のなかから航空魚雷が、ドボンドボンと海中に放りこまれ、それが正確に「龍驤」に向かって疾走してくる。決して盲射ではない。

これには、歴戦を誇るわれわれも驚いた。驚いたからといっても、反撃することができない。相手は、音はするが姿が見えないのである。

さいわい、この当時のアメリカ製航空魚雷は性能が悪く、速力も遅い。あれよ、あれよと見ているうちに、「龍驤」の後尾を遠くそれて消えていった。

しかし、われわれにとって、これはまったく腑に落ちないできごとだった。雲のなかから投ぜられた魚雷が、正確に目標をつかんでいるのである（このとき、日本海軍はまだレーダーを使用していなかった）。敵には、われわれの知らない目標探知の新兵器があるのかも知れない、と語りあった。

爆音は、なおも雲のなかから聞こえた。爆撃の効果を確かめようとしたのであろう。そのとき、どうまちがえたのか、B17型四発爆撃機一機が、低くはりつめた雲の天井をやぶって、ぬっと海面すれすれに現われたのである。

たまったものではない。爆音だけでイライラしていた全艦隊の対空砲火は、すべてこの一機に集中した。あっという間もなく、その機影は水中に水煙を残して消えた。これがアッツ占領時における、ただ一つの戦闘である。

この作戦で、駆逐艦「潮」には戦死者一名があった。敵弾でやられたのではない。艦載内火艇長の一等水兵が、ダビットに吊ってある内火艇を手入れ中に、あやまって海中に転落し、防寒具を着たままで沈まないものの、十分もたたないうちに引きあげたが、すでに凍っていた。極北の海に容赦はない。

小人閑居して不善をなす

この北洋の作戦ぐらい退屈な、みじめな航海を経験したことはなかったが、ただ一つわれわれを救ってくれたのは、魚釣りであった。戦闘がないのだから、毎日がヒマである。それに、ここには夜がない。いやあるのだが、昼と夜のけじめがはっきりしないのである。

太陽は一回も拝んだことがないが、夜中といっても明るいから、始末が悪い。水兵たちは特製のツリ針をつくり、帆布の縫い糸をツリ糸にして、塩鮭の切り身をエサに海中に放りこむと、待つほどもなく当たりがくる。引き上げると、一メートルもある大魚が、暴れもしないでぬっと水面に顔を出す。

本当の名称はだれも知らないが、北海道で「カジカ」とよんでいるハゼの親方みたいな魚である。その面がまえが頑固な親爺にそっくりなので、水兵たちは「先任伍長」と名づけていた。

海軍の艦艇には「先任衛兵伍長」という、その艦で最古参の上等兵曹のやる職制がある。一艦の警察署長的な仕事なので、水兵たちにとっては艦長よりも怖い存在である。この魁偉な容貌の怪魚には、そのイメージがぴったりであった。しかし、この怪魚は、その面がまえに似ず、じつに美味だった。

作戦行動中といっても、年がら年中戦闘に従事しているわけではない。敵の現われないときとか敵の遠い場合はまったく暇である。平時の航海だと、訓練につぐ訓練で休む暇もない生活だが、実戦行動は敵のない場合は訓練がないから、乗組員は一日八時間の当直勤務があるだけである。それ以外の時間は眠ること、食うこと、喋《しゃべ》るか読むかである。

それも一日や二日ならともかく、これが一週間もつづくと、語る猥談の種も尽き、読む雑誌もなくなる。といって、彼らは決して修養書や学者の本は読まない。書棚には、そうした高価な読まれない豪華本が並んでいるが、ここで古人のいう「小人閑居して不善をなす」を地でいくわけである。もっとも、この不善をなす輩《やから》でないと戦争などできない。

士官はひねもすポーカー、下士官兵は花札でバカッ花かオイチョウカブに精を出す仕儀となる。こうなると、だれも相手にしないのが司令と艦長である。艦長が兵隊相手にオイチョウカブをやるわけにはゆかない。

しかし、駆逐艦といえども、軍規厳正を世界に誇る日本海軍である。公然と賭博行為に耽《ふけ》るわけではない。彼らは警察のデカを恐れる博徒のように、倉庫や兵員室の片隅に毛布などで幕を張り、やはり人目を避けて開帳するのである。夜更けに倉庫の片隅などで仄《ほの》かなローソクの灯に照らし出された薄汚れた男どもが車座になって、向こう鉢巻きの目を光らせて勝負を争う図は、決していいザマではない。

だが、これも人間が異状な生活の中で、人間生存の極限に堪えている姿なのである。戦争なのである。面白いことに花札、賭博にはそれほどやかましくない海軍も、マージャンだけは厳禁した。「亡国の遊技」という、中国の遊技だからである。ポーカーがまったくおおっぴらであるのも不公平であった。

ここで千人針のことに触れておく必要がある。現代科学の粋を集め、日本工学の代表作品ともいうべき駆逐艦もその乗組員は、それほど科学的でない人間である。とくに船乗りという奴はカツギ屋が多い。だから、千人針は大いに信仰を集めていた。暑かろうが寒かろうと、水兵たちは肌身離さない。洗濯もしない。洗濯すると、御利益がないというのである。ひとりで少ない者でも二枚、多い者になると十枚も持っている。母親の心をこめた物、恋人の「君死に給うことなかれ」と祈り、香水の匂う種類といろいろである。

五銭銅貨やお守り札が縫い付けられている。たいがいは胴巻の代用となるように作られているので、この神聖なる千人針の胴巻きの中には、別の方面の護符である怪しげな写真や札が神社のお守り札と同居し、日夜礼拝されていようとは「君死に給うことなかれ」の乙女も知る由もなかろう。

私が第六駆逐隊付であった昭和十三年、駆逐隊司令は軍令部総長であった伏見宮博恭王殿下の御長男の博義王殿下で、その存在は神様に準ぜられた憲法以上の貴い人間であったが、やはり千人針を沢山持っておられた。妃殿下御手製のものはもちろんのこと、各宮様方（その頃は宮様もずいぶん大勢だった）からの贈物などである。それも、民間人のようにさらし布製などではなく、いずれも羽二重地や西陣織などで、まるで女の丸帯のようなものばかりであった。

司令の宮の身辺を世話する水兵が、これの仕舞い場所に困り、よく隊付きで側近に仕える私に、その処置を訴えたものである。ある日、司令の宮が私に、

「大高、下士官兵で千人針を持っていない者がおるか調査しなさい」

と仰せられた。調査すると、第六駆逐隊四艦で二人いた。

「雷」乗組の工藤という二等兵曹、青森県の出身者だ。この男、日ごろ虚無主義者気取りで、無神論をぶつキザな男でもあった。彼は千人針の迷信を大いに軽蔑していたが、司令の宮から例の羽二重の豪華品を拝領するや、日ごろの無神論はどこへやら逢う人ごとにその千人針を見せびらかしていた。

こうして北洋機動部隊がなすこともなく、極北の海で「先任伍長」を釣っているとき、連合艦隊主力はミッドウェー攻略のため、空前の大兵力を結集して太平洋を東に向かっていた。

連合艦隊司令部はアリューシャンの作戦で、アメリカ太平洋艦隊の一部を北洋に誘い出し、その間隙をついてミッドウェーを攻撃、あわよくばハワイをも攻撃しようとたくらんだが、アメリカ艦隊がその手に乗らなかったのは歴史の証明するとおりであった。

もっとも、アメリカ国防省はアリューシャン列島を基地として、日本本土攻撃を企図もしなかったし、その余裕もなかった。また、日本軍がアリューシャンを基地としてアメリカ本土を攻撃するとしても、この霧と寒冷の地が、その役割を十分に果たすとは思っていなかったようである。

結局、最終的に見て、われわれの北洋作戦は労多く効果のない、骨折り損のくたびれもうけばかりでなく、二千五百名の陸兵を無駄死にさせた愚戦であった。ミッドウェー作戦の補助的な役割をもって実施した北洋作戦は、アメリカ太平洋艦隊を二分するどころか、味方兵力の強力な部隊を無益なものに使う結果となったのである。

小型といっても「龍驤」「隼鷹」の二空母に、重巡二隻、軽巡、駆逐艦十数隻がミッドウェーの大遭遇戦に参加したなら、あの海戦は別な結果となったかも知れないのである。

それにしても、日本の連合艦隊がこの頃になって、なぜにあの太平洋上の渺たる一孤島にあれほどの熱情を燃やして奪取をはからねばならなかったのだろうか。やるなら戦争勃発の当初、第七駆逐隊が夜間砲撃をやった頃やるなら、いとも簡単に占領できたものを。

その理由は、あの四月十八日のドーリットル中佐の率いるノースアメリカン機隊の東京空襲である。建国三千年、外敵の侵入を許さなかった神州日本が空からとはいえ、外敵の侵入を許したのである。ただそのことだけで艦隊参謀部がなにがなんでもこのミッドウェーの奪取を企図し、あの空前の大軍を集約して大敗したことは歴史的に批判されるであろう。

ミッドウェーの海戦については、これまでも幾多の人々によって語られているので詳細なる記述は避けるが、私の体験を簡単に書く必要はあるだろう。

連合艦隊司令長官山本五十六の指揮する第一艦隊、第二艦隊の総力を挙げてミッドウェー島攻撃部隊は編成された。戦艦七隻は現有する日本海軍の第一線級戦艦のすべてである。航空母艦四隻は、緒戦に真珠湾を攻撃した南雲中将の機動部隊である。そのほか重巡十三隻、軽巡・駆逐艦約五十隻。艦隊司令長官は、新造されたばかりの世界最大の戦艦「大和」に乗って出かけたのである。

この史上空前の大遠征艦隊が、ミッドウェーを直接攻略する陸兵五千名と海軍特別陸戦隊を収容した輸送船十五隻を従えて、ミッドウェーとアリューシャン列島の中間海域に進攻したのである。

これに対応する当時のハワイ周辺に在ったアメリカ太平洋艦隊の兵力は、どうであったか。戦艦は真珠湾の痛手も癒《い》えず一隻もなく、航空母艦は真珠湾攻撃で危うく命拾いしたエンタープライズと、その後に大西洋方面から補充されたホーネット、珊瑚海海戦で大破したもののその修理なかばで駆り出されたヨークタウンの三隻、巡洋艦も洗いざらい集めてわずかに五隻、駆逐艦若干で、日本が北洋作戦に出動分派した兵力とほぼ同じぐらいのものであったのだ。

太平洋艦隊の指揮官ニミッツ提督は、この劣勢艦隊をまとめ、神の恵みを祈りつつ史上最大の強敵と相まみえたのである。

「勝敗は兵家の常」というが、それは一個の英雄が自分の欲望野望のために戦う場合のことで、決して一国の興亡を賭けた戦争の負け惜しみの言葉であってはならない。だが、このミッドウェーの海戦を端的にいうと、運命であり「ツキ」であった。アメリカ軍はツイていたのである。それは人間の思考ではどうにも解釈のしようもない事実で、結果論だけでは解明できない。

この海戦で劣勢なアメリカ軍に敗けた日本軍が、それに相応する失敗でもあったのかというと、取り立てていうほどのことはない。失敗といえば一つあった。それは重巡「最上《もがみ》」と「三隈《みくま》」の衝突である。夜間航行中、一番艦が敵潜水艦を探知し、右四十五度の変針を二番艦がこれを十五度変針と誤認して十五度変針のまま進行したため、一番艦の右舷に激突、「最上」はどうやら戦場を離脱したものの「三隈」沈没したのである。しかし、この事件も取り立てて全軍の勝敗に影響するほどのものではない。

ミッドウェーの悪夢

運命の島・ミッドウェー、東経百八十度、北緯三十度の太平洋に浮かぶ小さな孤島、中学校の運動場を少し広くしたような島が太平洋戦争の運命を変えたのである。

キスカ占領を終えた夜、連合艦隊より第七駆逐隊に電命があった。

「第七駆逐隊の現配備を解く。第七駆逐隊はただちに南下、ミッドウェー攻撃部隊の指揮を受くべし」

このころ、ミッドウェー攻撃の機動部隊に相当の被害があったことは、無電の傍受で知ることはできたが、その詳細は不明であった。

「やっぱり俺たちがいないと、艦隊長官も心細いんだぜ」

と気をよくして、文句もいわずに一路南下した。この寒冷と暗い陰鬱の世界から、一刻も早く離れたかったのである。

第七駆逐隊が急速南下し、指定された地点にたどりついたときは、すでにこの世紀の悲劇の幕は降ろされていた。各駆逐艦に救助されていた沈没艦乗員の輸送が、第七駆逐隊の仕事となり、何百人かの生存者をひきとった。そして、この悲運の空母乗組員から、ミッドウェー海戦の真相を知ることができたのである。

六月五日、南雲中将麾下《きか》の機動部隊は、主力部隊に先行して、まず第一回のミッドウェー爆撃を開始した。敵機もよく反撃したが、この第一回の攻撃でミッドウェーの軍事基地としての機能は、まったく価値のないものになった。

日本軍機がミッドウェーを攻撃中、アメリカ艦隊は日本軍機動部隊の所在を、必死に捜索しつつあった。日本軍の第二次ミッドウェー攻撃機の準備が完了したのが、午前十時三十分だった。

「攻撃隊員は、出発前に昼食をとれ、急げ」

ミッドウェー攻撃に熱中のあまり、アメリカ機動部隊の近接を知らなかったのである。ここで昼食をとらずに飛び立っていたら、あの悲劇は起こらなかったかも知れない。搭乗員は急いで食堂に駆けこんだ。

「敵機動部隊見ゆ、敵は空母二隻」

味方偵察機がようやく敵を発見したのが、このときである。整備員が陸上攻撃用の爆弾を、大いそぎで艦船攻撃用の魚雷や八百キロ爆弾に換装するのにかかった時間が三十分だった。この三十分で、勝敗が決定的となったのである。

そのとき、アメリカ第十六機動部隊の空母エンタープライズ、ホーネットから発進した攻撃機が、四千メートルの高度から急降下爆撃で突っ込んできた。高度が高いので、避けるひまはあった。しかし、アメリカ攻撃隊の爆弾は小型なものであったが、数が多かった。彼らは艦の撃沈よりも、飛行甲板の破壊を重点にしたのである。

ばらまかれた小型爆弾の一、二発が、飛行甲板に炸裂した。だが、その飛行甲板には、完全装備の攻撃機がズラリとならんでいたのである。艦上の誘爆は恐ろしい結果となった。母艦上ではまったく手がつけられない大爆発を、つぎつぎと起こしたのである。

しかし、沈まなかった。「赤城」と「加賀」は、八八艦隊の超ド級戦艦として建造され、軍縮会議のため航空母艦に生まれかわった図太さで、艦上を地獄と化しながらも走っていた。

壮烈な最後は「飛龍」だった。味方空母すべてが炎上するなか、ただ一隻だけ全力疾走しつつ対空砲火で敵機を撃墜、死力を尽くして奮戦したが、敵攻撃隊の集中攻撃に力尽きて漂流後に沈んだ。

「飛龍」第一次攻撃隊の攻撃にさらされる米空母ヨークタウン

だが、この「飛龍」発進の攻撃隊がアメリカ軍の別の機動部隊を発見して、空母ヨークタウンに襲いかかり、これを大破する殊勲をたてたが、帰る母艦を失い、海中に着水するという悲運が搭乗員を待っていた。ヨークタウンはその夜、日本潜水艦によってとどめをさされて沈んだ。

「赤城」「加賀」「蒼龍」のうち「赤城」は、敵の攻撃では沈まなかったが、自力航行はできなかった。やむなく、味方駆逐艦の雷撃によって沈められたという。

戦後、このミッドウェー海戦について、あることないことがいろいろ語られた。なかでもアメリカ諜報部が日本海軍の戦略暗号の解読に成功し、日本軍の行動がすべてわかっていたという者がいるが、まことにナンセンスだ。日本海軍が使用した各種暗号は約六十種、その日その日で暗号文での組み方がすべて違うのである。

戦略高等暗号の解読、発信の当事者であった私にいわせるならば、日本海軍の戦略暗号は複雑多様、いかなる人間の能力をもってしても、それを短日時で解読するなどは絶対に不可能である。この日の海戦の経過は、まったく人間の力ではどうにもできない、それは運命であったのだ。ヨークタウンが撃沈されたことも、アメリカ側の暗号解読の結果だとはいえまい。

また、この海戦で母艦四隻を失ったが、日本の主力艦隊は無傷であった。アメリカ軍はなぜ追撃しなかったのか。アメリカ軍にも、確認したもの以外は、なにもわかっていなかったのである。

さらには、この一戦で日本は、敗戦への一路をたどりはじめたと軍事評論家の先生方はいう。これも当たっていない。この敗戦は、痛手ではあったが、これで日米の海軍兵力は互角となったのだ。これが原因で、日本海軍が転落したのでなく、開戦いらい立ち遅れていたアメリカの軍需生産が、このあたりから、すべての点で日本を追い抜くようになっていったのである。要するに国力の差が、戦場にはっきりと現われてきたのである。

ただ、この海戦でおもしろくなかったのは、連合艦隊の主力である。機動部隊の敗北を知るや、なにもなさず、一目散に日本へ逃げ帰ったことである。それでだれ一人、敗戦の責任を問われた者があるとは聞かない。

ミッドウェーで沈没した空母の生存者を満載した第七駆逐隊の寄港地は、青森県の大湊に指定された。軍令部はミッドウェー敗戦の真相が国民に知れることを恐れて、人里はなれた陸奥湾の奥に入港させたのである。それも上陸禁止で、大湊防備隊に収容者をひきわたすと、風呂に入る暇もあたえず、二日目にはふたたび南方戦線に出動を命令した。

そこには、駆逐艦の墓場があった。軍令部はミッドウェー敗戦の真相の漏れることを恐れて、この作戦に参加し、そして生き残った者すべてを、ふたたび帰ることのない前線に送ったのである。これでは戦争に勝てるわけがない。

駆逐艦の墓場

ジャワ島への定期航路

北洋作戦に従事なかばでミッドウェー海戦に呼ばれ、現地に到着したときは無惨な敗戦のあとで、戦場付近をウロチョロと沈没艦の生存者を収容したばかりに、第七駆逐隊は青森県の大湊防備隊に彼らを揚陸させるなり、機密漏洩の恐れありと、ふたたび南方前線に、石をもって追われるように転進を命じられた。

これにはさすが、日ごろあまりものごとにこだわらない小西司令も、大いに仏頂面であったから、下士官兵にいたっては、大変な怒りようであった。艦隊司令部にあらんかぎりの悪態を吐き、山本五十六大将を罵り、コキおろしながら一路南下する。

トラックに着いてみると、この珊瑚礁島の集まりである群島には、人間がこぼれるようにあふれていた。太平洋作戦における日本の最大拠点であり、軍港でもある。陸海軍はもとより、軍属から慰安婦まで、街は人で埋まっている。上陸して慰安所をのぞいてみると、陸海軍の兵隊が長蛇の列をなして順番を待っている。お正月ごろの上野駅のようなにぎわいである。

聞くと、一人が三分の持ち時間だという。士官専用の料亭も、慰安所とあまり変わりがない。艦から持ち出した酒で料亭の一間で酒盛りのあい間をみて、代わるがわるその方の用達しもやる。

あさましいというなかれ。戦争という、人間が生存の極限におかれると、それはあさましいとか、異様なことでなく、性の問題も単なる生理的な現象で、便所で小便をするのと変わりないのである。ここでは、だれもが明日の生命は保証されていない。戦場では、今日生きていることが、すべてなのである。明日はないのだ。

トラックであたえられた任務は、われわれ自身が実際にその仕事を手がけるまでわからなかった。ただ、航空母艦「大鷹《たいよう》」(客船を空母に改造したもので、商船の時の船名が「春日丸」一万八千トン)の直衛ということだった。

「またトンボ釣りか」

と乗組員一同、うんざりする。ところが、この任務がたいへん結構なものであったのだ。

「大鷹」の当面の任務は、ジャワ方面にある陸軍の「隼」戦闘機をトラックに海上輸送することである。陸軍のパイロットは中国大陸やシンガポール、ボルネオなど、陸上ばかりで働いていたので、目標のない大洋を航空団だけで空輸することができなかったのである。

こんな航法未熟な連中を、太平洋のど真ん中につれてきても、使いものになるまいと思っ

停泊中の空母「大鷹」。欧州航路用豪華客船「春日丸」が前身

たら、案の定、彼らはろくな作戦にも参加しないうちに、昭和十八年二月のアメリカ機動部隊の空襲で全滅したのは後の話である。

速力の遅いインスタント空母との行動は、駆逐艦乗りの性にあわないとブツブツこぼしながら、ともかくまずはジャワ島のスラバヤ港に入ったことで、大湊から持ちつづけてきた不平も不満も、一挙に雲散霧消した。そればかりでなく、大いに連合艦隊司令部をあがめたてまつったのである。現金なやつらである。

というのは、当時のジャワ全島は日本が占領したばかりで、長いこと原住民を人間あつかいにしなかった（極端な人種差別をおこない、原住民は白人とおなじホテル、レストランには入れなかった）横暴な白人を追いはらった、おなじアジアの日本軍というので、親日感情はいたれりつくせりで申し分なかった。それに物資は豊富で、住民たちは占領国とはいえない豊かな生活を楽しんでいた。

日本内地では、もうそのころには店頭から消えていた宝石、衣服類、飲食物が、わずかな日本軍票でいくらでも手に入った。アルコール飲料だけは、街頭での販売が制限されていたが、それもインド商人にわたりをつけると、憲兵に隠れてスコッチでもブランデーでも、倉庫の奥から取りだして売ってくれた。

なによりも嬉しいことは、ご婦人の種類と数の多いことであった。日本内地から、わざわざ出張してきた専門家を招くまでもなく、すこし肌は黒いが、専門家とはくらべものにならない新鮮で生きのよい現地の肉体美人、それにヨーロッパ系の貴婦人も、すこしお金をはずむことで、たいへんにエレガントに夜もすがら遊んでくれた。

ジャワを占領した日本陸軍は、それまでの支配者であるオランダの軍人、官吏はいうにおよばず、商人や旅行者まで、すべての成年男子を収容所に隔離したが、未成年者とご婦人はそのまま街に残したので、生活に窮したご婦人方は、もっとも手っとり早い生活費かせぎとして、夜の街に、酒場に、カフェーに現われたのは、終戦後の日本とあまり変わりない。

われわれはスラバヤ港に上陸すると、革のカバン、靴、ウイスキー、チョコレートなどを仕入れる。これを艦に積んで、トラックに帰る。そのころのトラックは、内地以上の物資不足で、またたく間に買い値の数倍でひきとられ、しかも感謝された。

料亭の女性から下着の注文まで受けてトラックを出港、そのお金でスラバヤでの国際親善に励むわけで、「大鷹」の護衛などそっちのけで、アルバイトに精を出したものである。トラックの料亭では、第七駆逐隊が入港したと聞くと、他の宴席をスッポカしても、われわれの席にはべった。

根拠地隊司令官である老少将の愛妓が、われわれの方にばかりきていたので、参謀連中のやっかみもあって、第七駆逐隊の錨地は鳥もかよわぬ群島の片隅に指定されたこともあったが、そんなことで驚くわれわれではなかった。夜ごとに料亭に出没し、オランダ製の高級ブランデーで、生きる喜びを大いに謳歌したのである。

これで、北洋作戦でのわれわれの功績を無視し、横須賀帰港も許さずに南方へ追いはらった連合艦隊司令部への溜飲をさげたのである。

このすばらしいジャワ島への定期航路は、約二ヵ月間つづいた。

こうして第七駆逐隊が「大鷹」のシリ押しで、スラバヤのオランダ女にうつつを抜かしているあいだに、南太平洋における日本、アメリカ両国の対決は、ニューギニアを中心に、その争奪戦はしだいに盛りあがりつつあった。

真珠湾でこうむった痛手から立ちあがったアメリカの戦力は、日本に数十倍する国力に物をいわせ、急速に回復したのである。日本人以上に好戦的なアメリカ人も、建国の昔から敗戦を知らない国民である。

忍び寄るアメリカ軍の影

アメリカ国防省は、太平洋進攻作戦に二つのバイパスをえらんだ。ひとつはニューギニアからパラオ諸島をへてフィリピン、東京へのラインで、もうひとつはニューギニアから直線的に太平洋上に点在する島嶼《とうしょ》をカエル飛びに東京へ向かう有料高速道路である。通過使用料金はすこし高くつくが、日時は早い。

その第一段階として、ソロモン諸島にある日本の基地を奪取することは、絶対に必要であったのだ。損害を無視し、人命の消費を考えず、全力をあげてソロモン諸島に殺到してきた。

昭和十七年後半から十八年の後半にいたる一年余の期間、南太平洋海域で戦われた日米両軍の戦闘は、まったく鼻もちならない人命、物資の浪費であった。その戦闘のひとつひとつは、理論的な戦略、科学的な戦術によるものではなく、端的にいって、博徒の殴り込みであり、出たとこ勝負の殺しあいであった。

それが休みなく、夜となく昼となく、陸と海と空中と海中で、血みどろになって一年以上もつづいたのである。おそらくこれは、史上最大の愚かな、凄惨な、あきれた戦争として、後世史家の顰蹙《ひんしゅく》を買うことであろう。

八月上旬、第七駆逐隊は「大鷹」のトンボ釣りの任務をとかれた。ソロモン海域に集結しつつあったわが艦隊の指揮下に入ることを命じられたのである。艦にあったすべての仕入れ品をトラックで陸揚げして大いに遊び、思い残すことさらになしと、トラックを出動して一路南に向かった。

珊瑚海海戦以来、ふたたび南半球の海域に向かうのである。まだそのころは、ソロモン諸島も静かであり、わずかにアメリカ空軍が空襲するぐらいで、日本軍はガダルカナル島のルンガに前線飛行場をつくっていた。

われわれの当面の任務は、それに必要な人員資材を送る輸送船団の護衛と聞き、船脚も軽く、かって知ったブーゲンビル島のショートランド泊地に、ひとまず錨をおろした。

このときは、このあたりが、やがてほどなく駆逐艦の墓場として呪われた海になるとは知るよしもなかった。

ショートランド泊地には、ガ島行きの人員、資材を満載した輸送船団と、それを護衛する艦船がにぎやかに集結、待機していた。ここは敵空軍の基地であるポートモレスビーも遠く、アメリカ空軍のB17型が高々度偵察にくる程度で、停泊艦船はまったく寛《くつろ》いだ寝巻き姿であった。

しかし開戦以来、あらゆる作戦にひきまわされた第七駆逐隊司令には、この敵の高々度偵察がなにを物語っているかを、いやというほど知らされていた。

「機関長、ボイラーを吹かしておけよ、くるぞ。奴さん、これだけ集まっていりゃ、見逃しゃしないよ。きたら三十六計、港外に出る」

小西司令は敵の高々度偵察ありと聞くと、罐室の消火をとめた。

今次大戦で戦った日本の海空軍は、アメリカ空軍に優るとも劣るものはなにひとつなかった。戦闘機の武装においても、爆撃機の航続距離でも、搭乗員の技術でも、はるかにアメリカ空軍を凌駕《りょうが》していたのに、ただひとつの欠点があった。そのたった一つの欠点が、つねに味方に致命的な損害をもたらしたのである。

その欠点というのは、高々度航空偵察の未熟さであった。戦後、日米両軍の戦闘について軍事評論家といわれる方々からいろいろと聞くが、このアメリカ空軍の高々度航空偵察の優秀性について語る人は少ない。さらに、日本軍に致命的だったのは、レーダーである。日本軍がレーダーを装備したのは、戦争も終期に近いころであった。

アメリカ軍は、夜だろうが曇りの日だろうが、はっきりと目標をつかんでいるのに、われわれは敵の姿を目で確認するまで、敵情を知ることができなかった。

ショートランドに着いた二日目の朝だった。

「当直将校、爆音が聞こえます。本艦より西上空らしいです。機影はまだ見えません。敵味方不明です」

艦橋の信号兵が叫んだ。ラバウル基地が近いから、味方かも知れない。

「敵か味方か、よく見てろ。距離はあまり遠くないぞ」

まだ寝ているであろう艦長に報告するため、伝声管に口をあてようとしたとき、

「敵飛行機二十、突っ込んできます」

信号兵の指さす空を見あげると、高度約五千メートル、乱雲を利用してわが上空に現われた敵機は、編隊をといて急降下爆撃にうつる姿勢である。まったくの不意打ちだった。

第七駆逐隊はエンジン準備が完了し、錨鎖もちぢめていたので、そのまま港外に逃げだした。しかし、その必要はなかった。敵機は護衛艦には目もくれず、もっぱら輸送船ばかりを狙って爆撃した。さらに、わが反撃が少ないとみるや、低空の機銃掃射をおこなってきた。

その闘魂は、敵ながらあっぱれである。十分にも足りない短時間の爆撃だったが、輸送船三隻は完全に沈み、三隻はものすごい黒煙をあげて燃え、そのほかにも相当の被害があった。

B17(写真)による高々度偵察とレーダーで日本軍を凌駕した

この一撃を手はじめに、珊瑚海海戦以来、動きの少なかったアメリカ軍が、このソロモン海域に、海から、空から本格的な攻撃をくわえてきたのである。

ガ島のルンガ飛行場も完成に近づいた。滑走路の地固めも終わり、戦闘機によるテスト離着陸の結果もよく、雨さえひどく降らなければ、中型爆撃機の使用も可能となった。この飛行場の構築には八ヵ月を要したのである。

海軍の設営部職員は、軍隊に先駆けてこの未開の島に進出し、前人未踏のジャングルを切りひらいての苦闘であった。まるで滝のようなスコール、小さいが恐るべき毒針をもつ悪魔のようなマラリア蚊、敵と戦うことよりも幾倍もの苦しい闘いであった。

今次の太平洋戦争を語る者は、ひとしく日本はアメリカの物量に敗北したという。それも疑うことのない真実である。ただ、艦船や航空機、武器爆薬の生産に敗けたばかりでなく、じつは土木工事の機械化にも大きなひらきのあったことを知る人は少ない。

この土木機械の貧弱さが、海上での戦勝を、つねに無に帰したのである。極言かも知れないが、日本は戦闘で勝ちながら、土木工事戦でつねに完敗したのである。海軍設営部がルンガ飛行場の建設に使用した土木器具には、機械らしきものはなに一つなかった。カマとクワとスコップ、そしてあの昔ながらのモッコでの土運び方法であった。ダンプ、トラックはもちろんのこと、ろくなトロッコ一台なかったのである。

この前人未踏のジャングルのなかで、一日に何回と襲うすごいスコールは、まるで集中豪雨であった。

油断もすきもないマラリア蚊のわく猖獗《しゅうけつ》の地で、数百人の土工が八ヵ月の時日を要したのも無理のないことだが、それだけアメリカ軍に攻撃準備の時間をあたえたのである。

あまり役にも立たないラバウルに十万の大軍を集結しながら、このもっとも緊要な前線航空基地の完成をのんべんだらりと待った責任者の無能は、大いに責められてよいはずである。

このガ島飛行場が中型爆撃機の使用可能なかぎり、全ソロモン海域はもちろんのこと、遠くニューギニアまで、日本の制空権はおよぶ。そうなれば、アメリカとオーストラリア、ニュージーランド間の通商航路に致命的な脅威となる。

はたしてアメリカが、このルンガ飛行場の完成に指をくわえているだろうか。ガ島を中心にくりひろげられた血どろみの攻防戦も、必然のものであった。

ガダルカナルといっても、よほど精密な大型の世界地図でなげれば、地名も出ていない島である。雨多くして多湿。たっぷりと針にマラリア菌をふくませた蚊がわんさと群がり、命知らずの探検家でも、二の足を踏む悪魔の島であった。

戦闘機によるテスト離着陸も良好のうちに終わり、あと一週間でラバウル基地から中型攻撃機（中攻）が進駐するという前日から雨となった。それもスコールでなく、連日の降雨である。これで、せっかくかためた滑走路は、ふたたび泥沼となって、中攻どころか、戦闘機の使用も不能となった。

八月七日の朝である。雨のため、ラバウル基地の中攻による偵察機も飛べない間隙をぬって忍び寄ったものであろう、忽然と百隻近い大輸送船団がガ島とサボ島の海峡を埋めたのである。アメリカ軍の大挙来襲だった。

所在の日本守備隊が、味方か敵かと危ぶんでいるところに、ものすごい砲撃を喰らった。応戦のいとまもなかった。敵の上陸用舟艇が、まるでアリのようにルンガ飛行場の海岸に殺到し、またたくまに上陸を敢行したのである。

おそらく後世、このときのアメリカ輸送船団の来襲を、手をこまねいて呆然と見ていたラバウルの日本軍司令官を、とんでもない大間抜けと痛罵することだろう。しかし、このあたりの気象は、この時期を中心に乱雲が多く、航空偵察や作戦にもっとも不適であった。「敵、ガ島に大挙来襲」の報に、ラバウル基地から何度か中攻数十機が出撃したが、いずれも天候にわざわいされて、途中で引き返さねばならなかった。すべてが、アメリカ軍に有利に働いたのである。

「第七駆逐隊はただちに出撃、ルンガ沖に集結せる敵輸送船団を夜襲殲滅《せんめつ》せよ」

中攻の爆撃に失敗したラバウルの司令部は、駆逐艦の夜襲で勝敗を決すべく、その第一撃を第七駆逐隊に命令した。もっともガ島に近いショートランド泊地で、身軽な存在だったわれわれ第七駆逐隊が選ばれたのである。

「ほらきたぞ、あいもかわらぬ貧乏クジの一番だ」

それでも艦内は、夜襲と聞いて勇み立った。久しぶりの本格的戦闘である。暗夜、枚《ばい》をふくんで敵に肉薄するあのスリルは、水雷屋でなければ味わえない緊迫感である。

近いといっても、ガ島までは二百カイリ、二十ノットで十時間の行程である。午後三時、それこそ取るものも取りあえずにショートランドを出撃する。夜襲よりも、日没までは敵機の警戒が大変である。敵機に発見されて襲撃でもうけたら、夜襲どころではなくなる。味方飛行機が引き返したほどの悪天候であるが、それでも厳重な対空警戒で一路南下する。

コロンバンガラ島沖で夜に入る。敵機の触接はない。速力を二十五ノットにあげて、暗夜の海をひた走る。

八日午前一時、ルンガ沖に入り、雷撃、砲撃の準備を完了する。声をひそめて湾内に侵入するが、敵の哨戒艇もいない。陸岸近くまで忍び寄ったが、まったく船影なしである。狐につままれたようである。

「何も見えないか」

「何も見えません」

見張員は、おなじ返事をくりかえすばかりである。おかしいぞ。情報によれば、百隻近い大船団であるのに、それが一隻もいないとは……。

「探照灯点せよ。掃討はじめ」

敵のど真ん中で探照灯を点ずるなど、駆逐艦にとっては自殺的な行為だが、背に腹は変えられない。陸上のヤシの林のなかまで、見えるところは接岸して湾内くまなくさがしたが、輸送船はおろか、上陸用舟艇一隻みえない。

「ルンガ泊地に敵影なし、われ帰途につく」

と司令部に報告して、針路を北に向けていたときだった。

「敵、魚雷艇二隻、左舷」

魚雷艇の姿はよく見えないが、遠くに戦闘機に似たエンジン音と、海面を裂く夜光虫の乱れが見える。魚雷発射のため、突撃しているのだ。

「機銃座、射て。目標、左舷魚雷艇」

四基の二十ミリ対空機銃が、闇を切りさく無礼者に掃射をあびせる。

「魚雷です。二本」

艦は魚雷を避けるため、急速回頭する。その艦首すれすれに、疾風《はやて》のように横ぎる黒い影は、艦橋に向かって機銃掃射をそそぐ。まことに舌をまく豪胆さである。

旧型の軽巡洋艦では歯がたたない日本の特型駆逐艦に、機銃一梃で歯向かうとは無茶な野郎たちである。アメリカ海軍にも、俺たちに劣らず気の短いのがいる。魚雷が目標をそれた腹いせに、ムカッ腹を立てているらしい。

いもしない輸送船捜索に意外の時間を費やして、ルンガ沖を魚雷艇の攻撃から脱出したころは、もう夜明けも近かった。駆逐艦は、東京の盛り場の愚連隊と同じで、昼には弱い。敵が水上艦艇ならば、高速を利用して逃げる手もあるが、昼間に飛行機の攻撃をうけることが泣き所となる。

駆逐艦の上甲板上には、恐るべき魚雷が三十本も置かれている。これに機銃弾一発でも命中したら、たった一本の魚雷の誘爆で、艦体は消しとんでしまう。長居は無用、三十ノットの高速で、ショートランドに向かって一目散である。

ルンガ沖を離れて三時間、ひた走りに走った。百マイル近くルンガを離れたのでもう安心と、燃料の関係で速力を落として二十ノットにする。夜は完全に明けて、朝の空は晴れている。その朝の空に、爆撃機二機が飛んでいる。

「飛行機二機、本艦の上空にあります。中型機です」

という見張員の報告に、

「味方の偵察機でないか、ラバウルの中攻偵察機だろう。よく見ろ」

と見張員にいい終わらないうちに、かの二機はやおら、われわれに機銃掃射を加えてきた。敵機であった。それもノースアメリカンB25型の爆撃機だった。

こうなると、応戦どころではない。転舵に転舵で、激闘二十分、執拗に迫る敵機をようやくふりきって、どうやら危機を脱した。

それにしても、あの爆撃機はどこからやってきたのだ。このあたりに、アメリカ軍の使用する基地はないはずだった。まさか、昨日上陸したルンガ飛行場からではあるまい。雨で泥沼化した滑走路を使えるわけはないし……。

ノースアメリカンB25爆撃機。ルンガ飛行場より来襲した

しかし、これはその後の偵察でわかったことだが、アメリカ軍はルンガ飛行場占領の翌日、もう飛行場を使用していた。滑走路に鉄製のムシロを敷きつめていたのである。

日本の設営隊が八ヵ月かかって、まだ使いものにならなかった滑走路を、アメリカ工兵隊は一夜でものにしたのである。これは、単なる物量だけの問題ではない。

われわれがショートランドに帰ると、艦隊司令部からの電報が待っていた。

「今朝、航空偵察によれば、ルンガ沖に敵輸送船数十隻あり、荷役中なり。第七駆逐隊による昨夜の襲撃行動経過を、至急報告せよ」

司令部が第七駆逐隊のまぬけな行動に、カンカン怒っているさまが、電文によく出ている。

「ルンガ沖に敵がいたって。そんなバカなことがあるもんか。まぬけな飛行機野郎め、ねぼけてるんじゃねえのか」

小西司令が、ハゲ頭から湯気を出して怒鳴る。だが、ルンガ沖に敵輸送船が荷役中だったことも事実であった。それというのは、敵輸送船団は昼間だけ荷役をやり、日没近くになると、近くにあるツラギ島の湾内に引きあげ、夜間の襲撃に備えていたのである。

それを知らない第七駆逐隊は、輸送船が去って藻抜けのカラのルンガ沖をさがしまわったのである。われわれの去ったあと、夜明けとともにゾロゾロとツラギ湾からルンガ沖に出て、荷役をはじめたところを、わが偵察航空機が発見したというわけである。

これがわかったのは数日後で、第八艦隊司令長官三川軍一中将が重巡「鳥海」と「青葉」「加古」「衣笠」以下の巡洋艦隊をひっさげ、ツラギ海峡に夜の殴り込みをかけてアメリカ巡洋艦四隻を葬って、有名なツラギ夜襲戦となったのである。

この夜襲戦は大成功であったが、惜しむらくは輸送船にたいして、なんの損害もあたえなかったことで、アメリカ軍のガ島上陸作戦にはなんの支障もなかった。もし、わが方が敵の巡洋艦ばかり狙わず、輸送船群を一掃したならば、ガ島の戦局を一変させたかも知れなかったのである。

証明された彼我の格差

アメリカ軍が、ガ島に上陸——これは大本営にとって、寝耳に水だった。当時、ガ島にあった日本の兵力といえば、海軍陸戦隊派遣の数百人と、飛行場建設のための設営隊員がいるだけだった。

驚いた大本営は、グアム島にあった一木清直大佐指揮の部隊を、急遽《きゅうきょ》、転進させることになった。いまや輸送船団を準備する余裕はなく、これの輸送を駆逐艦に命じたのである。

馬鹿な話である。グアム島からガ島まで約二千カイリもある。そんな遠いところから運ばなくとも、すぐ近くにラバウルがあり、十万近い大軍が戦うに敵もなく、退屈していたのである。

どんなにいそいでも、二千名の陸軍と、それともなう兵器弾薬を二千カイリもはこぶには、十日かかった。一木支隊がガ島に着いたのは十八日である。それも駆逐艦による輸送では、ロクな兵器を持ちこめるわけがない。

アメリカ軍がルンガ飛行場を確保して十日近い。その間も絶えまなく輸送船で軍需品は補強されて、飛行場の防備は万全であった。一木支隊の強襲も、テナル河畔で待ち伏せするアメリカ軍の戦車の猛撃に、ひとたまりもなく全滅した。

このガ島で戦われた日米の凄まじい攻防戦については、これまでも多くの人びとによって語り尽くされているので、ここではその詳細は避けるが、陸上戦闘ばかりでなく、この島をめぐって五回にわたる日米艦隊の死闘がくりひろげられた。

まず最初は、アメリカ軍がガ島に上陸してから三日目、第八艦隊司令長官三川中将ひきいる巡洋艦隊が、ツラギの海峡に夜襲をかけて、アメリカ巡洋艦三隻とオーストラリア重巡キャンベラ一隻を撃沈し、戦局を一変するところだったが、突っ込みが足りずに、あたら好機を逸したものである。

　当時、日本艦隊にはレーダーの装備がなく、これ以上の夜戦は不利と見たからだ。このとき、敵艦ばかりを狙わず、輸送船群を捕捉していたら、アメリカ軍を殲滅できたかも知れなかった。

　第二次ソロモン海戦は、八月二十四日から二十五日にかけて戦われたものである。この戦いで航空母艦「龍驤」は沈んだが、アメリカ側もエンタープライズが大破した。この海戦としては大きな戦闘ではなかったが、これで日本のガ島増援部隊は、上陸を阻止されてしまった。

　第三次海戦は、九月十五日の日本潜水艦による空母ワスプの撃沈を皮切りに、十月十一日の夜のエスペランス岬海戦へとつづく。

　日本側は巡洋艦「古鷹」が撃沈され、「青葉」も「われ敵と交戦中」との電報を発信しただけで消息を断ったが、十三日に艦橋、電信室を粉砕された無惨な姿で、ショーランドに帰り着いている。この夜戦では、駆逐艦三隻も消息を断ったまま帰らなかった。

　この敗戦も、レーダー装備のない日本艦隊の悲劇であった。一方この夜、日本の「金剛」「榛名」の戦艦戦隊は、ルンガ飛行場沖に侵入、飛行場を徹底的に砲撃し、使用不能になるまで破壊した。

　第四次海戦が、いわゆる南太平洋海戦である。サンタクルーズ島沖で起きた戦闘で、ミッドウェー海戦につぐ大海空戦である。日米空母五隻が激突した。

ホーネットは撃沈され、エンタープライズは大破して、航行の自由さえなかった。日本軍には一隻の沈没艦もなかったが、「翔鶴」と「瑞鳳」の二空母に相当の損害があった。

この戦いの結果、南太平洋に残存するアメリカ空母で、戦えるものは一隻もいなくなったのである。日本がミッドウェーでこうむった損害よりも、アメリカの戦略に影響するところは深刻だった。

第五次海戦こそ、本当のガダルカナル島沖の海戦であった。十一月十二日から十五日にわたる夜間だけの戦闘で、昼間はおたがいに戦場から脱出し、夜になると出てきたのである。双方とも、航空機を恐れたためである。

この海戦は混乱したもので、第七駆逐隊も戦艦戦隊の前衛部隊となって出撃した。

「敵です、左舷」

と駆逐艦同士の戦闘がはじまると、はるか彼方では戦艦同士のグループが砲戦をおこなう始末で、どれが敵か味方かわからない大混戦であった。

十二日夜、戦艦「比叡」が敵の砲撃で航行の自由を失い、キングストン弁をひらいて自沈した。さらに十四日の夜戦で、「霧島」は敵弾で操舵機械をやられ、取り舵のまま操舵不能におちいった。

曳航も考えられたが、脱出不能となったので、涙をのんで「霧島」に駆逐艦が横着けして乗組員を移乗させることになった。

「早くしろ。マゴマゴするなッ」

駆逐艦上では気が気でない。そのとき「霧島」艦上に喨々《りようりよう》たるラッパの音がひびいた。「君が代」の曲であった。衛兵が整列し、軍艦旗が静々と降下される。全員が粛然として挙手の敬礼をおこなう。さすがに猛りたった駆逐艦上でも、しばし鳴りを静めて、この荘厳なひとときを見守っていた。

ガ島争奪戦でアメリカ側のこうむった損害は、軍艦二十四隻、十三万五千トンで、日本軍は損害がはるかに大きかった。

海上でこうした熾烈な戦闘が間断なくぐりひろげられる間に、ガ島の陸上戦闘もやむことなく、死にものぐるいで攻防がくりひろげられていた。ルンガ飛行場を中心に、おそらく太平洋戦争でもっとも峻烈凄惨な地上戦闘がくりかえされた。

一木支隊の全滅で、さらに川口清健少将の率いる五コ大隊が送られることになったが、この輸送を駆逐隊がひきうけた。

ガ島を中心とするソロモン海域の制空権は、完全にアメリカ側ににぎられたため、輸送船団による輸送は損害ばかり多く、効果があがらない。そこで考えられたのが、駆逐艦や潜水艦によるネズミ輸送である。

敵を発見しても襲うことはかたく禁ぜられ、ただひたすら敵の目をかすめて、陸兵をガ島に送りとどけたのである。この馬鹿げた任務のために、世界最高の偉力を誇る日本海軍の新鋭駆逐艦が、ソロモン海の底に沈んでいったのだ。

地獄行き定期急行

応召の老兵たち

ガダルカナル島のルンガ飛行場を確保したアメリカ軍は、滑走路の延長整備をまたたくまに完備し、中型爆撃機使用に必要な膨大な戦略物資を輸送船で運び込んだ。日本軍もこれを黙って見ていたわけではない。ラバウル基地から海軍中攻隊が出撃するのだが、距離は六百カイリ。急変する天候に阻害されて、その攻撃は意の如くにならない。

日時を経るにしたがい、ルンガ飛行場に増強される敵戦闘機の迎撃に遭って、爆撃の効果よりも味方の損傷の方が多い日がつづいた。なんとしてもルンガ飛行場を奪回しなければ、ソロモン群島はおろか、ニューギニアも危なくなるのである。

先にも述べたように、ソロモン海域を中心とする大小、幾多の海戦で、日本軍はアメリカ軍を圧倒したのに、アメリカ軍は着々と陸上基地を手中に収め、一歩一歩と確実に戦略要地を握り、日本軍を追い上げてきたのである。

日本艦隊は、やみくもに敵の護衛艦隊ばかりを攻撃目標に置き、輸送船の攻撃に怠惰だったのに比べ、アメリカ軍は日本艦隊よりも輸送船の殲滅に攻撃の目標を置いたのである。その結果、日本艦隊は海上戦闘で優勢を保持しながら、アメリカ軍の目的を阻止できなかったのに反し、アメリカ軍は艦船に大きな損害を受けながらも、必要な地点に軍隊を送ることに成功したのである。

これは、日本大本営の大きな誤策であった。「敵艦撃沈」などのニュースは、まるで大戦果のように鳴物入りで騒ぎ立て、輸送船の撃沈などは取るに足らないもののように扱ったのである。こうした精神が前線の将兵の心となり、ただ敵艦を葬ればよいとする攻撃精神となったのである。このソロモンの戦いでは、敵戦艦一隻を撃沈することよりも、敵輸送船一隻をやることが大切なことであったのだ。

川口旅団をガ島に送るにしても、敵の制空権下の海域を速力の遅い輸送船でやるのは、敵機の好餌となるばかりである。そこで、考えられた作戦は、駆逐艦、潜水艦で夜陰を利用し、敵の目をかすめて輸送することであった。

ラバウルからブーゲンビルのブインまで陸軍の大発（陸軍の上陸用舟艇）で海上輸送し、ここから駆逐艦で送るのである。午前十一時、ブイン基地を出動する。速力を調節して敵機が帰る日没ごろまでにガ島から二百カイリ付近まで近接し、日没と同時に高速でガ島に突っ込むのである。

陸揚地点に、遅くとも夜中の十二時までに着かないと、荷役を終わり午前二時にガ島を脱

ラバウルからガ島への兵力輸送の中継基地ブインにある飛行場

出して夜明け前に敵機の攻撃圏内からは抜け出られないのである。

　ブインの基地に十数隻の優秀な駆逐艦が集められた。陸軍のため、海軍が血を吐く思いで集めたものばかりである。そうであろう、九月から毎日のように来襲する敵艦隊を迎え撃っているときである。一隻の駆逐艦でも、手放したくないときなのである。

　二日か三日目に陸兵輸送の役目が回ってきた。われわれはそれを「地獄行き定期急行便」と呼んだ。

　その日が来る。出港準備を完了して待っていると、陸軍の歩兵が大発に満載されてくる。一回の輸送人員が約二百人だから、約一個中隊の兵力である。人間と兵器弾薬を積むと、艦上はこぼれるばかりの大盛りである。

　艦上に積み込むばかりでなく、大発二隻を曳航する。陸兵を上陸させるときに使用するためである。艦載ボート類は戦闘に従事する場合、一隻ぐらいしか積んでいないのだ。この大発は、敵に遭遇した場合は放棄される。

　いざ出発。駆逐艦の乗組員は全員が戦闘配備についたままである。狭い艦内は陸兵で身動きできなくなる。士官室、兵員室はもちろんのこと、あらゆる通路まで客人で一杯である。この客人はまた、全員でっかいお荷物持参である。あの陸兵の背嚢《はいのう》という袋に所帯道具一切を収めて、それに小銃・機銃、対戦車砲から小砲まで携行している。上甲板はそれだけでも歩くところがない。

それにこの客人は揃いも揃って眠り呆《ほ》けている。もっとも応召兵の、しかも相当の年配者ばかりである。この老兵群は、ガ島の激戦地でどれだけやれるのか。陸軍は現役のバリバリを中国大陸に何百万と送って、このもっとも大事な前線に応召兵ばかりを送り込んだのである。ガ島に上陸したら、とても生きて帰れる連中でないと、艦の乗組員もできるだけの親切心を出していた。

私は通信班長とかいう少尉を、同業のよしみで電信室に休ませた。通信班長といっても、無線通信については何も知らなかった。ただそういう配置があるので、彼があてはめられたというだけであった。東京帝国大学出身の予備士官で、戦争で応召を受けるまでは大銀行の課長だったという四十歳近い年配者である。

召集を受けて二ヵ月、なにも教えられず。船から船に乗り移り、気がついてみたらラバウルだったという。スラバヤで買い溜めしてあったスコッチとチョコレートを出すと、彼は目を輝かして喜び、心からの謝意を私に表わした。

「海軍さんはいいですナ。寝るところと食い物はどこにでもついて回る。こんな時勢に、日本海軍の駆逐艦で英国製のウイスキーを御馳走になるとは夢のような話です」

二、三杯傾けると、ほろ酔いが出たのであろう、彼は問いもしないのに語った。
「大学を出て十年、真面目に働きましたよ。大学で統計学をやり、銀行でもその方の責任者でした。女房が重役の娘だったから、まあ出世コースでしょうなァ。でも、こうなっては全部無駄でしたよ、どうせ生きては帰れないでしょう」

と自嘲すると、声をひそめて聞いた。

「本当のところ、戦局はどうなっているんです。この戦争、日本が勝てると思ってますか」

「さあ、われわれは勝つと思って現に戦っていますが、ともかく貴公のこれから行くところは生易しいところではないということは本当だ」

私は彼のカップにウイスキーをつぎ足した。

「ラバウルにはまだ若い連中がたくさん退屈しているのに、私のような老いぼれをそんなところに送るなんて、陸軍のやることはわからんですなあ」

ブツブツ言いながら彼はソファーに寄りかかったまま、居眠りをはじめた。銀行の若手幹部も戦地ではまったく締まりがない。

〝死の海の使者〟

ガ島への航路では、午後四時から日没前が魔の時間帯であった。ルンガ飛行場を基地とする敵の航空哨戒区域に侵入するからである。この時間帯は全力運転で疾走する。全員が瞳を開いて空を睨む。天候が悪く、運よく敵偵察機の目を逃れて夜に入ればいい。

だが、発見されると、それから約二十分くらいで、ルンガ飛行場から少なくとも二十機はやってくる。それが六十キロの小型爆弾を数多く持って、執拗な攻撃をくり返すのである。駆逐艦をやるには小型爆弾でよいのである。そうなると、駆逐艦の貧弱な対空兵器では防ぎようはない。ただその高速を利用して転舵また転舵、蛇行運転で敵の照準を狂わすのである。

「敵一機、急降下。突っ込んで来ますッ」

「面舵一杯、急げ」

爆撃機は一度急降下に移ると、中途で狙いを変えることができない。投下される爆弾よりも艦の動きが少しでも速いと、弾はそれるのである。戦艦や巡洋艦と異なって、駆逐艦は小型爆弾一個の直撃でお陀仏なのである。

この〝死の神の使者〟の追躡《ついじょう》を振り切って日没を迎えるまでの時間は、人間が死に直面したときの凄まじい闘魂と憎悪の剥き出されたもので恐怖はまったくない。

こうして、命からがら暗闇の中をガ島に接近すると、ふたたび敵の封鎖線である。敵機の報告で駆逐艦、魚雷艇がわれわれを待っている。〝好敵御参なれ〟と、我から挑戦したいところだが、今日はそうはいかない。敵との戦闘は極力避けることが厳命されている。陸兵を届けるまでは、隠忍自重、声をひそめて忍び寄るのである。

「敵駆逐艦らしきもの左舷」

「面舵、静かに行け。灯火管制を厳重にしろ」

まるで漁場荒らしのトロール船だ。情けない。こうして指定された陸岸に接近して投錨する。陸兵の揚陸作業であるが、大発が二隻しかないので時間がかかる。まったく気ではない。上陸する者も地獄行きだが、帰る者も早くしないと魔の海を行くのである。一分一秒が生死を分けるのだ。

ところが、この陸軍の大発という奴は、どれもこれもロクなエンジンを持っていない。粗製濫造ばかりで故障が多い。途中でエンコするのである。

やっと陸兵の陸揚げが終わると、今度は陸から戦傷病患者が運び込まれる。まるで骨と皮ばかりになったマラリア患者である。大発の中から必死の目で哀願されると、断わるわけにもいかない。

任務を終わると、日出まで全力で走る。日出までに敵機の哨戒圏内を脱出するのである。こうしてブイン基地に辿り着くと、われわれと交代に別の隊が出撃する。今日一日生き延びたわけだが、非番の日だからといって湾内にノウノウと停泊していたわけでない。次第に死闘の様相を呈してきたソロモン海周辺の海戦に駆り出され、随時、出動命令が下るのである。

このネズミ輸送も、最初の頃はどうやら大した損害もなく、陸兵を送り届けた。敵もまさか駆逐艦がこんな情けない仕事をやっているとは思わなかっただろうから、駆逐艦の二隻や三隻と、爆撃機も爆弾を放り込むと、さっさと引き揚げだ。

それが毎日のように定期的に決まったコースを忙しげに往復するにおよんで、こりゃただごとでないと警戒しはじめたころ、ガ島における日本軍の攻撃が激しくなった。それにつれて輸送船も見当たらないのに、新しい部隊が投入されている、どうやって運んでいるのか。

どうやらこの駆逐艦の定期便らしいと、我々の正体が露見したらしいのである。戦後の記録を見ると、アメリカ側はわれわれを「東京エキスプレス」と呼んだということである。

われわれの正体が露見することで、輸送任務はいよいよ困難と危険が増大した。次第に駆逐艦の損害が大きくなった。敵の攻撃も通り一遍なものでなくなり、哨戒機も数が増え、昼夜をわかたぬ厳重なものとなった。

航空機による封鎖も恐ろしかったが、イヤだったのは魚雷艇である。夜に入って空からの牙を逃れホッとしたところに、きゃつが待っているのだ。航空偵察で、あらかじめわれわれの行動を予測して待っているのである。そのころ、日本の駆逐艦にはレーダーがないのに、アメリカは魚雷艇まで立派なものを装備していて、暗夜でも猫の目だ。こちらが見えないのを幸いに、闇の中から蝮《まむし》のように噛みついた。

第七駆逐隊は、幸運にも一艦も損害を受けることもなく、この嫌な陸兵輸送任務を続行した。場数を踏むたびに度胸もつき、敵の哨戒網を突破する要領が巧妙になったものだから、司令部でも大いに重宝がったのであろう、東京急行は第七駆逐隊の専門になったようなものだった。

九月に入ると、ガ島争奪の日米の戦いは惨烈の度を増し、地獄絵図の様相となってきた。それにともなって、増援部隊の輸送も急を要した。それに人員ばかりでなく、食糧の輸送も早急なものになったのである。ガ島の日本軍は、敵よりも飢餓に陥っていたのである。そう

ガダルカナル島に上陸したアメリカ軍の兵士たち

したわけで、これまでのように敵哨戒の目をかすめてなどといっているわけにはいかなくなり、敵の爆撃をくぐり、魚雷艇の封鎖を強行排除しても行かねばならなくなった。
九月中旬、例によって今日も陸兵数百名を収容。大発二隻を曳航してブイン基地を出撃する。予定のコースをひた走りに走る。海は静かで天候は晴れ。われわれの行動には最悪の気象条件である。海が荒れ、空が曇り、視界不良の方が有難いのである。天候が悪いほど、敵機も飛ばず、魚雷艇も出てこないのだ。
午後二時、ソロソロ敵機のお出ましの地点である。甲板上で、ぐったり寝ている陸兵を叩き起こして戦闘準備である。近ごろの敵機は、爆撃が命中しないと低空で機銃の掃射をやるのである。これまでは戦闘を避けて逃げ腰であったわれわれを、小馬鹿にしているのだ。
今日は天気も快晴。敵機の目を逃れることは不可能である。どうせやられるなら、こちらからもヤンキーどもに一撃を喰らわせろというのだ。それには陸兵の持っている数百梃の小銃、機銃も、低空襲撃の敵機に対して大きな威力となる。鉄砲なんて奴は、数が多いほど当たる。

今日は敵機が撃てるというので、陸軍は大いに張り切った。応召された年配者が多いが、昔取ったなんとやらで、射撃だけは相当のものらしい。

午後四時、敵哨戒機一機が四千メートルの高空を行く。なに食わぬ風をよそおっているが、確実にわれわれの地点を基地に知らせている。来るぞ、付近の空には、スコール雲一つない。スコール雲でもあれば、その下にもぐり込んで逃げる手もあるが、空はあくまでも快晴。

「対空戦闘用意、第五戦速」

哨戒機に発見されると、三十分ぐらいでルンガ飛行場から襲撃機がやってくる。曳航の大発二隻を放棄する。三十ノット以上の高速で転舵すると、大発などひとたまりもなく転覆する。大発の舵を握る艇長を収容する暇もない。帰途に発見されれば収容されるが、おそらく不可能である。ブインの基地まで帰る燃料はなく、大発二隻がソロモンの海をどこに行くのかを考えている間もあたえてくれない。

「きたきたッ、今日は多いぞ」

見張員の叫びを聞くまでもなく、敵二十数機が翼をつらねてくるのが見える。今日は艦上攻撃機だけではなく、ノースアメリカン型の爆撃機だ。高度四千メートル以上では、機銃では役に立たない主砲十二センチ八門が仰角一杯で火を吹く。これだって、命中することはまずない。ただ敵機を威嚇《いかく》するだけである。

爆撃機の攻撃を避ける方法は一つ、敵機が爆撃姿勢に移った瞬間、高速で急旋回をやるのである。敵が何十数機あろうとも、二機も三機も一度にやってくるわけでない。ある間隔を置いて、一機ずつ突っ込んでくる。目標が小さい駆逐艦を水平爆撃で仕止めることは絶対といってよいほど至難の業である。

戦艦や空母と異なって駆逐艦は、高速で身軽である。グルリグルリと身をかわすのだ。といっても、この転舵は必死だ。一つタイミングが狂うと、直撃を喰うことになるのである。

ノースアメリカンは、四十五度の急降下で突っ込んできて、同時に二個の爆撃を投下する。

「取舵一杯」高速で舵一杯だ。艦体がギイーときしみ、三十度傾斜で回頭する。その艦側に弾着の水柱が昇り、弾片が艦上にバラバラと散る。一機また一機と爆撃姿勢に移る。爆撃を終わった奴が機首を上げると、急旋回して低空のまま機銃掃射に移る。

「撃てッ、自由に撃ちまくれ」

二百人あまりの陸兵がソレッとばかりに小銃の銃先《つつさき》を揃えて、機銃掃射のため艦側を過ぎる敵機に猛射を浴びせる。するとだ、敵の一機がグルッと宙返りしたかと思うと、そのまま海中に突っ込んだ。下手な鉄砲も数撃ちゃ当たるで、パイロットが小銃弾でやられたらしい。

こうしてこの日は三機を撃墜したのである。

「われ敵爆二十数機と交戦中、三機撃墜なり。われに損害なし」

と小西司令の得意や想うべしである。司令部から折り返しの電報。

「貴隊の勇戦見事なり。陸兵を損ずるなかれ」

敵機と戦うのはいいが、陸兵を一人でも殺すなッというのである。小西司令は苦笑して、

「車引きだと思っていやがる」

夜に入る。虎口はどうやら逃れたが、これからガラガラ蛇の草原を行くわけである。魚雷艇だ。始末に悪いことはレーダーを持っているので、俺たちより夜目がきくのである。

「よく見張れッ」と、全員が地獄耳を立て、目を皿のようにして暗夜の海上を睨む。忍び寄る魚雷艇のエンジンのひびきを聞き取る。あと錨地まで三十カイリ。遠くに爆音が聞こえる。

「魚雷艇ッ、二隻右舷」

艇は見えないが、あの鈍いエンジンの音が夜光虫を乱して迫ってくる。海水の飛沫《しぶき》がわずかに肉眼で見える。

「撃てッ、取舵一杯」

二十ミリ機銃で反撃するとともに、急速旋回、艦首を魚雷艇に向ける。魚雷を避けるとともに、あわよくば艦首で魚雷艇をひっかけて砕くのである。暗い海中にほの白く伸びる二条は、魚雷の航跡である。音もなく艦側を過ぎ去る。と艦首を過ぎる黒い影は、悪魔のように遠のく。

太平洋戦争でソロモン海域は〝駆逐艦の墓場〟といわれたが、その駆逐艦や潜水艦で華々しい海戦で撃沈されたものは少なく、いつ、どこでやられたか、その最後のはっきりしないものが非常に多いのは、この小さな〝海魔〟魚雷艇のために、暗闇の中で相手もわからずに雷撃で沈められたからである。

地獄の交差点を運よく通過して錨地に到着する。敵と遭遇しない場合は、曳航してきた大発をそのまま使えるが、大発を途中で放棄した場合は、陸岸に信号して大発を準備させなければならない。だが、これがまた昼間の敵機の爆撃で、使用できるものが少ない。

荷役の時間は最大二時間である。艦はエンジンをかけたまま、座礁スレスレまで陸岸に近接し、一本の綱を陸岸に渡す。陸兵はそれに縋《すが》って海を泳いで上陸する。

こうした駆逐艦の輸送で、ロクな兵器も食糧もない我が陸軍が、ありあまる兵器、戦車、野砲、食糧を供給されるばかりか、空軍の密接な掩護で戦うアメリカ海兵隊を相手に、八月、九月、十月と間断のない死闘をくり返し、幾度かはルンガ飛行場に突入して、奪回寸前に全滅したのである。

醜悪な飢餓の地獄絵

十月に入ると、もう輪番輸送などといっていられなくなり、連日、「地獄行き定期急行」のダイヤは増発され、駆逐艦ばかりでなく、潜水艦までも駆り出されたのである。ガ島に在る日本陸軍の食糧の不足が深刻になってきたからである。

日本はこれまで日清戦争にしても日露戦争にしても、すべて大陸農業国での戦場で戦った。その経験から武器さえあたえれば、食糧は現地調達でどうにかなると、大本営が考えたのかも知れないが、このガ島ではその甘い考えは通らなかった。陸兵は敵と戦うばかりでなく、マラリア蚊と闘い、さらにこの恐るべき飢餓と戦うことになったのである。

潜水艦を駆り出し、海上艦艇の損害をもかえりみず、必死につづける食糧輸送も二万人を養うには焼石に水だった。陸兵は一週間に一合の米を配給されて命をつないだのである。その米を、小銃よりも弾丸よりも大切に肌身離さず大切にした。ウッカリすると盗まれるからである。

もうこの頃になると、一隻の大発もなかった。苦心して危険を犯して運んだ米も、陸上げの方法がない。いろいろと工夫した結果、編み出したのが、ドラム缶輸送である。

ドラム缶に米を詰めて密閉する。これを駆逐艦の後部上甲板艦側に数十本並べて、それにロープを通しておく。陸岸に近接すると、水泳の達者な水兵が泳いで、これをロープの端を陸岸に届ける。ドラム缶は艦側から海中にドブンドブンと放り出され、陸兵は渡されたロープを曳いて米入りドラム缶を陸揚げするという方法である。

これも二、三回はうまくいったが、長くは続かなかった。陸兵が夜のうちに引き揚げて始末し終えればよいものを、夜が明けてからも引き揚げ作業をやっていたものだから、敵機に発見されて、猛烈な銃撃でブスブスとドラム缶に穴をあけられ、米が塩漬けにされて沈む。もうそうなったら、海底にひっかかって陸揚げは不能である。

ドラム缶の陸揚げを、どうして夜明け前にやれなかったのかというと、これには訳があった。夜中にやると、陸揚げされる米ドラム缶の奪い合いで、陸兵同士が味方撃ちを始める始末。一缶一缶を、配給が終わるまで、次のものを海中から引き揚げるわけにいかなかったという。

終戦後、このことが問題になり、「泥棒部隊」と呼ばれた川口清健少将と辻政信大佐の論争をご記憶される方があるかも知れない。一週間、一人一合の配給では、米の奪い合いが起こったのも当然であって、その責任はだれでもなく、作戦司令部にある。

「この戦争は、俺たちばかりでやっているのでネェだろうなぁ。海軍にゃあ、駆逐艦が百五十隻もあるんだが、ほかの連中はなにをやってるんだろう」

と「潮」の乗組員はボヤイた。連日強行されるこの陸兵への補給作業で、みんな疲れたのだ。ほかの連中だって、遊んでいたわけではない。この前に戦われたサンタクルーズ沖の遭遇戦、南太平洋の大海空戦では、アメリカ空母二隻を撃破し、味方の「翔鶴」「瑞鳳」の二隻も大破するという激戦だったのである。

ガ島の戦局は、われわれの苦労も報われることなく十月に入ると、まったく絶望状態に陥った。戦争とはいかに美化されようとも凄惨であり、残虐であるものだが、このガ島の戦いは戦争というものではなかった。人間を野獣化させるための一つの試みであった。武器を与え、突撃を命じ、食を与えずジャングルを強行軍させ、そのうえに疫病と熱病で苛《さいな》んだのだ。

ガ島へ向かう駆逐艦群。輸送任務は日々、困難と危険が増した

われわれが食糧を積んで陸岸に接近すると、飢餓に狂った陸兵（といっても、これはまだ動ける者で、その他大多数は栄養失調のために歩行もできない状態だった）が殺到する。もうそこには軍隊とか統制、命令などの存在はない。食を争うハイエナの群れと変わりないのだ。これは戦争にもない醜悪な飢餓の地獄絵だった。

ある日、食糧の陸揚げを終わり、いざ帰ろうと錨鎖をちぢめていると、珍しく大発一隻がやってきた。エンジンが故障しているのだろう、急造の櫂《かい》で槽いでいる。船内には百人近い人間が詰め込まれている。艦側に着くと、一人の士官が乗船した。陸軍軍医である。

彼の語るところによると、無数の戦傷病者がジャングルに放置されている。陸兵の半分は戦う力のない病人だ。医薬品もなく設備もない。ただ病人は死ぬだけだという。いま連れてきたのは、これから手を施せば救えると思う者ばかりだ。なんとか救助を頼む。どこでもよい、野戦病院のあるところまで送ってほしいという。

お気の毒だが、まっぴら御免の来客である。第一、野戦病院といっても、ラバウルにしかないのだ。そこまでこっちが無事に行けるかどうかもわからないのである。だが、必死の願いをこめて語る軍医の顔、大発に蠢《うごめ》いている病兵の訴える目。

「チェッ、仕様がない。艦長収容しろ。あとのことはあとで考えよう」

小西司令がこの軍医の申し出をすげなく拒否できるなら、彼は今ごろ、駆逐隊の司令ではなく戦艦の艦長ぐらいになっていたであろう。人情に弱いのが、この親爺の最大の欠点である。

「急いで艦に上がれッ」といったところで、この病人ひとりで艦上に登れる者は一人もいない。水兵二人がかりで、大発から押し上げる。全員を叩き上げるのに一時間を要した。全部で八十二名。上甲板に寝かされて、それでも安心したものか、ニコニコしているが、人間、こんなに痩せても生きられるものかと思うほど骨と皮ばかり。大腿部など腕の太さである。

軍医の診察では、全員が栄養失調とマラリア患者である。この病人収容で、完全に一時間以上出港が遅れ、夜明け前に敵機の哨戒線脱出は不可能となる。帰りが怖い。

当然、対空戦闘が予想されるので、病人の始末である。兵員室に収容したが、息の詰まるような悪臭が部屋にこもる。数ヵ月、ジャングルで戦い、飢え病んだ人間が部屋一杯に詰められたのだ。主計兵の温かい心やりのおかゆを手に、ボロボロと涙を流すばかりで口もきけない。この病人をなんとか助けてやりたい。

「敵艦一隻、二十五度」と薄明の中に見張員が叫ぶ。夜明けの光に明るんだ東の水平線に浮かぶ敵影は駆逐艦だ。敵はまだこちらに気がついていないようだ。

「面舵ッ、針路二百九十度」

敵と反対方向に転舵である。敵が駆逐艦とあれば願ってもない相手だ。砲撃戦なら絶対にこちらが優勢である。だが、今は艦内に病人満載である。戦うよりこの病人を助けなければならない。西方のまだ明けやらぬ海上を逃げる。だがダメだった。

「敵機、右上空、高度三千」

朝焼けの空に九機。小西司令しばし沈黙、やがて命令した。

「艦長ッ、全速力で敵駆逐艦に突っ込め。体当たりだ。撃ちまくれ。飛行機にかまうな」

駆逐艦同士なら、アメリカ駆逐艦二隻でも「潮」に歯が立たない。「潮」は軽巡並みの攻撃力である。日本駆逐艦の突然の出現に、敵駆逐艦も驚いたらしいが、これも逃げるような相手ではなかった。壮烈な駆逐艦二隻の砲撃戦となる。

「潮」は無二無三に敵に接近する。距離一千メートルとない。これには敵機がまごついた。高度三千メートルでは、どれが味方駆逐艦か確認することは困難である。

交戦二十分、旧型の駆逐艦は「潮」の十二センチ六門の猛撃にたまらなくなって必死に逃れようともがく。空を見上げると、敵機の姿はない。駆逐艦同士の接戦に、爆撃をあきらめて帰ったらしい。逃げる敵駆逐艦をそのままにして、こちらも一目散に逃走する。

エピローグ

かがやかしい栄光と伝統を誇る日本の駆逐隊も、航空機の発達、レーダーの開発など、近代科学の進歩により、その伝統の水雷魂で往年のような、胸のすくような晴れ舞台もなく、ソロモンの海での泥沼のような戦いに、孤独と焦燥のうちに姿を消したものが多い。

　駆逐艦が敵と交戦して沈んだ場合、その多くは瞬時の轟沈をまぬかれない。艦内には魚雷や爆雷など、艦体に不相応な大量の爆発物を抱いているからである。そして、乗員は全員が艦と運命をともにする。駆逐艦の乗員で、乗艦が撃沈されながらも助けられたものは、あまり多くないといってよいであろう。

この太平洋戦争で活躍した日本駆逐艦は、三百隻をくだらない。開戦当時でも、二百隻はあった。そのうち、終戦時まで生きのびたものは四十二隻という。開戦時からあったもので、生き残ったのはわずかに八隻であった。駆逐艦乗組員の戦死者は約二万名という。全海軍の戦死者十五万名として、その死亡率は最高である。

ソロモン海域の戦闘にくりだされた駆逐艦は、のべ二百隻に近い。そのうち、沈没したものは四十五隻、損傷二十三隻をかぞえる。ガ島周辺だけでも十四隻が沈み、しかも恨みをのんで敗退したのである。

レーダーのちがいであった。敵の駆逐艦や魚雷艇は、速力や魚雷、大砲の優秀性をしのぐ「目」をもっていた。夜間戦闘を主とする駆逐隊にとって、このネコの目は、戦闘の先制点をつねに彼らに奪われてしまう結果となった。

陸軍軍医のたっての願いで、ガ島の戦病者八十余名を乗せたことが思いがけない好運となり、「潮」はトラック回航を命じられたのである。よけいな仕事をするなと、シブシブながらも病人をトラックに直送せよとの司令部の命令であった。

司令部でも、このいそがしいときに病人など持ってきやがって、と思ったらしい。ラバウルの野戦病院では、そんな大量の患者をひきとっても、収容するところがなく、設備は満員で、病院船も患者輸送で手いっぱいであった。乗せたついでに、病人をトラックの病院まで送れということになったのである。

艦内に起こる久しぶりの歓声であった。人一倍苦労しても、それが報われない輸送任務であった。昼間は死神の使者のような敵機に不意打ちを喰らい、夜は闇のなかからつきまとう悪魔のような魚雷艇の襲撃で眠れない毎日である。それで敗け戦さとなれば、士官も水兵も疲れ果てていた。

戦争では、乗員の疲労によるわずかな油断が、艦の運命を決定することが非常に多い。

「潮」もこの任務を継続していたら、おそらく長生きできなかったかも知れない。極度の疲労状態にあったからだ。

この思わぬトラック行きが、駆逐艦「潮」を救ったのかも知れない。病人様々である。いままで邪魔者あつかいされていたマラリア患者も、大いに待遇が改善された。喜んだのは、乗員よりも患者の方かも知れない。

栄養失調のマラリア患者が特別仕立ての駆逐艦で後方基地に送られることなど、絶対にありうべきことではなかった。彼らも、これで生きのびるかも知れないのである。

幸運はさらにつづいた。トラックに入港すると、戦艦「陸奥」がわれわれの入港を待っていた。戦争勃発までは、日本が誇る世界最強の戦艦として世界にその偉力をおそれられた超ド級艦も、いざ戦争となってみると、もう出る幕はなかった。

馬鹿でかい四十センチ主砲も、三十センチの装甲艦体も、近代戦争では役に立たないばかりか、味方にとっては厄介なお荷物でしかなかった。最高二十四ノットの速力では、三十ノット、四十ノットを要求される近代の海戦では、もはや戦闘行動についていけない。

この老いたる駑馬《どば》を、横須賀まで護衛する任務が「潮」にあたえられた。いくら役に立たないからといっても、二千五百名の乗員を乗せて、敵潜水艦の跳梁《ちょうりょう》する太平洋を独り旅はさせられなかった。

このトラックから横須賀までの対潜警戒航路が、私の長い駆逐艦乗りの最後の航海となった。横須賀に入港すると、私は陸上航空隊通信士に転勤することになったからである。そして、わが愛するガンコ親爺、小西中佐は航空母艦「大鷹」艦長に昇進した。

太平洋戦争勃発いらい苦労をともにしたこの艦、この司令《オヤジ》と別れることは、長い海軍生活でも印象深いものとなった。

「司令、空母にいったら、土工言葉はやめてくださいよ。駆逐艦とはちがってお上品なんだから」

「貴様も小便芸者買いをやめろ。だがなあ大高、俺や貴様のような駆逐艦乗りを航空隊で使うようじゃ、日本海軍の先も長くないな」

おたがい、先の長くない海軍のために健闘を誓って別杯をかわしたのが、最後の別れとなった。小西司令は、ほどなく「大鷹」と運命をともにしたのである。

海軍における成績はあまりかんばしいとはいえなかったが、本当の意味での日本海軍のために働いた豪将であった。

ふたたび前線に向かう歴戦の駆逐艦「潮」を、私は逸見《へみ》の上陸場で見送った。

「野郎ども、死ぬんじゃねえぞ」

駆逐艦「潮」は終戦まで生き残った数少ない一隻となったが、戦後、昭和二十三年に解体されている。

単行本　平成十七年五月「〝海の狼〟駆逐艦奮迅録」改題　光人社刊

ＮＦ文庫

第七駆逐隊海戦記　新装版

二〇一七年二月十三日　印刷
二〇一七年二月十九日　発行

著　者　大高勇治
発行者　高城直一
発行所　株式会社　潮書房光人社
〒102-0073　東京都千代田区九段北一-九-十一
振替／〇〇一七〇-六-五四六九三
電話／〇三-三二六五-一八六四㈹
印刷所　モリモト印刷株式会社
製本所　東　京　美　術　紙　工
定価はカバーに表示してあります
乱丁・落丁のものはお取りかえ
致します。本文は中性紙を使用

ISBN978-4-7698-2995-9　C0195
http://www.kojinsha.co.jp

刊行のことば

第二次世界大戦の戦火が熄《や》んで五〇年——その間、小社は夥しい数の戦争の記録を渉猟し、発掘し、常に公正なる立場を貫いて書誌とし、大方の絶讃を博して今日に及ぶが、その源は、散華された世代への熱き思い入れであり、同時に、その記録を誌して平和の礎とし、後世に伝えんとするにある。

小社の出版物は、戦記、伝記、文学、エッセイ、写真集、その他、すでに一、〇〇〇点を越え、加えて戦後五〇年になんなんとするを契機として、「光人社ＮＦ（ノンフィクション）文庫」を創刊して、読者諸賢の熱烈要望におこたえする次第である。人生のバイブルとして、心弱きときの活性の糧《かて》として、散華の世代からの感動の肉声に、あなたもぜひ、耳を傾けて下さい。

NF文庫